O rosto mutante de Doctor Who

Este livro apresenta a quarta encarnação de Doctor Who,
cuja aparência física mudou mais tarde,
quando ele perdeu uma briga com a gravidade.

O rosto mutante de Scaroth

Este livro apresenta a décima segunda encarnação de Scaroth,
o último dos Jagaroth, sua última encarnação.

FSC
www.fsc.org
MISTO
Papel produzido a partir de fontes responsáveis
FSC® C112738

A marca FSC® é a garantia de que a madeira utilizada na fabricação do papel deste livro provém de florestas que foram gerenciadas de maneira ambientalmente correta, socialmente justa e economicamente viável, além de outras fontes de origem controlada.

DOUGLAS ADAMS
JAMES GOSS

DOCTOR WHO

CIDADE da MORTE

A partir de uma história de DAVID FISHER

Tradução
Regiane Winarski

SUMA de letras

Doctor Who é uma produção da BBC Wales para BBC One.
Produtores executivos: Steven Moffat e Brian Minchin.

Publicado originalmente por BBC Books, um selo da Ebury Publishing, parte do Grupo Random House.

Grafia atualizada segundo o Acordo Ortográfico da Língua Portuguesa de 1990, que entrou em vigor no Brasil em 2009.

Título original
City of Death

Capa
Filigrana sobre design original de Two Associates

Ilustração da Mona Lisa
Peter McKinstry

Foto da p. 1
© Daily Mirror/ Mirrorpix/ Corbis/ Fotoarena

Revisão
Camila Fernandes
Rachel Rimas
Ulisses Teixeira

CIP-Brasil. Catalogação na fonte
Sindicato Nacional dos Editores de Livros, RJ

A176d
Adams, Douglas
Doctor Who: Cidade da morte/ Douglas Adams, James Goss; tradução Regiane Winarski. – 1. ed. – Rio de Janeiro: Objetiva, 2015.
271p.

Tradução de: *City of Death*
ISBN 978-85-8105-313-4

1. Ficção americana. I. Goss, James. II. Winarski, Regiane. III. Título.

15-25097 CDD: 813
CDU: 821.111-3

[2015]

EDITORA OBJETIVA LTDA.
Rua Cosme Velho, 103
22241-090 — Rio de Janeiro — RJ
Telefone: (21) 2199-7824
Fax: (21) 2199-7825
www.objetiva.com.br

Parte Um

“As emoções se intensificam em Paris; lá, é possível ser mais feliz
e mais infeliz do que em qualquer outro lugar…
Não existe pessoa mais triste do que um parisiense exilado.”

NANCY MITFORD, *The Pursuit of Love*

Capítulo 1

Todos os caminhos levam a Paris

Era terça-feira, e a vida não acontecia. A quarta-feira seria completamente diferente.

Scaroth, o último dos Jagaroth, teria uma surpresa. Para começo de conversa, ele não fazia ideia de que estava prestes a se tornar o último dos Jagaroth.

Se, digamos, meros vinte soneds antes, ele fosse perguntado sobre os Jagaroth, Scaroth teria dado de ombros e dito que eram uma raça guerreira selvagem e que, se a resposta não fosse satisfatória, você deveria esperar para conhecer os outros.

De um modo geral, todas as formas de vida do universo eram bem selvagens e guerreiras. *Mostre-me uma raça de filósofos e poetas*, dizia Scaroth, *e eu encontrarei meu almoço*. Mas seria injusto dizer que os Jagaroth eram uma raça sem quaisquer realizações. Eles construíam espaçonaves muito bonitas, ainda que não necessariamente muito boas. Dava para fazer diversos elogios à *Sephiroth*. Uma esfera enorme apoiada em três garras. Passava a impressão de ser uma incrível ameaça ao mesmo tempo que evocava o tipo de inseto que seria horrível encontrar no travesseiro. A disposição em um tripé também significava que a nave podia pousar em qualquer lugar.

O que era irônico, pois no momento a nave não estava conseguindo decolar. Algum problema sério tinha acontecido com a unidade de direção quase na mesma hora em que pousaram naquele fim de mundo. Estavam caçando um sinal de energia Racnoss e pousaram no planeta na esperança de mais uma vitória. Só mais uma.

Os Jagaroth se dedicavam a matar. Não deixavam nada além de morte em seu rastro. Nenhum registro histórico ou literário e nenhuma estátua. Como espécie, eles nunca conquistaram nada além do extermínio de vida.

O problema era que todas as outras formas de vida se dedicavam ao mesmo objetivo. E foram tão bem-sucedidas que não havia mais muitas formas de vida no universo. Os Jagaroth foram uma das últimas e, mesmo assim, por pouco. Quando eles falavam de sua temida frota de batalha, era preciso entender que a *Sephiroth* era a nave principal. Ou, na verdade, a única.

Scaroth, piloto da *Sephiroth*, a frota de batalha dos Jagaroth, ficava preocupado com isso. Espaçonaves bonitas, sistemas de direção medíocres, nomes rimados e, claro, uma determinação lunática de seguir em frente.

Por isso, as vozes dos colegas enchiam a cabine de comando, vindas do outro lado da nave.

— Vinte soneds para o impulso de dobra espacial.

Alguém estava fazendo a contagem regressiva.

— Impulso contra superfície do planeta configurado para força três. — E alguém da engenharia estava mesmo a fim de sair daquela terra.

— Negativo — interveio Scaroth, mais do que depressa. — Força três é demais. — O impulso de dobra espacial era usado para disparar entre as estrelas, não para decolagem. Mesmo se tratando de um mundo morto, com atmosfera rarefeita e gravidade baixa, havia coisas demais que podiam dar errado. O uso de impulso de dobra espacial a partir da superfície de um planeta ainda não tinha sido testado. — Usar força três é suicídio.

As vozes que o impeliam se calaram ao ouvir isso. É claro.

— Por favor, me aconselhem — pediu, sem rodeios.

Aquela voz arguta da engenharia acabou surgindo na linha outra vez.

— Scaroth, tem que ser força três. Tem que ser.

Típico. Os Jagaroth sempre se baseavam em determinações absolutas. Scaroth franziu o cenho em uma expressão cínica. Ou tão cínica quanto uma expressão podia ficar em um rosto formado por um amontoado de tentáculos verdes retorcidos, agrupados ao redor de um único olho.

Como piloto, Scaroth estava no comando. Era ele quem apertava o botão. Se a história se lembrasse disso, seria culpa dele. Scaroth sabia que era uma decisão idiota, mas, por outro lado, de um ponto de vista evolutivo, os Jagaroth já tinham tomado muitas decisões idiotas.

— Dez soneds para o impulso de dobra espacial.

Veio a contagem regressiva. Havia um traço de desespero naquela voz?

Scaroth passou as mãos verdes pelo terminal. Se a *Sephiroth* estivesse funcionando direito, o controle da dobra espacial pareceria um amontoado de leituras de status simultâneas que ele tinha sido muito bem-treinado para interpretar. Mas a maior parte dos painéis piscava, exigindo atualizações urgentes de software, ou estava em branco.

Scaroth contava com seus instintos e com as vozes que enchiam o módulo. E o restante da tripulação parecia feliz de deixar aquilo nas mãos dele.

— Aconselhem! — repetiu, torcendo para ouvir algo sensato.

A resposta foi cautelosa.

— Scaroth, os Jagaroth estão em suas mãos. Sem motores secundários, temos que usar o impulso de dobra espacial principal. Você sabe disso. É nossa única esperança. *Você* é nossa única esperança.

Agradeço a confiança, pensou Scaroth, os tentáculos tremendo de cinismo.

— E também serei o único diretamente no campo da dobra espacial! — Em outras palavras, o primeiro a morrer. — Eu conheço os perigos.

Isso foi o mais perto que um Jagaroth chegou de pedir para algo ser repensado. Quando eles se comprometiam com uma ideia, por mais letal ou ridícula que fosse, iam até o fim.

Confirmando seus pensamentos, a contagem regressiva voltou, parecendo mais alegre e determinada. Alguma coisa aconteceria, fosse o que fosse.

— Três soneds... dois... um — dizia a voz, como se alheia ao fato de que os dias do soned como unidade de medida estavam prestes a acabar.

Scaroth fez uma última tentativa.

— O que vai acontecer se... — Tudo der errado? Se a atmosfera e a gravidade se combinarem com o impulso de dobra espacial e fizerem alguma coisa verdadeiramente inesperada e horrível? E ele seria o primeiro a passar por isso.

Ah, bem. De que adiantava? Discutir com os Jagaroth sempre terminava em morte.

Scaroth apertou o botão.

Com força total, a *Sephiroth*, majestosa, deslizou da superfície do planeta desolado. A ideia de ficar sequer mais um minuto por ali deixava a tripulação apavorada. Por que permanecer em um mundo morto, lutando para fazer consertos, quando dava para ir a outro lugar e quem sabe exterminar outra espécie? As perspectivas eram boas. Uma leve flutuação provocada por um vazamento de combustível pareceu se ajeitar sozinha. Conforme a esfera foi subindo, as pernas com garras se encolheram para dentro da nave. Por um momento, a esfera ficou pairando, brilhando com energia, magnífica, cheia de expectativa.

Então, explodiu.

Dentro do campo de dobra espacial, Scaroth ficou ao mesmo tempo intimamente ciente da nave desmoronando sobre si mesma e estranhamente distante da experiência. Não havia qualquer certeza além de que tudo doía. E as vozes dos Jagaroth ainda enchiam a sala de controle da dobra espacial.

Não havia a percepção de que um erro terrível fora cometido, de que foram eles que o fizeram apertar o botão. As vozes agora apenas esperavam que Scaroth fizesse alguma coisa.

— Ajude-nos, Scaroth! Ajude-nos! — suplicaram. Como se houvesse alguma coisa que ele pudesse fazer. — O destino dos Jagaroth está em suas mãos! Ajude-nos! Você é nossa única esperança!

Os gritos foram interrompidos e, por um breve momento, Scaroth pôde apreciar a dor em relativo silêncio.

Sou o último dos Jagaroth, pensou. *Enquanto durar.*

O campo de dobra espacial finalmente desabou. Os fragmentos da nave, presos no lugar por forças impossíveis, enfim tiveram liberdade de se lançar no esplendor ardente, espalhando-se por toda a superfície do planeta morto.

Scaroth morreu. Então, uma coisa surpreendente aconteceu.

* * *

Assim está bom, pensou Leonardo.

Como a maioria das obras dos gênios, aquela chegara quase sem ser percebida.

Primeiro, não estava ali, e, no instante seguinte, estava, espremendo--se de alguma forma entre as torres de papel e os modelos pendurados no teto do ateliê abarrotado.

Leonardo se recostou na cadeira e observou o quadro, o pincel ainda na mão. O instrumento permaneceu imóvel perto da beirada do cavalete, sem tocar na superfície. O homem observou seu trabalho. Era só aquilo? Havia mais alguma coisa que precisava ser feita?

Finalmente, afastou os olhos da pintura. Encarou o visitante que roncava em um canto, as botas em cima do modelo de barragem elaborado para Maquiavel. Leonardo avaliou por um breve instante as sugestões do visitante, sem dúvida bem-intencionadas, sobre o rosto do retrato.

Mas não, pensou. Voltaria a trabalhar no quadro, claro que voltaria. Era seu maior problema. Não conseguia terminar nada. Mas sim, por ora, estava bom.

Ele soltou o pincel, a empolgação virando uma vaga sensação de anticlímax e de "e agora?".

Depois de decidir que aquela seria uma noite de bebedeira, Leonardo serviu-se de um copo de vinho barato e bebericou com relutância. Talvez no dia seguinte comprasse alguma coisa melhor, mas provavelmente não. Pela janela em arco, admirou as estrelas e a cidade dormindo abaixo. Seus olhos percorreram as praças de Florença. *Só Deus sabe o que dirão nos fóruns*, pensou. Leonardo sabia que no dia seguinte todas as fofocas seriam sobre seu mais novo quadro. Alguns diriam que era uma decepção. Outros diriam que ele devia parar de dividir seu tempo entre a pintura e as invenções. Sem dúvida, uns poucos diriam que era uma volta triunfante à boa forma.

Ah, bem, que falassem. Estava satisfeito com o quadro. Mais ou menos.

O visitante se mexeu no sono, e Leonardo pensou de novo no rosto do retrato.

Não. Deixe-a em paz. Por enquanto.

Ele se balançou na cadeira e apreciou o vinho tanto quanto era humanamente possível, absorvendo o quadro. Tinha sido uma luta, e, apesar de ele não estar completamente satisfeito, valera a pena, sem dúvida.

Graças a Deus não teria que passar por aquilo de novo.

William Shakespeare estava roubando em um jogo de croqué. Seu visitante franziu a testa, e, quando o bardo não estava olhando, empurrou sutilmente a bola para mais perto de um aro. William ergueu o rosto. Ah, como se ele não tivesse feito a mesma coisa. Os dois trocaram sorrisos educados.

— Clientes! — exclamou Shakespeare, mudando de assunto.

O visitante assentiu e estalou a língua, em solidariedade.

— Esse é muito perspicaz — prosseguiu o bardo. — Experimentei algumas das minhas novidades nele, noite passada. Em geral, isso faz com que eles sumam por semanas, mas esse aí prometeu que vai voltar no fim de semana. Deve ter mais.

Ele mirou e lançou a bola rolando alegremente pelo jardim, evitando o cachecol do visitante, largado com descuido no caminho. A bola passou por um aro e bateu em uma estaca. Shakespeare deu um sorrisinho arrogante.

— Ah, muito bem — aplaudiu o convidado, sem sinceridade.

— Ele foi bem agradável quanto a um trecho do qual gosto muito. — Shakespeare esperou, fazendo uma pausa dramática e aguardando que o visitante errasse a tacada. — Ah, sim — anunciou, com uma espontaneidade calculada que revelava o motivo de ele ter desistido de atuar: *Deus, eu poderia viver enclausurado dentro de uma noz e me consideraria um rei do espaço infinito... não fosse pelos meus sonhos ruins.* Sim, foi isso. Ele disse que o deixava emocionado e que mal podia esperar para descobrir como termina. Ah! Eu me pergunto quais serão os sonhos ruins dele. Não deve ser nada importante. Ah, pobre de você, que pena — disse, quando o visitante errou completamente a tacada.

Todos os pensamentos acerca dos sonhos ruins do cliente desapareceram, e Shakespeare continuou ganhando o jogo.

* * *

Diziam que os nazistas amavam arte tanto quanto amavam piadas. Mas, curiosamente, quando invadiram Paris, encheram as elegantes suítes dos hotéis com o máximo de obras de arte que conseguiram encontrar. E, quando foram embora, a primeira coisa que fizeram foi levar as obras junto. E a última coisa que fizeram foi se esquecer de pagar as contas.

O trem saiu levando toda a Wehrmacht, as forças armadas, na calada da noite. Foi um dos últimos a sair de Paris, sacolejando lentamente pelos subúrbios do nordeste da cidade, contêineres de metal sem janelas assando no calor do verão. Atrás do trem vinha um grupo do exército americano, firme e cheio de si. À frente, estava a Alemanha.

Em um dos vagões havia um soldado alemão muito jovem, com postura rígida, apesar de o uniforme ser grande demais para ele. Sua postura não oscilou, nem quando o trem tremeu e parou abrupta e inesperadamente perto de Aulnay. Os trilhos à frente tinham sumido, explodidos pela Resistência.

O jovem soldado ouviu tiros, gritos e passos vindos pelos trilhos na direção do vagão onde estava. Pegou a arma e esperou. Então fez uma lista de opções. Podia lutar para sair dali (improvável), podia dar um tiro em si mesmo (prático) e podia botar fogo na carga (lamentável). Pela primeira vez, não agiu, só ficou em posição de sentido enquanto as trancas eram abertas e a porta do contêiner deslizava para o lado.

A luz de uma lanterna pousou em seu rosto bonito e perfeitamente ariano. O jovem soldado ficou tenso, mas só um pouco, esperando o tiro que acabaria com sua vida.

O tiro não veio.

— Boa noite. — A voz por trás da lanterna parecia estar achando graça. — Bem, tudo parece estar em ordem. — A luz percorreu o conteúdo do vagão, com algumas coisas arrumadas em caixas, o restante encostado nas paredes. O local estava cheio de quadros. — Diga-me, o que você acha disso?

— Perdão?

— Eu perguntei — ronronou a voz — o que você acha disso.

O soldado encontrou a voz.

— É tudo excelente.

— É mesmo, não é? — O homem riu. — E é tudo meu. — O tom mudou só um pouco, e o sujeito se dirigiu a ele como a um carregador de hotel. — Obrigado por cuidar tão bem das minhas coisas...

Uma pausa. Uma pergunta.

— Hermann, senhor.

Ouviu o homem assentir.

— Obrigado por cuidar das minhas coisas, Hermann.

O major Gaston Palewski olhou irritado para a montanha. Ela não tinha explodido.

Talvez, só talvez, não devessem ter batizado a bomba de Beryl. Ele nunca tinha gostado do nome. O major Palewski grunhiu de irritação.

— Dê um tempo a ela, meu caro Gaston — disse o homem bem-vestido a seu lado.

Nada parecia abalá-lo. Era um sujeito de paciência infinita. Muito terrivelmente francês em alguns aspectos, e, em outros, muito terrivelmente não francês.

Ao redor do major, pessoas olhavam para os relógios, espiavam por binóculos, acendiam cigarros e faziam sons de reprovação. Parecia um café parisiense, só que estavam todos fritando em uma planície do deserto do Saara.

— Não sei se preciso mesmo estar aqui — murmurou o major. — Vai ser aprovado, de qualquer forma.

— Ah, acho que precisa. — O homem parecia animado outra vez. Seu sorriso era indelével. — A energia nuclear é quase a maior força que este mundo já conheceu.

— Quase? — Gaston ergueu uma sobrancelha.

— Ah, quem sabe? — Seu companheiro franziu a testa, mas o sorriso não sumiu. — Sem dúvida é a maior realização da humanidade. Antes de construir todas aquelas usinas, acho que você precisa ver uma explosão nuclear ao vivo.

Ah, sim, Gaston sempre gostara de fogos de artifício. Mesmo durante a guerra, gostava de ver bombardeios iluminando o céu. Mas aquilo era diferente. Sentiu um desconforto momentâneo pela presença do homem cordial ao seu lado. Havia boatos sobre ele, sobre sua família. Quem eram, de verdade? Foram colaboradores durante a guerra? Mas havia boatos sobre a família de todo mundo: essa era a nova França, afinal. Talvez precisasse de gente assim. Ainda mais se o Plano Palewski desse certo. O major queria que a França estivesse na liderança da energia nuclear, e esse homem o convencera a construir ainda mais usinas do que o país precisava. "Temos que pensar no futuro, Gaston", garantira o major.

Bem, por que não?, pensou Gaston. Era uma coisa pela qual ser lembrado.

Voltou a olhar feio para a montanha, que finalmente explodiu. Só que não do jeito esperado. Em vez de disparar no ar, um jato enorme de chamas atravessou horizontalmente a planície, na direção deles. A luz queimou seus olhos. Até o major se encolheu e gritou, recuando inutilmente para longe da bola de fogo.

Tão depressa quanto apareceu, a chama sumiu, sendo substituída por uma nuvem preta e sufocante que se abateu sobre eles.

Quando Gaston conseguiu se levantar, percebeu que seu companheiro permanecera o tempo todo de pé e agora estava limpando uma sujeira preta do terno de linho branco. Ele exibia um sorriso largo.

— Uma demonstração impressionante, tenho certeza de que você vai concordar — disse, rindo.

— Mas... — Gaston não conseguiu falar. Tossiu e limpou cinzas dos pulmões. — Isso não devia ter acontecido! Foi seguro?

— Ah, perfeitamente. — Seu companheiro dobrou o lenço e colocou no bolso de cima. — Perfeitamente.

Gaston não seria a única pessoa ali a morrer de leucemia, vítima de uma bomba chamada Beryl.

Heidi achava a maioria dos clientes do pai incrivelmente chata. Mas não esse. O visitante já a ensinara que ela estava errada sobre uma coisa. Ninguém tinha conseguido isso antes.

Heidi crescera achando que o dinheiro era chato e as pessoas com muito dinheiro, mais chatas ainda. As roupas eram chatas, a conversa era chata, até os vícios eram chatos. E o pai aguentava tudo. Porque gerenciava um dos bancos mais exclusivos da Suíça, e era seu trabalho achar essas pessoas tediosas interessantes.

Isso não fora problema quando ela era pequena, mas, agora que estava ficando adulta, percebeu, horrorizada, que o pai planejava casá-la com um dos chatos. Deu-se conta de que seu erro fora nunca se rebelar quando tivera a chance. Houvera uma época em que tivera oportunidade. Talvez quando seu tempo no colégio interno caro acabara, antes de o vazio do resto da vida começar. Podia ter subido em um dos trens suíços, exaustivamente pontuais, e ido para algum lugar, qualquer lugar fora do país. Não teria passado fome. Seu pai, mesmo com todos os defeitos, cuidaria disso.

Mas voltara para casa e esperara ao lado dele, trabalhando na empresa da família. A maioria dos bancos suíços era, a seu próprio modo, discreto, um negócio de família. Os clientes gostavam da sensação de continuidade. Heidi e o pai iam ao aeroporto encontrar pessoas descendo de aviões que nunca se atrasavam e chegavam a restaurantes na hora certa da reserva. Os pratos eram frios, as conversas, vazias, e cada noite se arrastava até ela se perguntar se devia enfiar a faquinha de manteiga no peito ou se casar com um dos ricaços e acabar logo com aquilo. Quando o pai insistira pela primeira vez que ela o acompanhasse, Heidi ficara imaginando se ele a estava preparando para assumir o banco. Agora, percebia que era apenas um recurso que ele pretendia usar. Sem dúvida, era assim que os clientes do pai a viam.

Heidi tinha o próprio escritório. Como era mais para exibição, incrementara a sala ao máximo, arrancara os painéis de madeira da parede e a enchera com mobília de aço e frágeis mesas de vidro. Havia até um enfeite na escrivaninha, um que, quando se puxava uma bolinha de aço, ela encostava nas outras onze e as fazia saírem voando e voltarem para o lugar, ricocheteando. Pequenos planetas batendo uns nos outros. Para a frente e para trás, até pararem, ficarem imóveis, esperando que algo mais acontecesse.

Heidi percebeu que o cliente estava impressionado com seus gostos. Ele observou a sala mais do que a ela. A jovem apreciou isso. Quando o cliente olhou para ela, era quase como se a estivesse avaliando como mais uma bela peça de mobília, aprovando tanto o corte do terno quanto o do cabelo.

Esse cliente era mesmo diferente. Primeiro, era divertido. Além disso, era uma fraude. O pai não reparara, mas foi porque se baseava em aparências e palpites. Heidi, não. Ela gostava de pesquisa minuciosa. Tinha uma pasta na mesa de vidro. Aquele homem fora ao banco para ter acesso a um cofre que não era aberto havia muito. Não era inédito um cofre ser passado adiante em uma família sem ser visitado por várias gerações, mas, sem dúvida, era incomum. Toda a papelada necessária estava perfeitamente em ordem. Esse era o problema, na opinião dela.

Em casos assim, a papelada nunca estava em ordem. Sempre havia alguma coisinha estranha, algum pequeno detalhe que o banco precisaria ajudar a resolver. Mas não desta vez. Tudo estava em completa ordem suíça, até os documentos originais, que forneciam informações que atendiam às exigências que precisaram sofrer algumas reestruturações após toda aquela confusão provocada pelos alemães gentis, que desviaram muito dinheiro de outras pessoas. A não ser que o belo homem sentado diante dela, com aquele sorriso encantador, estivesse em contato direto com parentes havia muito falecidos, isso era impossível. O que queria dizer que era uma fraude.

Uma fraude que estava sentada, com uma postura meio insolente e à vontade, na cadeira de cromo e couro que Heidi colocara no escritório. Estava de pernas cruzadas, um sapato feito à mão balançando delicadamente no ar, esperando o veredito.

Heidi o tinha na palma da mão. Podia mandá-lo para a prisão por toda a vida. Aquele homem era uma fraude, e tinha ido roubar dinheiro do banco de seu pai. *Isso seria interessante*, pensou Heidi. Não pôde deixar de sorrir, não conseguindo segurar a pequena risada que veio junto com o pensamento.

A fraude olhou para ela e também sorriu, e os dois riram juntos. Não, mais do que isso: ele deu uma piscadela. O cliente sabia. Sabia que ela o via de verdade. E não se importava.

Heidi o deixou se inclinar para a frente por cima da mesa, o rosto refletido na superfície, para acender o cigarro dela. Com um movimento do cabelo louro e comprido, ela também se inclinou para a frente e observou o homem encantador com atenção. Já havia uma intimidade entre eles. Uma piada compartilhada. Uma coisa que o pai ensinara a ela foi que era sempre fatal se deixar levar por emoções. Sua família se orgulhava do tato, da graça e da cautela.

Heidi planejava se rebelar fazia tempo. Ali estava um homem que queria roubar o banco do pai. E ela permitiria. Porque seria divertido.

— Então — começou ela, com frieza —, quanto você gostaria de roubar?

O homem nem sequer piscou.

— Tudo.

E agora?, pensou Harrison Mandel. Ao se ver repentina e constrangedoramente rico, ficou sem saber o que fazer.

Como acontecia cada vez mais no mundo, seus problemas tinham sido causados por um computador. Harrison inventara um. Ou melhor, Harrison encontrara cartas que pertenciam a Ada Lovelace. Muitas pessoas sabiam que fora a filha de Byron quem inventara a primeira linguagem de programação. Muitas pessoas desprezavam o que ela dizia e preferiam aplaudir seus esforços com condescendência. Enquanto suas contemporâneas tentavam dançar de espartilho ou escrever romances sobre dançar de espartilho, Ada inventara a programação de computador enquanto usava espartilho. O problema com suas tentativas audaciosas na programação fora que elas não tinham dado muito certo quando um computador de verdade foi alimentado com aquelas informações.

Isso até Harrison Mandel encontrar sua correspondência com um polímata italiano. Harrison percebera que as cartas descreviam um tipo de computador diferente de qualquer outro que já tivesse sido construído. E concluíra que talvez as cartas fossem um jogo elaborado entre tutor e aluna, uma tentativa de inventar os dois lados de uma moeda por correspondência.

Fosse o que fosse, Harrison ficara tão entretido com a descoberta que se sentara e construíra o computador descrito nas cartas. Fora surpreendentemente fácil. As anotações de Lovelace e do italiano eram mais fáceis de seguir do que as instruções que acompanhavam a montagem do armário que ele comprara. Talvez tivessem sido escritas daquela forma deliberadamente.

Harrison inserira o código de Lovelace e concluíra que era possível que a compilação nem sequer acontecesse, e isso seria o fim de sua empreitada. Mas dera certo, funcionara de forma brilhante. O problema fora o que fazer em seguida.

Os americanos encomendaram dez mil. Os russos, vinte. "Mas só tem um", protestara ele, determinando que seria uma descoberta pertencente ao mundo. Ao recusar, sua vida de repente começara a ficar esquisita.

Como se ele estivesse no meio de um filme de o Gordo e o Magro. Pianos realmente caíram de janelas perto dele. Carros misteriosamente deixaram de parar em cruzamentos.

Nervoso, Harrison decidira que a melhor coisa a se fazer, além de a mais segura, seria vender o computador, mas para um comprador particular. Ele que lidasse com os russos e americanos. A proposta que recebeu fora tão absurda que Harrison dissera sim.

Quando estava para receber sua riqueza repentina e constrangedora, o único problema era quantificá-la. Folheara distraidamente um jornal e reparara nas manchetes sobre a venda recente de um Van Gogh desconhecido até o momento, o tipo de tesouro da arte que só pessoas obscenamente ricas vendiam umas para as outras, para se convencerem de que eram cultas. Olhara para o quadro reproduzido no jornal e pensara: "Vou valer exatamente isso".

Era uma sensação engraçada. Por um lado, o valor de sua vida era idêntico ao de um dos tesouros mundiais. Por outro, ele valia exatamente o mesmo que uma folha de papelão que um lunático tingira de cores baratas entre uma ressaca e outra.

Ficou olhando para a imagem. Não conseguia decidir o que pensava dela. Harrison nunca se emocionara com arte. Já pagara para ir a museus e olhar coisas. Mas passava o tempo todo preocupado com todo o resto. O perfume da mulher ao lado, o fato de seu pé esquerdo sempre doer mais do que o direito, o cheiro distante de café, a expressão hilária das pessoas fingindo serem transportadas pelo arrebatamento estético. Os quadros em si não provocavam qualquer coisa em Harrison além da percepção de que ocupavam as paredes. Para que serviam? Pensando bem, para que *ele* servia?

Agora que estava repentina e constrangedoramente rico, perguntando-se o que fazer da vida, Harrison Mandel começara a pensar em arte e no que estava perdendo. Teve uma ideia. Só podia haver um lugar no mundo para aprender sobre arte, não?

Nikolai não conseguia mais comer. Por mais que o anfitrião e o garçom o pressionassem, demonstrou uma educada relutância com um gesto de recusa para um *sorbet* e outra rodada de tábua de queijos.

O anfitrião fez questão de encher sua taça, sorrindo com satisfação ao ver quanto Nikolai estava apreciando o vinho vintage. O sommelier se apressou para sugerir um vinho indubitavelmente delicioso para acompanhar a sobremesa, mas Nikolai, gerando uma gargalhada generosa em todos, acenou para dispensar o sujeito.

Todos concordavam que ele tinha se portado muito bem. Nikolai ouviu muitos elogios pelas escolhas sensatas do cardápio, e alguns deram risadinhas de arrependimento pelas opções descartadas. Ah, bem, todos concordavam que haveria tempo. O Maxim's não ia a lugar algum.

O anfitrião cuidou da conta exorbitante, e eles foram buscar o carro. Nikolai ergueu devagar seu peso considerável, assentiu para os garçons, como se fossem velhos amigos, e seguiu lentamente até a janela para saborear mais uma vez aquela vista magnífica.

O anfitrião voltou, e eles firmaram o acordo com um aperto de mãos. Então Hermann, aquele chofer extremamente bem-vestido, o acompanhou para o carro. Claro que era um Rolls-Royce Silver Ghost. Claro.

Nikolai recostou a cabeça no estofamento reconfortante de couro e ficou outra vez impressionado, enquanto os bulevares iluminados de Haussmann passavam.

Sim, pensou o professor Kerensky, *vou gostar de trabalhar em Paris.*

Não fosse Swansea, nada daquilo teria acontecido.

Alguns agentes do Departamento conseguiam empurrar a cadeira para trás depois de beber demais e se lembrar com pesar de seus inimigos, depois conversavam sobre Genebra, Monte Carlo, Tânger e Berlim. Nomes com os quais era possível conspirar. Ambientes que transbordavam sedução, estilo, romance e tragédia. No mundo do Departamento, não havia problema em fracassar, se isso fosse feito em um lugar que precisasse de legendas.

Mas Duggan? Sua ruína foi Swansea. Ironicamente, ele nunca fora a Swansea. Mas era lá que ficava o setor financeiro do Departamento. Devia ser um lugar isolado no meio de um estacionamento. Ele não era muito imaginativo, mas achava que devia chover muito em Swansea.

Duggan teve uma boa pista, indicando um contêiner em Gante. Sabia que precisava chegar lá depressa, antes que as evidências sumissem para sempre. Era o tipo de urgência que pedia um helicóptero, um jato particular ou até mesmo um aerobarco. Mas o financeiro de Swansea tinha limites, e esses limites eram um hotel barato e uma barca bem cedinho.

Mais tarde, Duggan pensaria que, se ao menos tivesse permissão para mais duas libras, poderia ter ido para um hotel que não fosse tão absurdamente barato. E poderia ao menos ter dormido bem à noite. Todo hotel barato, além do travesseiro fino e dos copos de vidro lascados, tem alguém chamado Barry que aparece às três da manhã, grita o próprio nome e bate algumas portas. Se Barry tivesse feito isso às 5 da manhã, Duggan não teria perdido a primeira barca. Só que ele acabou dormindo enquanto o despertador tocava, e teve que ficar andando pelo porto, infeliz, durante horas. Passou alguns instantes convencido de que estava sendo seguido, na Woolworths, antes de passar um tempo em um café que servia chá com uma oleosa marca de digital na caneca.

Duggan sempre fora um homem de emoções limitadas, mas, nos últimos tempos, mesmo na travessia da barca, via-se brincando com novas emoções. Seus companheiros constantes, Raiva e Irritação, estavam abrindo espaço para a Apreensão. Ele ficava encarando o relógio, puxando a manga da capa amassada e olhando o mostrador. O tempo estava fazendo duas coisas simultâneas: arrastando-se muito lentamente e indo rápido demais. A barca seguia pelas ondas, na direção de Gante, com toda a pressa de um serviço dominical de ônibus. Enquanto isso, no porto distante, um contêiner poderia ser esvaziado a qualquer minuto.

Dentro do contêiner estava a prova cabal, o alvo certeiro, a recompensa pelos últimos dezoito meses de trabalho árduo. Um trabalho que não o levara nem perto de Genebra, Monte Carlo, Tânger ou Berlim. Ele brigara para entrar e para sair de uma casa de leilão em Aberdeen e trocara socos com valentões em uma cidade sem graça na Noruega. Provocara um monte de confusão, mas Duggan sabia que confusão era como a pessoa se fazia notar.

— Se alguém está entrando na teia de uma aranha — dissera para o chefe — é melhor fazer isso como uma vespa irritada.

O chefe assentira, muito sério, ao ouvir aquilo, e dissera a ele que suas intenções eram boas, mas que era melhor ele calar a boca.

Finalmente, Gante apareceu no horizonte, como uma ressaca. O sol se punha atrás do contorno nada promissor do porto. O tempo estava esfriando, e um pouco da chuva de Swansea o seguira. Duggan tremeu, puxou a capa de chuva e seguiu para o píer. Andou apressado pelo labirinto de caixas de ferro, guiado pela dica que arrancara daquele oculista apavorado. Fora mesmo no dia anterior? Ele olhou outra vez para o relógio e esfregou uma mancha na manga. Estava tudo bem. Chegaria a tempo. Seu trabalho girava ao redor do tempo.

Havia dois guardas no píer. Claro que havia. Duggan cuidou deles depressa. Talvez recebessem dinheiro da gangue, talvez não, mas, já no fim de um dia infeliz, ele não ligava. Não tinha tempo para descobrir, e bater neles o fez se sentir melhor.

E também não se demorou no cadeado. Carregava ferramentas úteis tanto para arrombamentos quanto para entrevistar suspeitos. Ao destrancar a porta, sua mente experimentou mais uma nova emoção. Trepidação. Não, ele não gostou.

Se a sorte estivesse ao lado dele e o trabalho árduo fosse recompensado, encontraria tudo de que precisava no contêiner. O conteúdo tinha sido levado para lá aos poucos, vindo de toda a Europa. Pessoas tinham morrido para transportar cada objeto até ali. Aquele contêiner era uma das câmaras de compensação mais audaciosas da história, e, se Duggan estivesse certo, mesmo tendo perdido a barca, tinha chegado bem a tempo. Com sorte, até pegaria todos com a mão na massa.

A porta se abriu. O contêiner estava vazio, fora uma garrafa vazia de champanhe no chão. Encostado nela, um bilhete, sem dúvida totalmente desprovido de digitais, dizia: "Desculpe não termos esperado".

No preguiçoso fim do tempo, havia uma caixa. Ela já fora descrita como pequena e azul, ou enorme e branca, dependendo de como fosse vista. Um agente imobiliário já a descrevera como enganosamente espaçosa, antes de irromper em lágrimas. Um mecânico no píer espacial de Centrum IV certa vez olhara o motor e, vários anos depois, continuava coçando a cabeça e inspirando, puxando o ar entre os dentes trincados. Um cientista a chamara de impossível. Um filósofo a definira como irritante. Genghis Khan recrutara um exército contra ela, sem sucesso. Seu neto a ganhara em um jogo de gamão. O objeto voara por buracos negros e batera em pontos de ônibus, mas a caixa agora estava parada.

Dentro dela havia um complicado cogumelo hexagonal, onde computação e pensamento se encontravam em uma série de interruptores tortos e botões grandes, vermelhos e interessantes. De debaixo do cogumelo saiu a mão de alguém, segurando uma chave de fendas. A mão jogou-a com descuido para o lado e passou depressa por alguns mostradores (todos marcando "zero" ou "perigo!"), então se aproximou de alguns interruptores, mas parou no maior botão, o mais vermelho. A mão se fechou em punho e bateu no botão com vontade, como se fosse parte de um jogo de parque de diversões.

E, de muitas formas, era mesmo. O Randomizador era, essencialmente, a máquina caça-níqueis mais importante que o universo conhecia. Um único aperto levaria a caixa pequena, azul, grande e branca para um lugar e tempo do universo, de forma completamente aleatória, sem levar em conta as consequências caóticas que, inevitavelmente, viriam em seguida.

Por um único momento, a caixa ficou imóvel no espaço e no tempo, pausada entre o aqui e o agora. Então, com uma gargalhada triunfante pelas dimensões que desabavam e pelas regras ignoradas, a caixa saiu dando piruetas.

A TARDIS estava a caminho.

Capítulo 2

Não é lindo?

— Não é lindo?

A frase fez Harrison Mandel assentir, mesmo sem perceber. Ele estava prestes a se juntar à multidão de visitantes que tentava se superar no uso de superlativos (em especial os americanos). *Realmente*, pensou ele, *a Torre Eiffel é* mesmo *muito alta*.

A viagem no elevador lotado e sacolejante foi levemente assustadora. Parecia uma roda-gigante, mas com cheiro de tabaco francês e óleo diesel. A torre em si era incrivelmente sólida, mas também uma boa demonstração do espírito de desafio parisiense. Montada às pressas para a Exposição Mundial de 1889, a torre permanecia inteira e magnífica. Sobrevivera a duas grandes guerras e a várias campanhas contra sua existência. O zigue-zague de ferro dominava o visual de Paris, mas com um ar, só um ar, de que a qualquer momento poderia levantar as perninhas grossas e sair andando para levar glamour a Bruges.

A vista da Torre Eiffel proporcionava um visual perfeito de toda Paris, dos bulevares organizados e da confusão de palácios e praças, até uma espiadela na direção da monotonia decepcionante dos subúrbios, que, por concordância mútua, deixavam os turistas em paz. A única coisa que não dava para ver da Torre Eiffel era a própria Torre Eiffel, o que parecia uma pena. Se alguma construção já fora feita para ser vista de um lugar alto, era aquela. O melhor que se podia fazer era olhar para baixo, em meio às pernas da torre, sentir certa tontura e ir comprar uns cartões-postais.

Harrison parou ao lado de um grupo de turistas impressionados. Os italianos estavam muito empolgados, um casal japonês celebrou a ocasião com alguns brilhos de flash e os canadenses disseram que, na verdade, tinham a própria torre, que era um pouco mais alta, mas ninguém estava interessado. Harrison ficou um pouco afastado e observou Elena. Tinha esbarrado nela em uma festa (agora estava muito rico e parecia ir a todas as festas), e a mulher percebera na mesma hora o quanto ele estava infeliz. Elena era tudo que Harrison não era. Confiante, glamorosa e extrovertida. Dera um abraço nele e dissera o quanto lamentava ele parecer tão para baixo. O que o surpreendera. *Afinal*, pensara Harrison, *eu não pareço tão mal, não é?* "Este é um dos meus melhores amigos", anunciara ela, a dois banqueiros e uma aspidistra. "O pobrezinho precisa ser alegrado".

Paris viera em seguida, para a confusão de Harrison. Não achava que Elena fosse uma de suas melhores amigas. A mulher sempre parecera gentil de um jeito íntimo, mas ele continuava convencido de que ela nem sequer prestava muita atenção nele. Ela era bonita, intensa e empolgante. Harrison era mais como um sinal de pontuação, e não um que abrisse espaço para comentários.

— Venha me ver em Paris, querido — dissera ela, animada. — E vou mostra a Vida a você.

Ele esperava, de verdade, que a proposta não tivesse a ver com seu dinheiro. Será que a mulher queria se casar? Tocara no assunto durante o jantar da primeira noite, meio nervoso, e por um momento ela parecera decepcionada e irritada. Elena esticara a mão por cima da mesa e batera no nariz dele (era o tipo de mulher que batia no nariz das pessoas, taça de vinho no caminho ou não).

— Harrison, sim, você tem um montão de dinheiro. Mas não tem empolgação. *Rien*. Por que eu me casaria para ficar entediada?

Ele sentira ao mesmo tempo alívio e certa decepção, mas Elena dera aquela gargalhada maravilhosa que dizia que tudo ficaria bem.

Fizeram um passeio de barco pelo Sena, deslizando por arcos iluminados, e ele se arriscara a dizer que era divino. Elena batera no nariz dele de novo.

— Você não quis dizer isso de verdade. *Bien sûr*, você está gostando. É bonito. Mas você não está... — Ela fez uma pausa, os braços tentando encontrar a palavra certa em algum lugar do ar quente da noite. — Você não está extasiado. Vou continuar mostrando toda Paris, até você encontrar alguma coisa que ache realmente bonita. *Non?*

E ali estava ele, no alto da Torre Eiffel. Via, bem abaixo, Elena lendo um livro e esperando por ele. A mulher recusara ir até lá com ele e declarara que, apesar de os parisienses adorarem a torre, subir nela era meio *gauche*. Harrison pensou que ela ficaria decepcionada se ele contasse que achara lindo.

Ele olhou para as duas pessoas ao lado, completamente apaixonadas, se não uma pela outra, decerto pela vida. As duas sorriam como crianças. Na verdade, a moça estava vestida exatamente como uma estudante, com uma saia curta azul-marinho, uma blusa de seda com laço vermelho e um chapéu de palha no cabelo dourado, que ficava ainda mais bonito com a brisa.

O rapaz era do tipo que só se encontrava em Paris, com um casaco comprido, um cachecol ainda maior e muito cabelo encaracolado. A impressão geral era de um homem todo tricotado. Menos os dentes. Dava para ver um monte de dentes, porque o homem estava sempre sorrindo.

Se ao menos fosse eu, pensou Harrison.

— Não é lindo? — indagou o Doutor, esperando uma reação de Romana.

O Doutor passava muito tempo esperando uma reação de Romana. Às vezes, até K9, seu cachorro robô, conseguia demonstrar mais entusiasmo. Romana e o Doutor eram Senhores do Tempo do planeta Gallifrey. Ele tinha deixado para trás aquele mundo de domos grandiosos e claustros silenciosos, fugira para ver o universo, salvando boa parte dele no caminho. Romana se juntara a ele havia pouco tempo (algumas semanas ou alguns anos?). Era uma jovenzinha de cento e vinte e cinco anos recém-saída da Academia. Tinha muito que desaprender pelo caminho.

Inicialmente, o Doutor tivera medo de Romana não estar gostando de viajar em sua companhia. Ela até se referira algumas vezes às viagens como "missões", o que lhe dera coceira nos dentes.

— Romana — dissera —, tem gente demais que leva o universo muito a sério. Não seja uma delas.

Romana apenas assentira, muito séria.

Os dois continuaram a viajar juntos, e ele estava começando a temer que Romana não estivesse gostando nem um pouco. Em geral, quando suas companheiras não estavam se divertindo, davam a notícia de um jeito meio brutal. Muitas vezes casando-se ou, em determinado caso, indo embora no meio de uma batalha emocionante com um supercomputador na Post Office Tower. Mas não, Romana ficara com ele. Terrivelmente séria, terrivelmente eficiente, mas um tanto mal-humorada.

E então, um dia, apenas para provar que ele estava errado, Romana se regenerara só por diversão. O Doutor já tinha se regenerado muitas vezes e por uma variedade de motivos (temia algum dia encontrar alguém que listasse todas as ocasiões em ordem), mas nunca ousara trocar de corpo por diversão. Aquilo o deixara impressionado. Uma coisa era ser capaz de renovar o corpo durante uma crise mortal, outra bem diferente era diminuir um pouco o tamanho das pernas. No jogo de superação pandimensional, Romana talvez estivesse vencendo.

Pior, ela se regenerara com muita facilidade. Sempre que o Doutor fazia isso, era o mais próximo que chegava de ter uma ressaca. Passava dias vagueando e sentindo pena de si mesmo (nota mental: da próxima vez, experimentar um sanduíche de bacon). Romana se regenerara sem nenhum incômodo e logo partira para derrotar os Daleks.

Esse era o problema da nova Romana. Até as roupas eram incríveis. De repente, pela primeira vez em suas muitas vidas, o Doutor temia não ser o mais bacana.

E era por isso que estava torcendo para pousar em algum lugar impressionante. Sentira uma pontada de emoção quando o Randomizador escolhera Paris. Nunca falhava.

— Ah, eu acho a cidade linda — repetiu o Doutor, esperançoso.

Romana olhou ao redor e assentiu. O coração do Doutor despencou um pouquinho.

— Ora, não é bem como você descreveu — disse ela, por fim, com um sorriso que podia ser só por educação.

— Ah, é? — indagou o Doutor, receoso.

A TARDIS estava parada próximo à esquina. Com um pouco de sorte, poderiam voltar para lá em dez minutos e seguir para outro lugar. Sim, isso mesmo. Poderia chamar de erro de cálculo, botar a culpa nos compensadores de tração e tentar de novo. Paris. Má ideia.

Romana olhou ao redor de novo, farejou o ar e alargou o sorriso cauteloso.

— Não. É muito melhor.

Isso foi um alívio.

— É o único lugar do universo onde se pode relaxar de verdade — comentou o Doutor, relaxando de verdade.

— É maravilhosa! — Romana farejou o ar de novo e captou muitos aromas. Vapores de gasolina, fumaça de madeira, chuva no asfalto e, mais do que isso, animais e vegetais sendo assados em minerais. Ela expirou. — Ah, que fragrância!

— O que Paris tem — começou o Doutor, envolvendo-se no assunto — é um ethos, uma vida, uma...

— Fragrância? — sugeriu Romana, querendo mesmo ajudar.

— Um espírito próprio que deve ser saboreado. Como um vinho, tem uma...

— Fragrância?

— Tem uma fragrância. — Depois de procurar sem sucesso por uma palavra melhor, usou a dela, pronunciando-a de forma definitiva. — Uma fragrância. Exatamente. Assim como um bom vinho. — Não conseguiu deixar de oferecer um conselho experiente. De um viajante para outro. — É claro que é preciso escolher um dos anos vintage...

— Em que ano estamos? — perguntou Romana, com uma desconfiança se formando na mente. — Me esqueci de verificar.

— Ah, sim, bem... — Pego no flagra, o Doutor apertou os olhos para uma gaivota que passava. — Estamos em 1979. Está mais para um vinho de mesa, não acha? O Randomizador é um instrumento útil, mas carece de verdadeiro discernimento.

Por um momento, ficou perdido em lembranças surpreendentemente agradáveis da Revolução Francesa e do Robô Napoleão XII. Em seguida, deu um sorriso largo, como um capacho dando boas-vindas.

— Vamos beber para ver?

— Eu adoraria.

Ao dar as costas para a vista, Romana teve que abrir um sorriso, em parte de alívio. A definição do Doutor de "ano vintage" sem dúvida significava invasão alienígena, vários banhos de sangue e a explosão de alguma casa majestosa. Pelo menos uma vez, ficaria sem essas coisas. Pelo menos uma vez, seria bom pousar em um lugar e apenas se divertir. Como os humanos chamavam? Férias. Sim, era isso.

— Vamos pegar o elevador ou voar?

O Doutor sugou um dedo e o levantou no ar, para testar a velocidade do vento. Fazia um tempo, mas, bem... Ele olhou ao redor, para os turistas que compartilhavam a plataforma com eles. Os fotógrafos japoneses, os italianos tagarelas, o inglês com aparência meio depressiva. Ah, sim, isso talvez o alegrasse.

— Não vamos ostentar — avisou a ela.

— Tudo bem, então. — Romana assentiu. — Vamos voar.

Tentador. Mas não.

— Íamos parecer dois idiotas. — O Doutor sorriu de novo. — Vamos de elevador.

Então, entraram em uma caixa que era, para variar, exatamente do mesmo tamanho por fora e por dentro.

— Para onde vamos? — perguntou Romana.

— Filosoficamente ou geograficamente?

O Doutor observava o chão, aquele chão lindo e empolgante de Paris, ficar cada vez mais perto.

— Filosoficamente.

— Então vamos almoçar — respondeu ele, com firmeza.

— Almoçar! — repetiu Romana, rindo com alegria.

Era muito raro conseguirem parar para comer. Sua última refeição fora algo que a máquina de comida da TARDIS jurara que não era um sanduíche de queijo com picles do tipo vendido nas estações de trem britânicas, mas Romana não se convencera.

— Conheço um lugar que faz um *bouillabaisse* que vai encaracolar seu cabelo.

Isso, pensou o Doutor, *se o lugar ainda existir*. Humm. Fora uma das poucas recomendações sensatas que Catarina de Médici tinha lhe dado.

— *Bouillabaisse*. — Romana se animou. — Hummm.

O Doutor e Romana estavam mesmo de férias.

A maioria das pessoas concordava que o conde Scarlioni era o homem mais encantador que já tinham encontrado. Mesmo as que morreram durante o encontro.

Ele enchia qualquer aposento com gargalhadas, deslizando pelo lugar com um aceno aqui, uma piscadela ali e um sorriso para todos. Anfitriãs clamavam para tê-lo em seus salões. Embaixadores desejavam sua presença em recepções. Curadores imploravam para que ele fosse a inaugurações de galerias. E ele sempre ia e dava vida à ocasião, com aquele sorriso invariavelmente presente, que a *Paris Match* certa vez chamou de "o segundo sorriso mais famoso de Paris". Todos concordavam que ele era um homem que de fato amava as pessoas.

A única pessoa que não achava o conde Scarlioni encantador era o próprio conde. Às vezes, ele vagava pelos corredores enormes do château, tocando nos antigos tesouros de arte, nos objetos raros e lindos, nas quinquilharias valiosas, e, quando tinha certeza absoluta de que estava sozinho, parava em frente a um espelho e se admirava. Examinando o rosto quase perfeito. O sorriso.

Quando o conhecera, a condessa perguntara sobre aquele sorriso. Era como se ele estivesse envolvido em uma gloriosa piada particular. E ela queria desesperadamente saber a piada. O conde se inclinara para a frente sobre a mesa e contara a ela:

— Sou o maior ladrão de arte que o mundo já conheceu.

E rira. E ela também rira. Mas alguma coisa no olhar dele dizia que, por mais audacioso, ousado e verdadeiro que aquilo fosse, não era o motivo real do sorriso.

A maioria das pessoas se perguntava o que estava fazendo na Terra. O conde Scarlioni sabia. O problema era que dava um trabalho danado.

O conde morava em um dos endereços mais ímpares de Paris. Na extremidade do Marais, entre dois bulevares erguidos com muito escrúpulo, exibindo o melhor do trabalho do barão Haussmann, havia uma bela propriedade. Ocupando cada centímetro dela havia um château. Não as versões quadradonas e minimalistas do *Hôtel Particulier* que a maioria dos nobres tinha como segunda residência, mas um palácio em tamanho natural, com paredes altas, torres e balaustradas. Labirintos ocupavam os jardins, pavões andavam pelo terreno e, às vezes, dava para ver cervos entre as árvores. A história não chegara ao château: os alemães não o ocuparam, as enchentes não o atingiram, as multidões da revolução passaram direto. O château era tão grande que, apesar de toda Paris ter ido a festas lá, ninguém ousava alegar ter visto a propriedade inteira.

Algumas pessoas a chamavam de Casa das Perguntas, porque havia muitas perguntas sobre ela. Quando foi construída? Como sobreviveu por tanto tempo? Quem foram os donos anteriores? Quem era o dono atual? E, claro: por que ninguém que morava lá tinha respostas?

Uma colunista de fofocas particularmente venenosa certa vez encurralara o conde Scarlioni em uma festa e falara que ela, sozinha, dera aquele título ao palácio. Que maravilhoso, não era, que a sociedade o incorporara! Que maravilhoso, concordara o conde, com um sorriso fraco. O curioso foi que, quando a colunista desapareceu pouco depois, ninguém fez perguntas.

Uma pergunta para a qual poucas pessoas tiveram resposta foi: "Como são os porões?". As respostas variaram ao longo dos anos. O amontoado de garrafas e sobras da Inquisição fora deslocado um pouco para o lado. Tudo abria caminho para o progresso, inclusive a coleção de vinhos do conde. O espaço no momento estava ocupado por um computador poderoso e muito grande e por uma quantidade absurda de tecnologia. Em contraste com a bela poeira acumulando-se nas garrafas requintadas, o equipamento brilhava de tão novo. Cantava sozinho, com rolos de fita de computador assumindo a melodia, enquanto impressoras matriciais cuidavam do coral, e um osciloscópio acrescentava seu cântico alegre.

Em um contraste patético com as novidades cantarolantes, o professor Kerensky, um pouco torto, ficava no meio de tudo. O corpo magro e frágil seguia sem firmeza por entre as bancadas de equipamento. Volta e meia, ele se segurava em alguma coisa cara só para se apoiar. Desenvolvera logo um pavor bem razoável de seu empregador, enquanto vivia ao mesmo tempo eufórico e exausto pelo trabalho.

Naquele dia, Kerensky estava quase no limite, graças a uma papelada. Para ser preciso, uma pilha de contas com impressão vermelha e ÚLTIMO AVISO carimbado. A princípio, ficou impressionado por conseguir receber correspondências naquele porão. Logo depois, ficou horrorizado, pois cada envelope só servia para deixá-lo mais infeliz.

A única coisa boa dos últimos meses era a perda de peso. *Ah, se meu médico pudesse me ver agora...*, dizia Kerensky para si mesmo, enquanto apertava mais o cinto. Por outro lado, havia a exaustão e a deficiência de vitamina D que acompanhavam a vida ali embaixo. *Pode ser que eu surpreenda a todos morrendo de escorbuto*, pensara.

Aquele era o dia em que Kerensky enfrentaria o conde. Faria o sujeito dar ouvidos à razão. O que estava sendo mais difícil do que ele pensava. O conde tinha muitos anos de experiência circulando por festas, ignorando perguntas constrangedoras, e não via sentido em romper o hábito tão cedo.

Se Kerensky parecia um bicho quase morto levado para casa pelo gato do château, o conde Carlos Scarlioni oferecia um contraste glorioso. Sempre. Era o homem para quem as palavras "gracioso" e "questionável" haviam sido inventadas. O rosto era bonito, magro e fascinantemente cruel. O cabelo era louro. O terno justo demonstrava muito bem como usar alfaiataria cara, além de ser de um tom de branco que fazia qualquer pessoa querer derramar vinho em cima. O rosto, quase como uma máscara, tinha um sorriso permanente grudado. A princípio, Kerensky achara o sorriso encantador. Agora, considerava-o apavorante.

A pior coisa do sorriso do conde era que nunca chegava aos olhos. Os olhos se fixavam no interlocutor com a precisão fria de um microscópio ou da mira de uma arma, deixando que o resto do rosto acompanhasse o sorriso. Naquele dia, o sorriso deixava claro que o conde estava entediado.

— Mas... — Nos últimos tempos, Kerensky iniciava a maioria das frases com *mas*. O conde achava um hábito cansativo que precisava ser corrigido. — Não posso prosseguir, conde! Pesquisa custa dinheiro. Se você quer resultados, precisamos de dinheiro.

Dinheiro? Ah, sim, pensou o conde. *Quem inventara o dinheiro?* Fora um erro. Ali estava Kerensky, sacudindo uns papéis para ele, e o único jeito de fazê-lo calar a boca (com exceção de lhe dar um tiro) era lhe dar outros papéis. Que coisa chata.

— Eu garanto, professor... — O conde Scarlioni falava com um sotaque que deixava claro o quanto era mais estudado do que os outros. Era uma voz que acompanhava uma mente já muito decidida. — ... dinheiro não é problema.

Assim como o próprio Kerensky, falar aquilo já não produzia resultados.

— Mas é isso que você me diz, conde, é isso que você me diz todos os dias!

Kerensky sacudiu a pilha de contas de novo, exaltando-se com o assunto como se estivesse dando uma palestra na universidade. Fez uma pausa, pensou com carinho nos jantares formais e com menos carinho nos colegas. Imaginou que estavam todos se perguntando como podiam viver sem ele.

— Dinheiro não é problema? O que você quer que eu faça com essas cobranças por equipamento? Que escreva "dinheiro não é problema" em cada uma e mande de volta?

Isso daria certo?, perguntou-se o conde, por um momento. Então se encostou em um equipamento que, a julgar pela expressão horrorizada de Kerensky, não devia ser usado como apoio. Que bom. Em um gesto lânguido, enfiou a mão no bolso do paletó e pegou uma pilha de papéis que estavam fazendo um volume incômodo. Era tão gordo quanto um livro de receitas.

— Um milhão de francos resolvem o "problema de fluxo imediato de dinheiro"?

Como a maioria das coisas que o conde dizia, dava para ouvir as aspas irônicas. Ele tirou o bastante para deixar o volume menos incômodo e entregou para Kerensky em um gesto casual. Resistiu ao impulso de dobrar o papel em formato de aviãozinho. Isso seria divertido.

O rosto do tolo se iluminou como se o conde tivesse feito algo que não fosse entediante. O homem fez um barulhinho estranho. Sempre dava para perceber quem eram as pessoas que nunca se acostumavam com dinheiro. Era cansativo como ficavam empolgadas ao ver um maço daqueles.

— Mas é claro, conde! É claro! Vai ajudar muito! — Tomado de um pensamento mundano, Kerensky fez uma pausa e balançou um dedo na direção dele. O conde brincou com a ideia de arrancar o dedo com uma mordida. — Mas vou precisar de bem mais em pouco tempo.

Igualzinho a um camponês. Se você desse pão, eles só voltavam e pediam mais. Era melhor deixar que passassem fome.

— É claro, professor, é claro. — Ele aumentou um pouco o sorriso. — Nada deve ficar no caminho do Trabalho!

Então andou até o canto do laboratório, as mãos batendo distraidamente na lateral do computador antes de fazer uma alteração mínima em um sintonizador. Kerensky ficava irritado quando ele fazia isso. E ficava ainda mais irritado porque, invariavelmente, acabava sendo a alteração certa. Pouco tempo antes, Kerensky chegara à horrível conclusão de que o conde Scarlioni o empregava apenas porque não queria se dar ao trabalho de fazer aquilo. O que o irritava. Ele, Kerensky, era um gênio aclamado, disputado por universidades, presenteado com vinhos e jantares por organizadores de conferências. Era um homem de opinião importante, cuja contribuição à ciência era vital. Ali, naquele buraco miserável de Paris, estava prestes a fazer um avanço que mudaria o mundo para sempre. E, mesmo assim, sentia que tinha sido contratado para arrumar um jardim abandonado enquanto o dono dormia em uma cadeira com uma bebida gelada na mão. Que bebida seria essa? Sua mente começou a devanear.

Bocejando, o conde Scarlioni foi até um pedaço de corda que pendia da parede e o puxou. Como estava no porão, o chamado foi atendido na mesma hora. A porta no alto da escadaria de pedra se abriu, e Hermann, o mordomo de terno escuro, desceu.

Kerensky nunca se atrevera a puxar conversa com Hermann. O homem tinha um sotaque culto, mas com um toque alemão reconhecível. Os ombros eram largos, o cabelo já tinha sido louro, e o porte atlético não fora afetado pela idade avançada. Kerensky tinha alguns palpites sobre o passado de Hermann, mas preferiu não confirmá-los. Não gostava de ficar sozinho com o mordomo.

O conde cumprimentou Hermann como a um amigo antigo e valioso, observando com prazer a figura tímida do professor se afastar para mexer no computador.

Hermann se aproximou e fez uma reverência.

— Vossa excelência.

O conde bateu no volume diminuído que trazia no bolso, como se fosse um estojo de cigarros lamentavelmente vazio.

— Gainsborough não conseguiu o bastante. Acho que precisaremos vender uma das Bíblias.

— Senhor? — inquiriu Hermann.

— É, a de Gutenberg.

O conde não conseguiu esconder um traço de tristeza na voz.

— Acho que devemos agir com cautela. — Hermann era uma das poucas pessoas que falavam abertamente com o conde. Nunca com a voz alterada, mas sempre com sabedoria. Afinal, ele tinha muita experiência com arte. — Não seria interessante atrair atenção demais. Outro surgimento de tesouros artísticos de valor inestimável no mercado...

Hermann mexeu na barba bem aparada com expressão de lamento. O tom baixo de sua voz deixou claro que o homem achava a ideia impensada e de mau gosto.

Hermann era o único homem de quem o conde aceitava uma crítica daquelas.

— É. Eu sei, Hermann, eu sei. Venda... — ele fez uma pausa e abriu mais o sorriso — com discrição.

— Com discrição, senhor? — Hermann ergueu as sobrancelhas. — Vender uma Bíblia de Gutenberg com discrição?

Hermann tinha razão. A Bíblia de Gutenberg era o primeiro best-seller da história editorial. Até os anos 1450, as bíblias eram copiadas com muito cuidado por monges frios e entediados. Gutenberg mudara isso. As dele tinham sido impressas. Fora a coisa mais empolgante que acontecera à Bíblia desde que ganhara uma sequência.

Atualmente, as de Gutenberg eram tão raras que mesmo a descoberta de uma página perdida era uma sensação. Sabia-se da existência de apenas vinte e um exemplares completos. Ao lado da máquina de chá, na mesa de cabeceira do conde, estava a vigésima segunda.

O conde deu um sorriso nobre.

— Ah, venda da forma mais discreta possível, Hermann. Só dê um jeito, está bem?

Sabendo que não deveria discutir, Hermann fez uma reverência.

— Sim, senhor. Claro, senhor.

O homem subiu a escada de pedra e fechou a porta. Como o conde ainda estava lá embaixo, sua saída não foi seguida pelo clique da fechadura.

Com a parte lamentável do dia resolvida, o conde se virou para Kerensky. Sem saber e sem ligar para o que era uma Bíblia de Gutenberg, o velho tolo ainda estava enterrado na fiação de uma placa de circuito. Olhando a alguns passos de distância, era mesmo bem impressionante o que Kerensky tinha conseguido montar. Não como o próprio conde teria feito, mas poucas coisas eram feitas como ele faria. O conde esfregou as mãos com um humor próximo à euforia.

— Que bom, professor, excelente. Espero que já estejamos prontos para executar o próximo estágio do experimento.

Absorto na placa, Kerensky não percebeu a vaga ameaça.

— Em dois minutos, conde. Só mais dois minutos — murmurou, balançando a mão.

O conde bateu com os dedos em uma bancada, um pouco impaciente. Um homem mais calmo teria dito que, depois de esperar tanto por uma coisa, dois minutos não eram quase nada. Mas a paciência do conde já se esgotara havia muito.

Capítulo 3

Um quadro como...

Eles não encontraram aquele restaurante do *bouillabaisse*, mas Romana não se importou. O Doutor alegou que as ruas de Paris eram como os aposentos da TARDIS, viviam mudando de lugar quando ninguém estava olhando. A analogia não convenceu a mulher. Ela achou que o metrô de Paris podia ensinar uma coisinha ou outra para a nave do Doutor sobre como chegar atrasada, mas com estilo.

Entrar em uma das estações do metrô era como entrar na boca de uma Medusa de metal, os tentáculos verdes de cobre se espalhando, saindo do saguão de venda de bilhetes. Os trens gemiam e sibilavam como monstros ocupados enquanto corriam entre estações com nomes como Marcadet-Poissonniers, Tuileries e Trocadéro. Nomes tão divertidos que os circuitos telepáticos da TARDIS se recusavam a traduzir.

Do lado de fora, estendiam-se os bulevares, lotados de carros buzinando uns para os outros. *Só Paris*, refletiu Romana, *faz um engarrafamento parecer um festival.* Cada carro era uma pequena escultura de lata abstendo-se de ser eficiente entre as filas tortas, com detalhes decorativos e cores alegres. Todas as ruas estavam bloqueadas, como se os carros tivessem chegado com pressa para ir a algum lugar, mas acabado por decidir que "não há lugar melhor do que aqui" e se acomodando alegremente para a longa espera.

As calçadas cobertas de folhas eram uma confusão deliciosa de árvores, cachorros, pedras e degraus gastos que levavam a outras ruas, a catedrais ou apenas a uma porta com um gato se limpando, preguiçoso, ao sol.

O Doutor disse a Romana que tinham chegado naquele momento lindo entre a invenção do dreno francês e da mala com rodinhas, então as ruas de Paris estariam no melhor momento, e, pela primeira vez, não estava aumentando nem um pouquinho.

De um modo geral, Romana estava gostando muito das férias. Os dois dispararam pela Champs-Élysées. Era a primeira vez que corriam para algum lugar sem robôs mortais em sua cola. Pensaram em ir a uma exposição ("Três milhões de anos de história humana", dizia o pôster dramático. "Baboseira", disse o Doutor). Pararam em uma livraria para procurar Ernest Hemingway (o Doutor não deixou claro se era um livro dele ou o escritor em carne e osso). Um sarau acontecia em frente. Depois de aparentemente ter sido reconhecido pelo dono, o Doutor não conseguiu resistir ao convite insistente de apresentar uma canção romântica de Betelgeuse, recebida com aplausos educados.

— Não beba o vinho — sibilou o Doutor, quando bebidas foram distribuídas em cálices incomuns de metal, que na verdade eram latas de atum.

Finalmente, os dois subiram os degraus para Montmartre. Os domos da Sacré-Coeur sorriam para uma praça impossivelmente excêntrica, cheia de cafés impossivelmente excêntricos. Escolheram um, e, pela primeira vez na vida, Romana formulou o seguinte pensamento:

— Vamos comer uma coisinha e depois fazer umas compras?

O Doutor estava com um humor alegre muito similar ao dela.

— Você rejuvenesceu anos — comentou Romana. — Não parece ter nem setecentos e cinquenta.

O Doutor tinha se aconchegado em um canto quieto do café, apoiando as pernas em uma cadeira com um baque e recostando-se na que estava sentado. Quando surgiu um garçom, o Doutor murmurou alguma coisa que o homem não tinha como ouvir, mas ele acabou voltando automaticamente com uma jarra de vinho tinto, duas taças e pão. O Doutor ignorou o vinho, tirou do bolso o livro que acabara de comprar, destacou as páginas com uma faquinha de pão e as folheou lentamente.

— É bom? — perguntou Romana, fazendo as palavras cruzadas em francês.

— Não é ruim, mas fica um pouco chato no meio.

O Doutor colocou o livro no bolso e olhou vagamente para as palavras cruzadas de Romana. Sugeriu algumas respostas e, quando viu que estavam erradas, comeu pão e pigarreou, fazendo um ruído alto. O Doutor fazia esse barulho com frequência. Em geral, era o prelúdio de um pronunciamento fatídico ou de uma confissão sobre um pequeno desastre. Mas, ao menos daquela vez, foi um ruído incrivelmente feliz, vindo de um homem alegre de verdade.

O Doutor parecia estar contemplando a possibilidade de tirar um cochilo. O café, assim como boa parte de Paris, parecia um velho amigo que não se dera ao trabalho de arrumar a casa quando você apareceu. Era caloroso, receptivo e tinha um leve cheiro de cachorro molhado no ar.

O Doutor dispensou o garçom que voltava, pegou um chapéu e cobriu o rosto. Ao vê-lo assim, Romana quase não conseguia acreditar que, quando se conheceram, ela o achara meio intimidante. E preocupante. Ainda era meio assustador perceber que o destino do universo com frequência ficava nas mãos de um homem sem qualificações formais. Bem, pelo menos sem qualquer qualificação que fosse levada em conta. O Doutor experimentou um ronco delicado, pareceu satisfeito com o resultado e deu outro.

Romana sorriu e serviu-se de vinho. Ouvira tantas coisas sobre a bebida. Perguntou-se se gostaria.

— Não se mexa — murmurou o Doutor, por trás do chapéu.

Romana ficou paralisada e preocupada. Em geral, quando o Doutor dizia isso, um deles (normalmente, o Doutor) tinha pisado em uma mina ou encostado em um fio de armadilha.

— Por quê? — perguntou. — O que foi?

— Você poderia destruir uma obra de arte de valor inestimável. — Foi a intrigante resposta do Doutor.

— O quê?

O Doutor tirou o chapéu do rosto e falou com urgência, pelo canto da boca.

— Aquele homem ali. — Na última vez que ele usara aquele tom, Davros ameaçava destruir o universo. — Não! Não olhe!

— O que ele está fazendo?

— Desenhando você — respondeu ele, empolgado.

Romana não conseguiu resistir e se virou. Ao fazer isso, a manga enroscou na taça e derrubou vinho na mesa. Quando ela se levantou para tentar cuidar da confusão, teve um vislumbre rápido de um homem com um suéter careta sentado do outro lado do café. Ele rabiscava loucamente com carvão em um bloco de desenho.

O homem levantou o rosto do bloco e reparou que Romana, em vez de estar serenamente sentada na cadeira, esfregava o chão com um guardanapo. Uma expressão de irritação surgiu em seu rosto. Ela se apressou para voltar para a cadeira, mas era tarde demais. O homem já estava de pé. Com raiva, ele arrancou a folha do bloco, amassou e jogou perto dela, batendo os pés em repulsa e saindo do café, sem pagar a conta.

— Eu falei para não olhar.

Ah, ela identificou muito bem o tom de "eu avisei" do Doutor.

— Mas eu só queria ver!

Romana, agora tendo apenas um guardanapo molhado e sujo, sentia-se péssima.

— É tarde demais, ele já foi embora.

Apertando os olhos, o Doutor jogou um punhado de moedas com destreza na mesa do artista.

— Uma pena. Queria saber como ele achava que eu era — refletiu Romana.

Ela e o Doutor tiveram o mesmo pensamento, na mesma hora.

— Ele jogou o desenho ali, então podemos ver até onde

ele foi. — O Doutor terminou a frase com a sensação de que tinha perdido alguma coisa.

Para começo de conversa, o artista estava outra vez à mesa, desenhando. A taça de vinho de Romana não estava derramada. Romana olhava para o copo, alarmada e intrigada.

— O que...? — indagou, enquanto o Doutor falava, quase balbuciando:

— Romana, ele está ali de novo. O artista! Nós acabamos de vê-lo saindo, mas ele ainda está ali.

A mulher levou um susto e se virou na cadeira, derrubando a taça outra vez. Ao ouvir o barulho, o artista ergueu os olhos do bloco e reparou que Romana olhava para ele, boquiaberta. Uma expressão de irritação surgiu em seu rosto. O homem se levantou em um pulo, arrancou a folha do bloco, amassou e jogou perto de Romana batendo os pés em repulsa e saindo do café, sem pagar a conta.

Romana deixou o vinho se espalhar enquanto olhava para o lugar onde o artista estivera.

— Doutor, o que está acontecendo? — perguntou, em um tom lento e cauteloso. Havia grandes chances de a resposta estar errada, mas pelo menos seria um começo.

— Não sei. — Ele balançava a cabeça, tentando entender. — Foi como se o tempo tivesse escorregado para trás, por um segundo.

— Humm — retrucou Romana, inclinando-se para pegar o desenho e salvá-lo da poça de vinho que se espalhava. — Vou dar uma olhada — disse, desdobrando a folha amassada de papel. E parou.

O Doutor encarou a folha de papel.

Romana encarou a folha de papel.

— Bem — começou o Doutor, depois de uma pausa longa demais —, para o retrato de uma Senhora do Tempo, até que não está nada mau.

O artista desenhara Romana com bastante habilidade, capturando o chapéu, os ombros e até o cabelo com linda perfeição. Mas substituíra o rosto pelo mostrador quebrado de um relógio.

— Isso é extraordinário.

Romana esticou as dobras no papel.

— Não é? — concordou o Doutor, em um tom casual.

Uma leve preocupação surgiu na voz de Romana.

— Por que será que ele fez isso? A face quebrada do relógio.

— É... — assentiu o Doutor. — Parece que ele estava tentando desenhar... — ele hesitou, mas encontrou a expressão — ... tentando desenhar uma rachadura no tempo.

Pela primeira vez, Kerensky estava empolgado demais para se sentir cansado. O equipamento caro do laboratório finalmente estava funcionando. Talvez não da melhor maneira, mas sem dúvida estava chegando lá. Se conseguisse aguentar mais uns seis meses, poderia obter um verdadeiro avanço. Seria caro, mas valeria a pena. O conde tinha bolsos fundos. Kerensky recuou e ficou olhando, maravilhado, para o maquinário que tinha construído. *Vão batizar cidades em minha homenagem*, pensou. Ele estava tão perto...

— Tempo, conde, vai levar tempo.

— Tempo, tempo, tempo...

O conde Scarlioni estava pensando em tudo, menos no futuro. Deu um tapinha quase carinhoso no ombro do professor. Faltava pouco, agora. O conde se empertigou e ajeitou a ponta da *cravat* de seda cara.

— Mesmo assim, professor, foi uma demonstração impressionante, ainda que falha. — Viu o rosto do tolo parecer um pouco desanimado, depois se alegrar. — Agora conto com você para acelerar ainda mais o progresso. O destino de muitas pessoas está em nossas mãos.

Kerensky, pensando no próprio futuro, murmurou em tom solene:

— O mundo terá muito a agradecer ao senhor.

— Terá, professor, terá mesmo.

Pela primeira vez, o sorriso do conde era puramente para a própria diversão. Ele coçou um ponto acima do olho direito, distraído; estranhamente sentira uma comichão.

— Em quanto tempo poderemos fazer o próximo teste?

— O próximo, conde? — Kerensky pareceu infeliz de repente. — Bem... — O homem fez alguns cálculos no cérebro exausto, permitindo-se algumas horas de sono e algumas mudanças na fiação...

— Quero ver hoje. — O conde Scarlioni foi bastante firme, com um sorriso perigoso.

— Hoje?

Kerensky encarou um circuito fundido. Só para consertar aquilo precisaria de...

— Sim, hoje. — O sorriso perigoso ficou exatamente treze por cento mais perigoso e vinte por cento mais firme.

Kerensky ficou tão perplexo quanto preocupado.

— Conde, acho que esse é um trabalho maravilhoso, mas não entendo a urgência obsessiva.

Por um momento, pareceu que o conde Scarlioni daria uma resposta séria. Mas ele apenas devolveu as palavras do professor.

— Tempo, professor. É tudo uma questão de tempo.

— Tem alguma coisa errada com o tempo — comentou o Doutor.

Romana não respondeu. Estava olhando com tristeza para o desenho.

Querendo respirar ar fresco, os dois foram se sentar do lado de fora do café. O ar não parecia mais tão quente, a tarde não parecia mais tão agradável.

Conforme o frio foi se espalhando, menos pessoas bebiam do lado de fora, na praça. A exceção eram dois ingleses dividindo o que claramente não era a primeira garrafa de vinho. Estavam falando sobre como era terrível trabalhar na televisão. Um não parava de olhar para o Doutor e balançar a cabeça.

O desenho intrigante estava em cima da mesa, entre o Doutor e Romana. O Doutor o observava. *Sei onde isso vai dar*, pensou Romana, com tristeza. O Doutor abriu a boca para falar. *Ah, aqui vamos nós.*

— Acho que tem alguma coisa errada com o tempo — repetiu ele.

Romana olhou para o céu. Parecia que ia chover.

— Você não sentiu? — insistiu o Doutor.

— Bem, só um pouquinho — admitiu Romana. — E não gostei.

Só um pouquinho? Mesmo? Parecera uma queda de montanha-russa para só depois voltar ao curso normal. O Doutor pensou em uma explicação.

— Deve ser porque atravesso os campos do tempo com muita frequência. Ninguém mais pareceu perceber. — Ele deu um sorriso simpático para Romana. — Você e eu temos um relacionamento especial com o tempo. Somos perpétuos observadores externos.

Chuva, sem dúvida, pensou Romana. *Em 2,31 minutos.*

— Ah, não seja tão fatídico — retrucou ela.

— Fatídico? — O Doutor apontou para o desenho. — Então, como você interpreta isso?

Ela se desviou da pergunta e se questionou se Paris vendia guarda-chuvas.

— Pelo menos em Gallifrey conseguimos capturar uma boa semelhança. Computadores conseguem desenhar.

Às vezes, Romana era tão ingênua!

— O quê? Desenhos de computador? Você está em Paris e vem me falar de desenhos de computador?

O Doutor se levantou, dobrou o desenho, guardou no bolso (*Nunca mais vamos ver esse desenho*, pensou Romana) e saiu andando pela praça, dando um susto em um taxista.

— Venha — soou a voz dele, acima da buzina. — Vou lhe mostrar uns desenhos de verdade, feitos por gente de verdade.

Era essa a questão do Doutor. Ele acabara de convencê-la de que havia um problema que valia a pena ser investigado, mas já se esquecera completamente dele. Só Rassilon sabia a bagunça que devia ser a gaveta de meias dele.

— Mas e a falha no tempo? — perguntou Romana, atrás dele.

O Doutor já descia a rua íngreme na direção do museu, as mãos enfiadas nos bolsos, o cachecol balançando entre as folhas de outono.

— Ah, o tempo que cuide de si mesmo, para variar — soou a voz dele. — Estamos de férias.

O Louvre já tinha sido um palácio. Agora, uma revolução depois, era uma galeria de arte. O que não parecia a Romana uma coisa particularmente auspiciosa. Se abrigasse qualquer quadro minimamente interessante, teriam construído um lugar especial só para ele. O Doutor não queria ouvir o que Romana tinha a dizer enquanto se dirigiam para lá, sob chuva.

— O Louvre. Uma das maiores galerias de arte da galáxia!

— Besteira! — retrucou Romana.

Ela podia estar seguindo por terreno instável ao defender desenhos de computador, mas a Academia tinha um bom curso de estudos panculturais. E não incluía um bolo enorme e um telhado de chumbo com aparência pouco impressionante.

— E a Academia Stellaris, em Sirius V?

O Doutor fez um ruído. Não foi elogioso.

— Ou a Solarium Pinacoteque, em Strikian?

O Doutor fez o mesmo som que ela ouvia os parisienses fazerem quando os turistas pediam ajuda.

Romana tentou uma terceira vez.

— Ou a Coleção Braxiatel?

O Doutor fez cara de irritação.

— Não, não, não, não. Essa é A galeria. A única galeria do universo conhecido que tem um quadro como...

Então ele mostrou a ela.

Mais tarde, quando madame Henrietta recontasse a história para seus gatos, ela se lembraria dos olhos do homem. Por mais apavorante que tudo nele fosse, os olhos pareciam simpáticos. Olhos que foram a muitos lugares. Quando conduzia os passeios, Henrietta gostava de pensar neles como exclusivos e com um toque de luxo. Os convidados (nunca clientes, convidados) a procuravam em busca de conselhos, um pouco de visão local sobre alguns tesouros seletos do Louvre. Havia muito o que escolher, mas ela seguia com ponderada consideração, mostrando obras de arte como se estivesse cumprimentando velhos e queridos amigos.

Tinha talento para ler o humor dos grupos enquanto os guiava pelas galerias. Era sempre o mesmo. Interesse genuíno que se transformava em cordialidade (era preciso ver alguns dos mestres holandeses, mesmo que ninguém gostasse deles) e depois uma excitação crescente quando subiam a majestosa escadaria Daru, antes de ela finalmente deixar que se aproximassem d'O Quadro. Infelizmente, era o único motivo para a maioria das pessoas ir ao Louvre. Ela, às vezes, se perguntava por que não a levavam para um museu próprio, o que daria chance a algumas de suas exposições favoritas respirarem por conta própria. Um pouco de atenção nunca fez mal a ninguém, não é?

Ela dobrou a esquina, como fazia tantas vezes por dia, preparando-se para revelar o quadro para outro grupo de mentes questionadoras com câmeras baratas. Estava acostumada a encontrar uma pequena multidão ao redor da pintura, mas nunca a vira dominada por um homem. Um homem que tinha olhos incríveis e que parecia impressionantemente irritado.

O Doutor não parou em nenhuma das outras obras ("A maioria são frutas podres e coisa do tipo", dissera). Só a apressou em direção à exposição principal, daquele museu e de qualquer outro. Foi disparado até o quadro, espantando algumas pessoas como se fossem pombos, com Romana indo atrás, pedindo desculpas.

Quando estava a três passos do quadro, ele apontou para a tela. Tá-dá!

Romana seguiu a linha do dedo, que apontava com empolgação.

Conseguia ver um retângulo de setenta e sete centímetros de altura e cinquenta e três de largura, envolto em uma moldura que parecia bastante satisfeita consigo mesma. Boa parte dos quadros pelos quais passaram ilustrava mortes terríveis de santos ou batalhas violentas no céu. Esse só mostrava uma mulher comum, sentada. De vestido. Em uma sacada. Atrás dela, uma paisagem na qual ninguém faria uma caminhada. A mulher, pouco mais do que uma garota, na verdade, parecia prestes a dizer alguma coisa. Possivelmente estava meio entediada.

— A *Mona Lisa*! — anunciou o Doutor, com orgulho.

Capítulo 4

Olhe para a moça

Romana olhou para a *Mona Lisa*. A *Mona Lisa* olhou para ela.

O Doutor estava esperando que uma das duas dissesse alguma coisa.

— S-siiim — Romana acabou anunciando. — É muito boa, não é?

— Muito boa! Muito boa! — Ultrajado, o Doutor começou a gritar, e gritava muito alto. — Uma das preciosidades de valor inestimável do universo é *muito boa*?

Lá vamos nós.

Romana fez gestos frenéticos, batendo os braços. Tiveram um dia tão adorável, e agora ali estava ele, chamando atenção. Um homem vagamente beligerante estava a 3,4 metros de distância, à direita. Uma mulher vestida de forma imaculada estava sentada em um banco, 2,4 metros atrás. Eles serviriam para começar.

— Do mundo, Doutor, do mundo — sibilou Romana.

— De que você está falando? — trovejou o Doutor.

Quando ele ficava assim, Romana se concentrava mais nos detalhes avulsos. Calculou o peso do homem forte. Estimou a grossura da tinta nas paredes da galeria e comparou com a grossura média da tinta nas telas. Perguntou-se brevemente por que a mulher elegante virava a pulseira no pulso fino com tanta precisão. E por que o Doutor era um palhaço tão infantil, quando se deixava levar.

— Nada de "do universo" em público, Doutor. Só chama atenção.

— Eu não ligo! — Às vezes, o Doutor se comportava como uma criança de oitenta anos. — Esse é um dos maiores tesouros do universo.

Que Rassilon os ajudasse, ele estava começando a falar com as pessoas ao redor.

— Eles que olhem. Eles que babem! Eles que admirem!

Romana olhou para o quadro, impotente, perguntando-se se havia alguma coisa ali que ela deixara passar. Ah, sim, havia.

— Por que ela não tem sobrancelhas? — perguntou.

Muita coisa foi escrita ao longo dos séculos sobre a *Mona Lisa*. Alguns críticos a aclamaram como o primeiro retrato de uma pessoa comum sendo comum. Outros alegaram que o quadro contém simbolismo místico e escondido, das pirâmides a um autorretrato do artista. Alguns especularam por que o quadro permaneceu em relativa obscuridade até a virada do século XX, quando de repente, disparou em fama e valor. Pouco foi escrito sobre o tópico curioso de por que Leonardo da Vinci deixara as sobrancelhas de fora. Possivelmente porque, até aquele preciso momento, em Paris, Terra, 1979, ninguém tinha se dado conta de que isso era um problema.

— O quê? Isso é tudo que você tem a dizer? Não tem sobrancelhas! É da *Mona Lisa* que você está falando.

O Doutor se virou e assustou um turista de Portugal, que estava prestes a desrespeitar a proibição de fotos com flash. O Doutor olhou para o quadro. Foi o mesmo olhar que usara recentemente com o Guardião Negro, enquanto consertava o Universo (o que fez desligando-o e ligando outra vez).

— A Mona... Meu Deus, você tem razão, ela não tem sobrancelhas, não é? Sabe, nunca reparei nisso.

Perdido, o Doutor parou.

Romana avaliou que sua tentativa gentil de distrair o Doutor fora um fracasso. Ele, às vezes, dava muito trabalho. Se ao menos K9 estivesse ali para fazer um comentário sentencioso sobre pigmentos, ou se a pilha dele acabasse, ou se algum turista tentasse comprá-lo, qualquer coisa. No momento, os dois eram o centro das atenções. Ela já tinha identificado várias câmeras de segurança, catorze dispositivos inibidores de roubo e um guarda apertando desesperadamente um botão escondido na parede. A boa notícia era que, graças aos circuitos telepáticos de tradução da TARDIS, o francês que ela logo precisaria para dizer "Por favor, soltem meu tio dessa camisa de força" seria impecável.

* * *

Foi nesse momento que várias coisas incríveis aconteceram, decretando um fim total e repentino aos planos de férias do Doutor e de Romana.

COISA UM

Como madame Henrietta contaria mais tarde aos gatos:

— Ele estava muito perto do quadro. Tenho certeza de que era inglês.

Certa vez, durante a libertação de Paris dos alemães, madame Henrietta dera abrigo a um aviador inglês escondendo-o atrás da caixa-d'água no sótão. Fora a época mais emocionante de sua vida, e também uma das mais irritantes, pois, depois que o homem fora embora, ela descobrira que ele bebera todos os vinhos vintage de seu pai, escondidos com tanto cuidado. As garrafas sobreviveram a buscas, saques e vários bombardeios, mas não ao inglês.

Se os tesouros do Louvre ficassem desprotegidos, os americanos tentariam comprá-los, os japoneses tirariam fotos e os ingleses colocariam todos no banco de trás de um táxi e nem sequer dariam gorjeta para o motorista. Essa era a opinião de madame Henrietta. O que havia no Museu Britânico, além da maior exibição de cleptomania do mundo? Claro que alguns argumentavam que o lugar da *Mona Lisa* era na Itália, mas isso era diferente. Afinal, depois de morar em Paris por um tempo, a cidade não virava um lar verdadeiro?

Conforme seu passeio guiado discreto, seleto e especial se aproximava da *Mona Lisa*, pela primeira vez madame Henrietta não olhava para ela. Estava vagamente ciente da insatisfação no aposento, procurando a fonte do sentimento enquanto recitava as falas que há muito já sabia de cor.

— E ali, senhoras e senhores, temos o que deve ser o quadro mais famoso desta galeria. — Uma pequena pausa para gargalhadas. — A *Mona Lisa*, *La Gioconda*, pintada por Leonardo da Vinci… — E, nesse momento, ela abria os parênteses. Todo mundo adorava uma data. Mesmo que fosse para esquecer logo em seguida. — (1452-1519).

Isso sempre funcionava.

Mas ela parou. A causa da comoção não era o inglês com capa de chuva velha. Nem a mulher glamorosa que parecia ter ido ao Louvre para ler o *Le Figaro*. E não era aquela estudante de aparência infeliz. Nem os turistas morrendo de vontade de tirar fotos com flash. Nem Claude, o segurança, que mexia freneticamente o nariz bulboso.

Não.

Era o homem com aqueles olhos, bem perto da *Mona Lisa*, como se a pintura o tivesse deixado chateado.

Madame Henrietta já lidara com esse tipo de situação, quando usava de todo o tato e delicadeza para indicar o banheiro para seus seletos convidados. Ela começou com gentileza:

— Com licença, senhor...

Como isso não funcionou para atrair a atenção dele, experimentou uma cutucada no ombro. O homem se virou, murmurando no meio do movimento o que pareceu um "Eu sabia! Se eu ao menos tivesse dito a ele", e depois dirigiu os olhos para ela. A ferocidade deles era tão impressionante que Henrietta ofegou. Mas não. Ficaria tudo bem. Ela uma vez deslocara com sucesso um grupo de australianos que posavam para fotos na frente do quadro fazendo sinal de positivo. Um homem de cachecol não seria problema.

— O quê? — resmungou o homem.

— Com licença, senhor, seria possível sair da frente? Outras pessoas querem admirar o quadro.

A garota pareceu não ter ouvido.

— O que ela disse? — perguntou ela.

O homem estava prestes a repetir quando...

COISA DOIS

A condessa desejou que a pulseira não fizesse aquele barulho. Não era um barulho que desse para ouvir, era um que dava para sentir. Como peça de decoração, combinava perfeitamente com o colar de ouro em seu pescoço. As únicas diferenças eram que o colar não fazia barulho e era fácil de tirar. A pulseira tinha um fecho estranho. Carlos sempre se oferecia para mandar consertar, mas nunca mandava. Ah, havia tantas outras coisas a serem feitas. Tantas coisas nas quais a pulseira teria papel mais importante.

A condessa nunca tivera problema para se misturar. Era um dos motivos que faziam Carlos adorá-la. Ela era capaz de ficar à vontade em qualquer lugar. Mesmo ali, na galeria mais cheia do Louvre, conseguia parecer tranquila, ligeiramente distraída, lendo o jornal e reparando em silêncio em quantas histórias eram direta ou indiretamente sobre Carlos.

O tom agudo da pulseira indicava que o trabalho estava quase no fim. Ela a girou no pulso com cuidado e delicadeza, só um pouco, com um movimento treinado, e virou a página do *Le Figaro*. Ah, sim, ali estava um pequeno parágrafo sobre o contêiner em Gante.

Quando terminou de ler, ela ergueu o rosto, encarou Duggan e desviou os olhos, escondendo um sorriso. Achava-o bem bonito, para um inglês. Se ao menos fosse mais interessante, ela o teria convidado para tomar alguma coisa. E ele teria aceitado. Todo mundo aceitava um convite da condessa Scarlioni.

O mundo em que Heidi vivia agora parecia muito distante das montanhas geladas da Suíça. Nada acontecia na hora marcada, os cardápios mudavam o tempo todo nos restaurantes e o dinheiro era tratado quase com desprezo. Parecia que ela vivia em um turbilhão infinito de romance e empolgação. O que não queria dizer que sua vida não fosse planejada. Pelo contrário.

Ela fora criada para ignorar agitações. Elas costumavam indicar os problemas do que os franceses chamavam de camponeses, e os suíços, de pobres. Raramente essas lutas aconteciam por coisas belas; então, qual era o sentido?

Ainda assim, estava ficando difícil se distanciar daquele burburinho. Primeiro, o segurança olhou ao redor, perguntando-se se a gritaria daquele palhaço boêmio era algum tipo de distração. Até parece. Só um amador tentaria uma coisa dessas.

Ela notou uma ruga de preocupação na testa de Duggan, ao qual a mulher respondeu com um leve balançar de cabeça. *Como você pode pensar tão mal de mim?*

A pulseira apitou. Seu trabalho estava feito. Isso era bom. Podia ir embora. A condessa se levantou e ajeitou as pregas da saia.

COISA TRÊS

Duggan estava odiando Paris. Sabia que estava bebendo no bar da última oportunidade de sua carreira, mas por que tinha que ser em Paris? Era verdade que, quando tudo desse errado, pelo menos culpar Paris pareceria impressionante.

— Você não vai gostar — dissera o chefe. — Você não tem romance na alma.

Duggan não gostava quando o chefe estava certo. Olhou para Paris e achou que a cidade ficaria ótima se passasse por uma faxina de fim de semana. Parecia ser uma cidade de adolescentes esperando que outra pessoa limpasse a sujeira deles. Até os cachorros eram preguiçosos e transformavam todas as calçadas em um sofrido jogo de amarelinha.

Sua última esperança era que o hotel ao menos tivesse uma bela vista. Infelizmente, o melhor que Swansea conseguiu foi um lugar escuro atrás da Gare du Nord que fedia a porquinhos-da-índia.

Mas pelo menos Paris lhe permitia seguir a condessa de perto. Ele somou dois mais dois e finalmente ficou convencido de ter chegado ao quatro. Havia boatos de um roubo de arte extremamente audacioso sendo planejado. Todas as fontes desses boatos foram encontradas boiando no rio Sena. E a condessa Scarlioni começou a passar muito tempo lendo revistas de moda em galerias de arte. Ele começou a segui-la como um cão de caça fiel, esperando que alguma coisa acontecesse. E agora, aquilo.

Duggan tentava entender a situação. Alguma coisa estava acontecendo. Alguma coisa estava *mesmo* acontecendo. O quê, ele não sabia dizer. Mas estava. A condessa devia estar envolvida. Que coincidência aleatória a levaria àquela sala na mesma hora que aquele animador de festa infantil começou a fazer palhaçadas e gritar com a guia turística? Duggan tinha que dar crédito ao idiota. Não era fácil abalar madame Henrietta. Ele já a vira arrancar chiclete do peito de um Rodin e devolver, com frieza, a um estudante trêmulo de Ohio.

E ali estava aquele homem, fazendo cena bem na frente da *Mona Lisa*. E ali estava a condessa, observando-o por cima das páginas do jornal. A condessa. Ele nunca a via com a mesma roupa. Cada traje tinha caimento perfeito. Cada um exibia seu estilo e beleza. O corpo magro e gracioso deslizava e pairava no verão, mas seguia com certa rigidez pelo inverno. Ela o encarava. Ele devolveu o olhar, tentando entender. Aquele idiota devia ter alguma coisa a ver com ela. A não ser que... bem, duas opções se apresentavam. Uma era uma operação rival, atrapalhando os planos dela.

Duggan gostava dessa alternativa. A outra ideia, mais preocupante, era que outra agência estivesse atrás da condessa. Mas quem? Ficou na defensiva, quase querendo protegê-la. A mulher deu um de seus raros sorrisos e se levantou para ir embora. Quando o fez, a estudante que não tinha mais idade para ser estudante tremeu de constrangimento pela confusão do homem de cachecol. Ou teria sido um sinal? Involuntariamente, Duggan levou a mão ao cabo da arma enquanto...

COISA UM

— Com licença, senhor, seria possível sair da frente? Outras pessoas querem admirar o quadro.

Assustado, o Doutor se virou para ela.

Madame Henrietta entrara na sala e o vira ali, bloqueando a vista para o quadro. Ela enrijecera o corpo magro de passarinho, esticara a mão e dera um tapinha leve em seu ombro, mas isso pareceu fazê-lo disparar pela galeria, rodopiando. Henrietta captou os olhos dele apenas de relance, mas a visão ficaria com ela para sempre. Olhos cheios de confusão e horror.

A estudante que o acompanhava estava com a mão na testa, fazendo uma careta de dor. Tentava segurar o homem, mas não havia como pará-lo. Ele tropeçou na saia esvoaçante de uma mulher, que estava se levantando do banco. A mulher deu um grito de surpresa e fúria quando o homem caiu a seus pés.

— Me desculpe, senhora, peço mil desculpas — disse o homem, atordoado.

Assustada, a mulher parecia prestes a responder, mas aí, para a confusão de madame Henrietta, outro homem completamente diferente, o inglês malvestido, deu um passo à frente para ajudar.

— Vamos lá, todos para trás.

Ah, pensou ela, *não há como confundir esse tom*. Ele era da polícia.

Com um gesto casual, o policial pegou o homem atordoado por um braço e o ajudou a se levantar. Então, o homem esbarrou em alguma coisa na capa de chuva horrorosa do policial e sufocou um gritinho.

— Você está bem? — perguntou o policial.

Massageando a cabeça, o homem assentiu, com a voz fraca.

— Estou, obrigado. Só bati a cabeça no cabo da sua arma, só isso.

O policial soltou um palavrão baixinho. A estudante fez careta. A mulher glamorosa saiu deslizando da sala, assentindo para… bem, madame Henrietta supôs que fosse um guarda-costas. Ele a seguiu. Havia um ar de perigo no aposento. Ah, mas que infelicidade. Madame Henrietta olhou para o seleto e chique grupo de turistas. A agitação e a menção à palavra "arma" tinha feito as câmeras surgirem. Flashes ilícitos piscaram, contorcendo o rosto do policial em uma expressão de fúria. Claude, o segurança, avançava, empurrando a multidão para o lado, tentando em vão fazê-los parar de tirar fotos. Eles só tiraram mais fotos de Claude. Uma pessoa do grupo reparou que a câmera Polaroid tinha sumido e fez um escândalo horrível.

— Ah, meus queridos — confidenciou madame Henrietta, mais tarde, a seus gatos —, foi tudo muito assustador.

Sentado no chão, infeliz, massageando a cabeça e desejando que o mundo decidisse o que queria fazer, o Doutor gemeu.

Romana se inclinou sobre ele.

— Você está bem?

O Doutor não respondeu.

Ela trocou algumas palavras rápidas com o homem grande, de capa de chuva.

— Não ligue para ele. Está em um de seus momentos esquisitos, só isso.

O Doutor gemeu de novo.

— Momento esquisito? O mundo todo está passando por um momento esquisito.

O professor Kerensky planejava, um dia, escrever uma monografia bombástica sobre o relacionamento entre ciência e dinheiro. Quando ficasse rico, claro.

Até o momento, o tempo era a única dimensão que burlava a marcha incansável do progresso. Em outras palavras, faltava alguém com dinheiro para oferecer. Sem dinheiro, as dimensões eram igualitárias demais. Rainha ou empregada, ambas avançavam pelas dimensões no mesmo ritmo. O advento do cavalo mudara isso. De repente, era possível viajar com rapidez por bem mais dimensões do que talvez se pretendesse. Havia um motivo para o cavalo ainda ser usado como medida de velocidade. Fora a primeira forma que os ricos inventaram de trapacear.

O dinheiro se mostrara o melhor jeito de avançar por uma dimensão com conforto rápido. Se você fosse rico, podia pular em um Concorde e chegar a Nova York sem quase ter tido chance de bebericar o champanhe. Se tivesse menos dinheiro, as opções eram mais limitadas, desagradáveis e tediosamente desprovidas de champanhe.

O tempo era a única dimensão que se mostrava insensível aos cavalos. Até o momento, a ciência só permitia que fosse medido. O dinheiro podia levar a pessoa a seu destino mais rápido e com um assento melhor, mas não podia alterar a velocidade com a qual essa pessoa viajava pela dimensão do tempo. Nem aumentar a quantidade de tempo disponível. Os homens ricos, ao perceberem de repente que lhes restavam poucos dias para dançar ao redor do dinheiro que tinham, jogavam quantidades desesperadas para o tempo, mas o tempo os ignorava. Rico ou pobre, todo mundo viajava pelo tempo em ritmo de caminhada e em apenas uma direção. Em outra dimensão, dava para perder a chave e voltar no tempo para impedir que isso acontecesse. O tempo só levava você para cada vez mais longe da chave.

O melhor que a ciência tinha conseguido eram formas muito caras de medir o tempo. O pulso podia dizer com eficiência suíça a que distância a pessoa estava da chave, mas não podia fazer nada para resolver a terrível ausência dela.

Isso até o conde Scarlioni entrar na vida do professor Kerensky. Mesmo com o pavor que Kerensky sentia do sujeito, com as vagas ameaças e o sorriso terrível, o conde lhe permitira entrar no tempo e cutucar um pouco. Era certo que o conde jogava quantidades gigantescas de dinheiro no problema, mas a questão era que sabia exatamente para onde direcioná-lo.

Ao ser abordado naquele jantar incrível, Kerensky avisara ao conde que seria necessário um montante exorbitante de dinheiro para avançar com aquele projeto. Uma pequena quantidade de progresso (ele balançara o dedo de um jeito simpático, e o conde sorrira), sim, apenas uma pequena quantidade poderia ser alcançada consumindo as fortunas de um homem muito rico. Mas, se ele queria que o projeto funcionasse, se queria mesmo controlar o tempo, então talvez precisasse investir as conquistas do mundo todo.

— Sim, professor. — O conde sorrira. — Vai ser ótimo.

Kerensky massageou os olhos, desorientado, encarando as ruínas fumegantes de mais uma placa de circuito enquanto o supercomputador atrás dele jogava uma longa língua de papel com dados em sua direção. Estava preocupado. Por um lado, a máquina que estava construindo era poderosa. Por outro, não estava se comportando do jeito esperado.

Mas, pela primeira vez, o conde não parecia tão nervoso.

— Excelente, professor, excelente — declarou, passando um dedo pela impressão.

Kerensky estava cauteloso, na defensiva.

— Um efeito infeliz — observou.

Para o conde aquilo não passava de falsa modéstia.

— Nem tanto, professor. Nem tanto. O trabalho progride bem. — Ele jogou a tira de papel no ar, que caiu devagar, como uma fita. Atrás dela, o conde alargou ainda mais o sorriso. — Agora você precisa encontrar um jeito de aumentar bastante o intervalo de tempo.

Aumentar? Ele estava louco? Com certeza era impossível. No mínimo...

— Tem certeza, conde? Einstein diz que...

— Pfft. — O conde balançou a mão com desdém. — Não contratei Einstein, professor. — Então apertou Kerensky nos braços e o guiou em uma dança pelo laboratório. — Eu! Contratei! Você! — Então soltou o homem, que, por um momento, sentiu uma onda de prazer. Era verdade? O conde realmente o achava melhor do que Einstein? Era isso que queria dizer? O prazer sumiu do rosto de Scarlioni, que coçou o olho direito. — Agora volte ao trabalho.

A brusquidão magoou o professor. Ele poderia ter ouvido um pouco mais sobre sua genialidade. Só um pouco. Não bajulação, claro que não, só uma percepção de que seu empregador estava ciente de suas capacidades. Tinham feito dois testes em um único dia. Um a cada quinze dias talvez fosse uma noção mais realista. Mas naquele dia obtiveram uma conquista incrível! Conseguir os resultados que tiveram, sustentar uma única gotícula de tempo, mesmo que por um... Ah, ele não podia dizer momento. Precisavam de uma unidade de tempo. Um Kerensky? Ah, seria maravilhoso. O teste 1 chegara a um Kerensky. O teste 2 chegara a quatro Kerenskys. Não, espere. Isso não era generoso com seu empregador. Deveria oferecer a ele a medida de alongamento de tempo? O fator Scarlioni? E ficaria com o nome do dispositivo para si, o Processo Kerensky. Talvez, talvez. Mas o que garantia imortalidade absoluta? O sobrenome de James Watts ainda era usado sempre que se trocava uma tomada. O "segundo" existia quase desde o nascimento do tempo como medida. Inventar um termo novo para isso... Bem, seria um feito e tanto. Não deveria ser seu próprio nome? Era uma decisão difícil. Era isso mesmo que queria?

Na verdade, o que Kerensky queria mesmo era bem mais simples.

— Mas você está me levando ao limite, conde — suplicou, erguendo as mãos fechadas na altura dos olhos, torcendo para que nenhum deles caísse.

O conde, obviamente ainda brincalhão, deu um tapa em suas costas.

— Só assim o progresso pode ser feito, professor. Você, como cientista, deveria ser o primeiro a apreciar isso.

Kerensky fez uma pausa de dois Kerenskys antes de responder:

— Eu aprecio, conde. Eu aprecio. Aprecio muitas coisas. Aprecio dormir, fazer refeições regulares e caminhadas no campo.

O tolo parece um anúncio de classificados sentimentais, pensou o conde. Talvez pudesse ser generoso, afinal. Por que não? O dia fora bom. Puxou a corrente do sino e Hermann, o mordomo, surgiu sem fazer barulho no alto do lance de escadas.

— Ah, Hermann, pode preparar para o professor... — Uma tina de ácido, alguns eletrodos e um ferro de marcar. Hermann podia conseguir tudo isso em um piscar de olhos. O conde fez uma pausa e tornou o sorriso dezessete por cento mais comemorativo. — Meia dúzia de *escargots au beurre*, seguidos de um *Entrecôte Bordelaise avec haricots et les pommes sautées*. Servidos bem aqui, no laboratório. — O professor babava como um cachorro. Pobre coitado. — Ah, com uma garrafa do Chambertin, das minhas. Ou melhor, que seja meia garrafa... — Uma piscadela confidencial para o professor, como se fossem melhores amigos. — Não queremos nada atrapalhando nosso trabalho, não é, professor?

Hermann fez uma reverência. O sorriso do conde brilhou com benevolência máxima para todos no aposento. *Posso ser um empregador generoso.*

Encantado com as visões glutonas conjuradas pelo conde, Kerensky forçou a sorte.

— Mas, conde, eu gostaria muito de dormir...

O sorriso sumiu e o conde se virou, subindo a escada para sair do porão.

— Hermann, cancele o vinho! Traga o comprimido de vitamina. Temos que seguir em frente. Estarei lá em cima. — *Abrindo uma garrafa de alguma coisa. Certificando-me de que o barulho da rolha estourando será ouvido aqui embaixo.*

Capítulo 5

Duplas mistas

Duggan avançava pelas ruas de Paris sem perder o alvo de vista nem por um segundo sequer. Vigiar pessoas era uma arte, e uma bem simples de aprender. A maior parte das pessoas passava a vida sem desconfiar que estava sendo seguida. Como eram almas inocentes e chatas, nunca olhavam por cima do ombro enquanto descontavam o cheque da seguradora ou pagavam o crediário, pois não haveria motivo para serem seguidas. Um camelo conseguiria seguir noventa e oito por cento das pessoas sem ser visto. Mas não havia necessidade. Era com os outros dois por cento que era preciso tomar cuidado. Metade era culpada de alguma coisa terrivelmente mundana e doméstica: adultério, roubar dinheiro do caixa, envenenar o peixinho dourado do vizinho. Elas sempre olhavam por cima do ombro, vacilavam, começavam a chorar, faziam a polícia perder bastante tempo e, de vez em quando, acabavam revelando que a avó estava enterrada no quintal. Eram fáceis de eliminar porque a culpa estava estampada em sua cara. Restava, então, o último um por cento. Os cuidadosamente astutos. Seu jeito casual com frequência era revelador. Nenhuma pessoa inocente deixava um rastro falso, entrava em uma loja para depois sair pelos fundos ou ficava parada perto de um telefone público. Era difícil segui-las sem ser percebido, mas mesmo alguém com a estrutura bovina de Duggan era capaz disso.

Como o chefe lhe dissera, certa vez, já cansado daquilo, depois de mais uma operação parcialmente bem-sucedida: “Seu problema é…”. Na verdade, a maioria dos pronunciamentos do chefe começava assim.

— Seu problema é que você tem cara de policial. Mesmo disfarçado de palhaço, teria essa cara. E assim que alguém vê você, começa a assobiar a música do *Z-Cars*, aquele seriado policial. Não dá para evitar. Da próxima vez... — Então haveria uma próxima vez? O bom e velho chefe. — ... tome cuidado para não ser visto.

Duggan virara um especialista em se esconder. Uma das melhores coisas de Paris era que a cidade era cheia de possíveis esconderijos. Bancas de jornal, bancas de flores, mictórios. Duggan espiou por trás de um suporte de cartões-postais, sentindo-se um pouco como o inspetor Clouseau.

Os alvos continuaram andando, parecendo muito despreocupados. O que era extremamente suspeito, considerando o comportamento recente dos dois e a saída apressada do Louvre. Se fossem mesmo inocentes turistas ingleses, estariam encolhidos de vergonha na calçada, não andando por uma feira de antiguidades até um café às margens do Sena.

Duggan os seguiu sem hesitar. Completamente alheio ao fato de que também estava sendo seguido.

Paris podia ser extremamente sutil. A textura do *foie gras*, o sabor do queijo, o ponto exato em que acaba a rua e começa o café. Em algum momento, um acordo fora travado entre a catedral de Notre-Dame e o café em frente. Em algum ponto entre os dois, carros podiam passar pela praça. Um pouco mais atrás, sem qualquer mudança perceptível na superfície da rua, passavam os pedestres e, um pouco atrás, mesas se espalhavam sem alarde em frente ao café e aproveitavam a vista ao máximo.

Romana não estava familiarizada com essas distinções sutis e nebulosas. Para ela, parecia que o Doutor tinha decidido se sentar no meio da rua, o que não a surpreendeu nem um pouco. Ele indicou que Romana devia puxar uma cadeira em frente à dele, e, meio insegura, ela o fez.

Um caminhão que passava não a atropelou. Já era alguma coisa.

Romana não precisava comentar nada. Estava claro que as férias tinham acabado. Havia alguma coisa muito errada em Paris. Desde que começara a viajar com o Doutor, Romana se acostumara com frases desse tipo, que antes pareciam bastante excêntricas.

Um garçom saiu do café e lhes entregou o cardápio. Romana reparou com ironia que ali serviam *bouillabaisse*. Infelizmente, não era uma boa hora para ensopado de peixe. Ela se inclinou para a frente.

— Doutor, você percebeu que estamos sendo seguidos?

Passando o dedo pela seção de doces do cardápio, o Doutor assentiu, a expressão soturna.

— Sim, desde o Louvre, pelo idiota armado.

Romana ficou ligeiramente decepcionada.

— Ah. Você reparou.

Em um gesto casual, o Doutor passou manteiga em um pedaço de pão e o colocou na boca.

— É claro que reparei.

— O que você acha que ele quer?

— Olhe em seu bolso — respondeu o Doutor, o que a surpreendeu.

Romana olhou.

— No outro bolso.

O Doutor parecia um pouquinho irritado.

Romana tirou de lá uma pulseira.

Ele tinha a expressão de um mágico de festa infantil.

— O que é isto? — Romana franziu o cenho.

— É a pulseira que aquela mulher em quem esbarrei estava usando — admitiu o Doutor, um tanto tímido.

— O quê? Está dizendo que roubou a pulseira dela?

Era um desenvolvimento preocupante. Talvez fosse bom eles não terem ido fazer compras, afinal.

O Doutor deu aquele sorriso que a fazia baixar a guarda.

— Olhe bem para a pulseira.

Romana segurou o objeto. Vibrava de leve, com uma energia inconfundível.

— É um detector micromeson.

O Doutor assentiu em aprovação.

— Ela estava usando o detector para obter um registro completo de todos os sistemas de alarme ao redor da *Mona Lisa*.

— Ela quer roubar aquele quadro?

Romana ficou surpresa. Não parecia valer a pena ter todo aquele trabalho.

— É um quadro bem bonito — retrucou o Doutor.

Ela colocou a pulseira sobre a toalha quadriculada.

— E este é um dispositivo muito sofisticado para uma civilização nível cinco.

— Isto? — O Doutor bufou. — Isto não é produto de tecnologia terráquea.

— Você quer dizer que alienígenas querem roubar a *Mona Lisa*? — Romana deu uma risada.

O Doutor deu de ombros.

— É *realmente* um quadro bem bonito.

Ele ficou em silêncio.

Romana pegou o detector micromeson de novo. Era mesmo alienígena? Parecia tão velho, e os entalhes sugeriam... Ela apertou os olhos para enxergar melhor enquanto os circuitos telepáticos da TARDIS tentavam identificar o que estava escrito, mas sem sucesso. Se eram hieróglifos, deviam ser de uma civilização extremamente antiga. Estranho.

— Romana... — O Doutor interrompeu a sequência de raciocínio dela.

— Hã?

Romana continuou com o rosto abaixado enquanto passava o dedo pelo interior da pulseira. Tinha uma fonte de energia sofisticada, com deterioração de meia-vida...

— Romana — repetiu o Doutor, em um tom meio distraído. — Acho que tem uma coisa muito estranha acontecendo. Por exemplo: sabe aquele homem que estava seguindo a gente?

— O que tem ele?

Com os dedos, Romana acompanhava os fios de energia até a fonte.

— Bem, ele está de pé atrás de mim, cutucando minhas costas com uma arma.

Romana ergueu o rosto.

O Doutor não estava mentindo.

Duggan estava no comando, estava no controle, estava com a arma. Não importava qual fosse a história daqueles dois, ele chegaria ao fundo dela.

De repente se dando conta de que estava na rua, deu um passo para o lado para se desviar de um coche. Contornou um grupo de turistas que passava para tirar fotos da catedral. Como a arma do agente não constava no mapa, eles a ignoraram.

O Doutor e Romana ainda estavam sentados à mesa, muito calmos, olhando toda Paris passar.

A mão de Duggan que segurava a arma não tremeu.

— Vamos entrar? — sugeriu.

O dono do café nem olhou duas vezes quando Duggan entrou com o Doutor e Romana sob a mira da arma. O Doutor, com as mãos no ar em um gesto teatral, indicando rendição, acenou simpaticamente com os dedos.

— *Patron*! Três copos de água, por favor. E doses duplas!

Recusando-se a perder o controle da situação, Duggan levou os dois para uma mesa no canto. Sem rota de fuga. Teria uma chance de interrogá-los. Balançou a arma na direção do bar, sem apontá-la para ninguém em especial, mas garantindo que todos percebessem que estava em posse de uma, tinha permissão para usá-la e que não precisavam chamar a polícia. Ficou um pouco decepcionado ao perceber que ninguém deu a mínima. Paris tinha um histórico venerável de ignorar turistas em busca de atenção.

O Doutor e Romana se sentaram de frente para ele, as mãos ainda no ar, por educação.

— Eu sou o Doutor — anunciou ele. — Esta é Romana. Eu apertaria sua mão, mas… bem. — Ele indicou as mãos, ainda no ar de forma insolente.

— Bem, agora… — começou Duggan, mas o Doutor o interrompeu.

— Não, não — sussurrou, em um tom confidencial. — Vamos esperar a água.

Na biblioteca da Casa das Perguntas, a condessa precisava dar muitas respostas.

O conde exibia seu sorriso mais perigoso. Ela odiava quando Carlos ficava daquele jeito. Deixava de ser o homem mais carismático e encantador que ela já vira e se transformava em uma criatura estranhamente distante. A condessa sentia que estava sendo observada em um microscópio. Como se fosse uma bactéria.

Isso despertava o pior nela. Lembrava-a das avaliações clínicas a que era submetida pelos clientes do pai, na Suíça. *Muito bonita, mas o que está pensando?*

Quando era pequena, ficava trêmula. Mas, desta vez, ficou petulante. Havia muito sobre Carlos que ela não sabia. Era estranho. Agora que não estava com a pulseira e não ouvia aquele zumbido inaudível, quase parecia estar mais lúcida.

Quando colocara a pulseira pela primeira vez, Carlos não dera atenção à sua reclamação sobre o zumbido.

— Um zumbido? Mesmo, querida? Deixe para lá. Só os burros conseguem ouvir.

Ela nunca mais tinha reclamado depois disso, só que...

Um pensamento bobo. Ela nunca vira Carlos escovar os dentes. Por quê?

— E depois? — perguntou o conde, terminando o *crème de mente*.

A condessa ignorou a pergunta e continuou folheando um livro tão raro que sentiu prazer em dobrar o canto da página bem lentamente, marcando onde parou. Em seguida, andou até a mesa e se serviu de uma taça de champanhe. Bebeu um gole e olhou para os pavões no jardim.

— E depois? — repetiu o conde.

Carlos quase não estava mais sorrindo. Coisa rara. A condessa deu de ombros.

— Ah, eu segui aquele detetive tolo.

— Por quê?

Outro dar de ombros, outro gole de champanhe. A bebida estava quente demais para ser devidamente apreciada, mas quem ligava?

— Porque sim.

O conde se inclinou para a frente e segurou o pulso dela com uma força que a surpreendeu. Tirou a taça de suas mãos, bebeu tudo e colocou na mesa. O tempo todo segurando o braço dela.

— Nada de gracinhas comigo, querida — sussurrou. Como sempre, o hálito não tinha cheiro.

Ela precisou se esforçar, mas conseguiu dar uma piscadela.

— O que mais eu tenho feito durante todos esses anos?

O desafio pairou no ar entre os dois.

— Seguindo instruções — respondeu o conde, e o sorriso surgiu de novo em seu rosto.

Ele andou até a janela e olhou para o pátio onde certa vez queimaram um cardeal vivo. Inspirou profundamente, como se ainda conseguisse sentir o cheiro da gordura.

— Continue a história.

A condessa foi até um sofá, se sentou e folheou a *Vogue* americana.

— O detetive, Duggan. Ele me irritou. Parou de olhar para mim e ficou olhando para o quadro.

O conde estalou a língua ao se virar para ela. A expressão era quase surpresa, mas o rosto parecia ser incapaz de demonstrar essa emoção.

— Então... Duggan finalmente mostrou um traço de inteligência. — O conde avaliou a esposa. *Será que está com ciúmes?*, pensou ela, por um breve instante. Seria isso? — Talvez devêssemos dar um jeito nele.

O sorriso aumentou. Era isso! Ele *estava* com ciúmes! A condessa se perguntou se sentiria falta de Duggan. O conde a deixaria assistir quando o matasse? Sentiu uma leve onda de prazer.

Mas o conde logo cortou a onda dela. Esfregando o olho direito, ele se encolheu em uma poltrona de frente para a condessa. Então, pegou a revista das mãos dela e jogou no chão. Segurou suas mãos e a encarou com uma mistura de amor e desafio.

— Melhor não. Acho que Duggan é burro demais para nos incomodar de verdade. Você não concorda? — perguntou o conde.

— É que...

A condessa se levantou e soltou as mãos dele. Será que estava nervosa? Talvez. Só um pouco. A mulher foi até a escrivaninha, com pequenos nichos lotados de convites. "A marquesa consideraria uma honra...", "O leiloeiro cordialmente convida...", "O sr. Presidente solicita o prazer...". Ah, se eles soubessem. Ela mexeu no abridor de cartas com cabo de pedras preciosas, tirando uma sujeira imaginária de debaixo das unhas.

— Aconteceu mais uma coisa hoje — começou ela, com a voz firme. — Em frente ao quadro.

— Ah, é? — O conde fingiu pouco interesse.

— Um homem alto que eu nunca tinha visto desmaiou.

O conde deu uma risadinha. Era incomum a mulher se distrair com turistas empolgados. Esperava que não fosse um primeiro sinal de medo. Seria uma pena.

— Você está se mostrando bastante assustadiça, querida. O homem deve ter ficado inebriado com seus encantos. Não há nada de errado em um homem desmaiar.

— É que… — A condessa guardou o abridor de cartas e se virou para encarar o conde, mordendo o lábio. Estava com medo de admitir. — É que, antes de cair no chão, não sei como, ele tirou a pulseira do meu braço.

— O quê?!

O conde ficou de pé em um pulo, genuinamente incrédulo. Ficou olhando para o braço da mulher. Como não tinha reparado antes? Apenas supôs que estaria lá. "Use-a sempre", dissera, na primeira vez em que a colocara no pulso da condessa. "Use-a e pense em mim." E a mulher nunca tivera escolha. Como alguém conseguira soltar o fecho isomórfico? Os ladrões de Paris estavam se superando. Mas ainda assim. Não conseguiu conter a raiva, misturada a uma outra coisa, uma coisa que parecia medo.

— E você deixou? — rugiu.

O homem percebeu que estava de pé na frente dela e com um sorriso furioso. A mulher o encarava com pânico evidente. Melhor assim.

— Eu não tive escolha! — A condessa se afastou dele. — Houve um tumulto, uma confusão. Foi uma ação muito bem-planejada, tenho certeza.

— Mas, pelos céus…

O cérebro do conde processava as implicações daquilo. Seria possível que Duggan soubesse sobre a pulseira? Duvidava que o sujeito tivesse inteligência para compreender o que o objeto era de fato, mesmo que lesse um livro ilustrado sobre o assunto.

— Aquela pulseira…

Ah, aquilo não era nada bom. Nada bom mesmo. Se fosse obra de um idiota como Duggan agindo por instinto, então estava tudo bem. Mas se aquela pulseira caísse nas mãos de alguém com cérebro… Alguém capaz de adivinhar o que era… Ou melhor, o que podia ser…

A condessa de repente era toda sorrisos serenos e tranquilizações afáveis. Como se uma empregada tivesse derramado sopa em sua *cravat* favorita e o pessoal da tinturaria a tivesse perdido.

— Não se preocupe, querido. Vamos recuperá-la. Está tudo sob controle.

O conde se obrigou a assentir. O olho direito coçava horrivelmente. Rearrumou as feições para que o sorriso ficasse mais treze por cento tudo bem e trinta por cento desculpas aceitas. Mas, lá no fundo, o conde Scarlioni estava preocupado. Não só por si mesmo. Por todos. Percebeu que ainda estava parado no meio da biblioteca, como um personagem de um seriado de política. Obrigou-se a caminhar devagar até a lareira e se apoiou despretensiosamente no aparador. Acendeu um cigarro e abriu um sorriso para a esposa.

— Minha querida, confio que você será...

Como sempre, a mulher concluiu a frase dele.

— Discreta? — Ela bateu a piteira comprida na lareira. — É claro.

— Que pulseira? — perguntou o Doutor com inocência, uma arma apontada para sua cabeça.

Podia-se ser tão rude quanto se quisesse em um restaurante de Paris, bastava não insultar o garçom. A aparição de dois homens armados era um belo teste a essa regra. No entanto, ao contrário da maioria dos turistas, os dois já sabiam o que queriam quando entraram, o que fazia deles verdadeiros parisienses. E só estavam apontando a arma para estrangeiros, então ninguém parecia se incomodar. Os fregueses do bar já tinham fingido não ver o primeiro incidente com o homem armado. Por que não repetir o feito?

Os modos dos parisienses eram desconcertantes. Esperar a vez e fazer fila eram atos vistos com estranheza. As pessoas recebiam olhares de pena quando davam informações corretas e eram tratadas com desprezo a qualquer sinal de falsa educação. Ainda assim, os parisienses eram famosos pelo charme, entusiasmo e imensa gentileza. Eram tamanhas as contradições entre o carisma e os maus modos dos parisienses que a embaixada japonesa tinha uma linha telefônica de ajuda especial para turistas que se sentiam pouco à vontade com isso.

Romana, Duggan e o Doutor estavam sentados à mesa. Duggan esperava que o Doutor ou a garota reagissem, mas nenhum dos dois se mexeu. As mãos continuaram no ar, muito tranquilas, como se ali fosse o lugar ideal para elas.

Os dois homens (com rostos bonitos, ternos bonitos) os revistaram depressa. E levaram apenas alguns segundos para encontrar.

— Ah — comentou o Doutor. — Vocês estão atrás *dessa* pulseira.

Os dois homens guardaram a pulseira, assentiram educadamente para o garçom e saíram sem dizer uma palavra.

O Doutor e Romana ficaram lá, sentados, os braços ainda erguidos, parecendo não ter qualquer preocupação no mundo.

— Romana, você está bem? — perguntou o Doutor.

— Ah, só estou relaxando e apreciando Paris — respondeu ela.

Os dois apoiaram os braços na mesa, esperando, muito calmos, o que viria a seguir. Viraram-se e deram sorrisos educados idênticos para Duggan.

O agente se recostou na cadeira e aplaudiu bem devagar, em ironia.

— Muito bem — começou, cheio de desprezo. — Muito bem mesmo. Foi bem-planejado, mas vocês não me enganam.

O Doutor e Romana trocaram olhares. A mulher avaliou a situação. Ameaça iminente ao tecido do espaço-tempo? Sim. Armas apontadas para eles? Duas vezes sim. E agora, identidade confundida. Se as coisas corressem de acordo com sua projeção, dali a uma hora estariam trancados em um calabouço.

— Do que você está falando? — perguntou o Doutor, educadamente.

— Seus homens, esses dois que acabaram de entrar aqui. — Duggan aperfeiçoara o dom de parecer entediado depois de infinitos interrogatórios.

— Meus homens? — O Doutor apontou para si mesmo, em uma pantomima de ultraje. — Aqueles bandidos?

— Seus bandidos — retrucou Duggan, assentindo devagar, como quem diz: "Agora, meu amigo, estamos chegando ao xis da questão".

O Doutor apontou para a porta do café.

— Você está sugerindo que aqueles homens estavam a meu serviço?

— É isso mesmo que estou sugerindo.

— Não sei se você reparou — o Doutor pigarreou e se inclinou para a frente, como quem compartilha um segredo —, mas aqueles homens apontaram uma arma para mim. Lamento dizer, mas eu não hesitaria em demitir alguém a meu serviço que fizesse uma coisa dessas.

Romana assentiu solenemente.

Duggan não acreditou nem por um segundo.

— Eu sei que você combinou com aqueles dois para virem aqui e levarem a pulseira em um assalto de mentirinha. — O tom de Duggan era triunfante. — Você está tentando me fazer seguir uma pista falsa.

Houve uma pausa.

— Você é inglês, não é? — O Doutor fez as últimas palavras soarem bastante como "mané". Deixando Duggan para lá, virou-se para *le Patron*. O dono do café, que até o momento demonstrara uma magnífica falta de preocupação com o que se passava dentro de seu estabelecimento, materializou-se ao lado do Doutor, solícito a todas as suas necessidades. — *Patron*! Achei que tivesse pedido três copos d'água!

— *M'sieur*.

O dono fez cara feia e foi abrir a torneira.

Romana e o Doutor se acomodaram para esperar as bebidas.

Sentindo-se menosprezado, Duggan teve vontade de recorrer à violência. Em cerca de dois minutos, talvez três, sentiria o prazer de machucar o homem diante dele.

— Escute aqui — começou.

Sempre dizia isso. O que era estranho, considerando que era raro fazer algo para ser ouvido, exceto pelo som de seus punhos batendo nas coisas.

O Doutor sentiu a ameaça crescente, mas não estava nem um pouco preocupado. Reparou que no cardápio os ingredientes de uma *salade niçoise* estavam listados em uma ordem pouco usual. As anchovas tinham recebido proeminência indevida sobre o ovo cozido. Ficou se perguntando se era algo deliberado e, se de fato fosse, que diferença faria no sabor. Estendeu a mão. Duggan a apertou sem nem reparar.

— Vamos recomeçar — disse o Doutor. — Onde estávamos? Ah, sim. Eu sou o Doutor. Esta é Romana. Você é?

— Duggan — respondeu Duggan. Como não estavam se dando ao trabalho de dizer os nomes verdadeiros, ele não via por que dizer seu primeiro nome.

Le Patron trouxe três copos de água da torneira e colocou cada um na mesa com um baque alto, mas casual.

— *Bonne dégustation* — murmurou, com azedume, enquanto se afastava.

O Doutor fez um brinde às costas cada vez mais distantes do homem, tomou um gole e relaxou na cadeira, sorrindo alegremente.

Vou arrancar esse sorriso da sua cara, seu palhaço, pensou Duggan. Tentou uma pergunta mais direta. Mesmo que não conseguisse a resposta que desejava, sempre captava algum gesto revelador.

— Qual é o ângulo de atuação de Scarlioni?

— Nunca ouvi falar. — O Doutor dispensou a pergunta e repassou para Romana. — Você era boa em geometria. Já ouviu falar em "ângulo de atuação de Scarlioni"?

— Ângulo de quem? — Romana deu de ombros, zombeteira. Duggan nunca tinha visto um movimento de ombros zombeteiro. E não gostou nem um pouco.

— Scarlioni — resmungou Duggan.

— Quem é Scarlioni? — O Doutor sufocou um bocejo, educadamente, como se estivesse ouvindo uma história chata.

Aquilo era demais.

— O conde Scarlioni. Todo mundo no planeta já ouviu falar do conde Scarlioni.

— Ah, bem, é que acabamos de pousar na Terra.

O Doutor deu a Duggan seu maior sorriso, o mais desconcertante.

E tinham chegado ao limite. Duggan olhou com raiva para os dois, levantou-se e preferiu deixar que o hospício cuidasse deles.

— Tudo bem. Eu desisto. Esqueçam. Vocês são doidos.

Duggan foi embora e seguiu com sua vida. O Doutor e Romana beberam a água e seguiram com suas férias.

Só que…

— Doidos? — indagou o Doutor, enquanto Duggan se afastava. — Isso é evidente. Mas será que somos doidos o bastante para roubar a *Mona Lisa*?

O café parou por um segundo. Apesar de ninguém estar prestando atenção nos três turistas horrendos, todo mundo estava doido para saber o que aconteceria em seguida.

Duggan voltou para a mesa. Pela primeira vez na vida, toda a vontade de brigar sumiu. Ele puxou uma pesada cadeira de ferro e se sentou. O Doutor empurrou um copo d'água para ele, e o agente pegou.

— Ou, pelo menos — o Doutor sorriu —, será que somos doidos o bastante para estarmos interessados em alguém que talvez queira roubá-la?

O conde observava a pulseira. Estava intacta.

Os guardas estavam de pé mais para o lado, tão nervosos quanto gorilas de terno poderiam ficar. Satisfeito por tudo estar em ordem, o conde colocou a pulseira em uma mesa com lindos entalhes e abriu um sorriso caloroso para os dois.

— Ótimo, obrigado, vocês podem ir.

Os dois guardas saíram, agradecidos, sem dizer uma palavra.

O conde se recostou na cadeira e escondeu um bocejo. Ao fazer isso, chamou a atenção de Hermann. O mordomo se aproximou.

— Está tudo bem — suspirou o conde. — Mas não o bastante. Mate-os.

— O detetive e seus amigos, vossa excelência? — sugeriu Hermann.

— Não, Hermann, aqueles dois tolos. — O conde indicou a porta com o polegar.

— Com prazer, vossa excelência. — Hermann fez uma reverência e foi matá-los.

A princípio, Hermann pensara que tinha sido contratado para manter as mãos do conde limpas. Então descobrira que o conde, embora incrivelmente preguiçoso, gostava de sujar as mãos de vez em quando. Mas ficava extremamente feliz em deixar os assassinatos de rotina para Hermann. Coisa que o mordomo apreciava muito. Para Hermann, nenhuma morte era rotina.

Nem um pouquinho preocupada com tudo aquilo, a condessa estava sentada em um canto da biblioteca, folheando umas cartas escandalosas e inéditas da Marquise de Sévigné. O conde se aproximou, batendo com a pulseira na lateral do rosto. Estranhamente, não conseguia sentir o objeto.

— Então, um deles estava interessado em você e no quadro, e o outro, nesta pulseira?

A condessa não ergueu os olhos da leitura.

— Sim.

— Humm. Eu gostaria de conhecê-los.

— Claro — respondeu a condessa, tão casualmente quanto se ele tivesse sugerido convidar mais gente para o jantar. — É só falar com Hermann.

— Não, minha querida — ronronou o conde. — Faça isso você.

A condessa colocou as cartas na mesa, se levantou com pouca graça e foi atrás do mordomo.

Sozinho, o conde ergueu a pulseira para mais perto da luz. Com sorte, os dados dentro dela estariam intactos. Coçou o ponto que o incomodava, acima do olho direito.

— Então, você também trabalha com crimes? — perguntou Duggan.

— Trabalho? Não exatamente. Não.

O Doutor riu e se desviou da pergunta. Certa vez, tentara arranjar um emprego. Tudo era rotineiro demais. Até as invasões alienígenas deveriam acontecer no horário comercial. Bebeu o resto da água e empurrou o copo pela mesa, para Duggan.

— Mais um? — perguntou o detetive.

— Ah, já que você está pagando...

Era a rodada de Duggan. Ele pediu mais água.

Le Patron desejava que mais alguém armado aparecesse. Qual era o problema dos ingleses com a água? Um século antes, um homem chamado Wallace tinha chegado em Paris, percebido que a cidade não tinha água limpa para ser bebida e insistido em construir fontes que a forneciam gratuitamente para quem quisesse. Desde então, os parisienses viam os ingleses como pessoas desnecessariamente obcecadas por água. E ali estavam três delas, ocupando uma mesa que alguém poderia usar para beber vinho. Não era de se admirar que as pessoas não parassem de apontar armas para eles.

Romana não entendia o motivo do alarde. Tinha estudado muito sobre a história da arte do planeta Terra (bem, lera um livro sobre o assunto naquela manhã) e terminara a experiência perplexa.

Os humanos faziam arte há quase tanto tempo quanto eram humanos. A ideia parecia ter ocorrido a eles em uma caverna. A princípio, compensava a falta de linguagem, proporcionando um jeito bastante eficaz de convidar os amigos para uma tarde agradável caçando bisões: bastava fazer um desenho na parede. O passo seguinte foi o comemorativo, o desenho de uma imagem de uma maravilhosa caçada ao bisão para despertar sorrisos durante as longas noites da era do gelo. E, depois, as pessoas começaram a desenhar bisões simplesmente porque gostavam de olhar para bisões.

Depois disso, Romana achava que tudo tinha fugido ao controle. Por um tempo, a arte servira para retratar grandes guerreiros e caçadores, assim como o alimento deles, o que era ótimo. Depois, sem conseguir definir se acreditavam ou não em seres superiores, a humanidade começara a incluí-los nos desenhos. Vários deles mostravam deuses aparecendo e surpreendendo jovens mulheres durante o banho, o que abria espaço para ainda mais desenhos de batalhas gloriosas e belas refeições.

Talvez porque deuses e comida deixaram de ser interessantes, aos poucos a arte voltara a atenção para outras coisas: flores, pores do sol, o mar, e assim por diante. E foi ótimo, pois era o que as pessoas queriam ver, o que as fazia sentirem-se bem consigo mesmas. Mas, por algum motivo, os artistas decidiram que esse não era o objetivo da arte. Então começaram a pintar coisas que não eram tão boas de se olhar.

Quando Romana terminou o livro sobre arte, já tinha decidido que os artistas faziam aquilo com a intenção de serem irritantes. Não adiantava pedir imagens de flores, pores do sol e bisões. Em vez disso, as galerias de arte estavam cheias de coisas que faziam as pessoas pensarem e as deixavam infelizes. Por experiência própria, Romana sabia que os seres humanos eram mais felizes quando não estavam pensando. Na vida curta que tinham, era tão raro serem felizes que a ideia de criar uma atividade de lazer que os deixava deliberadamente infelizes parecia bem cruel.

E igualmente cruel era o que os humanos valorizavam na arte. Como tudo era terrivelmente frágil, pedaços caíam, eram cortados, comidos ou danificados, e, em vez de jogar fora e fazer um quadro novo, os humanos apenas valorizavam o velho cada vez mais. Pelo que tinha entendido, a humanidade parecia recompensar as coisas por serem velhas e estarem praticamente intactas. Nem precisavam fazer muito sentido. Seguindo esse raciocínio, deviam enfiar o Doutor em um museu. Na verdade...

Duggan estava a todo vapor, o rosto iluminado por um entusiasmo um tanto mesquinho.

— Então vocês podem imaginar o furor...

— O quê? — Romana tentou demonstrar que estava prestando atenção.

— O tumulto.

— Ah, o tumulto.

Ela apoiou a cabeça em uma das mãos e olhou pela janela do café. Do lado de fora, parecia que era um dia divertidíssimo em Paris. Enquanto isso, lá dentro, tudo parecia muito complicado. Duggan estava explicando que, nos últimos meses, o mundo da arte tinha sido mergulhado em furor e tumulto. Obras de arte que aparentemente estavam sumidas durante séculos surgiram em diversas casas de leilão.

— Tudo falsificado, claro — interrompeu o Doutor, em um tom casual.

— Ah, têm que ser, não é? — retrucou Duggan. — Não é?

— E são? — perguntou Romana.

Duggan fez uma pausa.

— São réplicas muito, muito boas. Passaram em todos os testes científicos.

Ele fez parecer que havia algo de errado com a ciência.

O Doutor finalmente ficou intrigado.

— E a única coisa que liga tudo isso é o conde?

Duggan explicou que o nome do conde vivia aparecendo nas investigações. Os grandes leiloeiros da Europa se orgulhavam de sua discrição. Era raro os vendedores serem identificados (por medo de revelar um problema nas fortunas de um país, ou pior, de uma família famosa). Mesmo assim, às vezes era possível descobrir quem estava vendendo o quê. Em algumas poucas ocasiões, o conde era o vendedor direto. De vez em quando, agia em nome de um de seus vários contatos. Eventualmente, uma peça estava sendo vendida por um de seus amigos queridos. E aí havia chances de o conde aparecer na sala de leilão no Drouot, para dar um lance em alguma raridade (o que o inocentava, claro. Era impensável que o conde Scarlioni fosse dar um lance em seu próprio leilão, mesmo nunca levando o artefato). Às vezes, era a condessa que aparecia por lá, jogando cinzas no chão enquanto folheava o livreto, fumando com uma piteira e parecendo maravilhosamente entediada. Volta e meia, os dois eram vistos em uma festa, indo logo falar com algum bilionário americano desajeitado, sorrindo gentilezas enquanto ouviam histórias cansativas sobre pernas de rã e *escargot*. Às vezes, Hermann, o braço direito do conde, era visto dirigindo pela fronteira italiana. Depois de uma dessas viagens, uma inspeção em uma oficina revelara o que poderia ter sido um buraco de bala consertado. Certa vez, quando o conde estava em Tóquio, Hermann fora a Buenos Aires. Para visitar parentes, alegara o mordomo.

— Mas nenhuma sujeira foi comprovada — concluiu Duggan, com pesar. — O conde está limpo. Tão limpo que chega a feder.

— Ele não está mais limpo. — O Doutor bateu na lateral do nariz. — A condessa está com aquela pulseira.

É verdade, pensou Duggan. Ou não? Afinal, o Doutor tinha roubado a pulseira. A condessa apenas a pegara de volta. E o policial tinha apenas a palavra do Doutor de que a pulseira era incomum. O que ele tinha dito, mesmo? Alguma coisa sobre uma câmera escondida? Pensando bem, parecia meio suspeito.

Desconfiar de tudo e de todos era o estado normal de Duggan.

— Quanto você diria que a pulseira vale? — perguntou.

E se o Doutor só estivesse tentando roubar a pulseira? E se tivesse acabado de trocar segredos confidenciais do Departamento com um ladrão parisiense? Ah, isso seria ruim. O chefe diria alguma coisa horrível.

— Quanto a pulseira vale? — O Doutor baixou a voz, para fazer mistério. — Ah, depende do que você quer fazer com ela.

Romana tossiu.

O Doutor se empertigou e ajeitou o cachecol. Então assentiu e acenou, como se cumprimentasse um velho conhecido do outro lado de um salão cheio.

Dois homens de terno tinham entrado. Dois homens de terno diferentes dos primeiros. Segurando armas.

Le Patron apontou para a mesa de estrangeiros na mesma hora. Os homens assentiram, agradecidos.

Todos no bar olharam para o outro lado, de repente.

— Sabe — o Doutor já estava com as mãos no ar —, acho que isso é um convite para nos retirarmos. Imagino que tenha sido enviado pela querida condessa.

Romana abriu um sorriso radiante e ergueu as mãos com entusiasmo. Parecia divertido.

Le Patron assistiu, aliviado, ao ver os estrangeiros serem levados para fora do café sob a mira de armas. Um dos homens de terno o cumprimentou com a cabeça e deixou uma gorjeta generosa na mesa. Um verdadeiro francês.

Cinq à sept é uma tradição parisiense que não se encontra nos guias. Entre cinco da tarde e sete da noite, a cidade atinge o ápice da discrição. São os horários em que os maridos anunciam que infelizmente precisam trabalhar até mais tarde e em que as esposas esbarram em uma velha amiga na cidade e precisam bater um papo com ela para descobrir as novidades. Também são as horas em que certos hotéis se enchem com sons de gargalhadas e rolhas sendo estouradas.

Entre *cinq* e *sept*, a mente de todos os bons parisienses está em qualquer outra coisa que não o paradeiro do cônjuge. Perguntar seria impensável. Ainda assim, naquela tarde em particular, a condessa estava entediada.

Ela não tinha nada para fazer. Dera ordens para que Duggan fosse levado ao château, assistira enquanto Hermann executava os capatazes e terminara de ler as cartas. Um período vazio se estendia à frente. Não havia sinal de Carlos, muito menos de algo que a entretesse. Era por isso que algumas esposas negligenciadas começavam a comer chocolate e engordar.

Preguiçosamente, ela puxou a cordinha de um sino e Hermann entrou na biblioteca, o uniforme surpreendentemente imaculado.

— Senhora.

— Hermann, onde está o conde?

— No laboratório, senhora.

— Mais uma vez com aquele professor.

Ela não se deu ao trabalho de esconder o desprazer. Sabia que não tinha o direito de criticar as distrações do marido. Sabia que tinha alguma coisa a ver com os grandes planos que ele fazia. Mesmo assim, bem...

Aquela sala sem janelas, aquele homenzinho terrível e todo aquele equipamento. Que entediante.

— Não, senhora — corrigiu Hermann, gentilmente. — O professor está descansando no quarto.

Hermann carregara o homem exausto até lá.

— Ah. Obrigada, Hermann.

A condessa o dispensou, intrigada. O que Carlos estaria fazendo sozinho no porão?

Andou pelos corredores do château, passando por vários Rembrandts, seis Canalettos e um Matisse que precisava de limpeza. Ignorou uma fileira poeirenta com retratos da família do conde feitos a óleo: um monte de homens, todos muito parecidos, com aquele mesmo sorriso maravilhosamente entediado. As pontas dos dedos tocaram uma coleção de vasos tão lindos que um paxá havia arrancado os olhos do artesão, para que o homem não pudesse mais fazer nenhum outro vaso igual àqueles. A condessa mal olhou para eles. Tábuas podres no piso tremeram sob seus pés quando ela atravessou um corredor ladeado por amantes entrelaçados esculpidos em mármore por Bartolini. Parou para usar a concha esticada da ninfa de Michelangelo como cinzeiro, depois foi até uma porta que levava ao porão. Decidira que descobriria do que se tratava o Grande Projeto de Carlos.

A porta estava trancada. Ah.

— Carlos — chamou. E mexeu na maçaneta.

No porão, a voz da condessa passou pelas estantes de vinhos, pelas bancadas do poderoso computador e ecoou nas grandes espirais de vidro do dispositivo do professor.

Mas o conde não a ouviu. Ou, se ouviu, não julgou importante. Não naquele momento.

O olho direito do conde Carlos Scarlioni tremia.

Começara com uma coceira. E fora aumentando.

O conde andava pelo porão, alterando uma configuração aqui, um sintonizador ali, apenas ajeitando as coisas (e, no processo, adiantando o trabalho do professor em uns bons meses).

Viu seu rosto em um pequeno espelho de barbear. Aquele sorriso.

Foi tomado por um pensamento que fez tudo parecer fazer sentido.

Sempre soubera, mas, na verdade, nunca soube.

Ficou hipnotizado pelo próprio reflexo. Mas não era seu reflexo. Não de verdade.

Coçou de novo a pele acima da sobrancelha direita.

Fez uma pausa.

Tocou a pele de novo, com delicadeza. Pela primeira vez na vida, a sensação foi estranha.

Viu seu sorriso. Estava mais largo. Ansioso para que ele soubesse.

Levantou a mão para tocar a pele outra vez, e, em vez de coçar, puxou, curioso, perguntando-se o que aconteceria. Com uma facilidade horrível, a pele se soltou. Carlos continuou puxando enquanto uma tira era arrancada e ficava caída no meio do rosto, abrindo um buraco. Estranhamente, não sentiu dor nem qualquer outra sensação.

O conde Carlos Scarlioni não sentiu coisa alguma enquanto arrancava o rosto, lenta e metodicamente. Pedaço por pedaço.

Quando abriu a pele, as vozes começaram a sair.

E, desta vez, ele soube o que estavam dizendo.

Estavam chamando seu nome.

O restante do rosto caiu em tiras no chão. O conde continuou olhando no espelho.

Não havia sangue. Não havia crânio por baixo da pele.

O único olho, cercado pelos tentáculos verdes que formavam a verdadeira face de Scaroth, o último dos Jagaroth, o encarava de volta.

Parte Dois

"Amo Paris em todos os momentos."

Cole Porter

Capítulo 6

Paris em um dia

O conde começou a lembrar. A nave, o céu terrível daquele mundo sem vida. Ficar preso em uma explosão tão infinita que ainda estava acontecendo.

Sou o último dos Jagaroth, pensou Scaroth. *Enquanto durar.*

Como que por misericórdia, o campo de dobra espacial finalmente desabou. Os fragmentos da nave de Scaroth, presos no lugar por forças impossíveis, enfim tiveram liberdade de se lançar no esplendor ardente, espalhando-se por toda a superfície do planeta morto.

Scaroth morreu. E então, a tal coisa surpreendente aconteceu.

Preso no coração do campo de dobra espacial por forças inimagináveis, por um breve instante, Scaroth compartilhou espaço com a totalidade do tempo. A última grande conquista dos Jagaroth foi a viagem no tempo. De certa forma.

— É sensacional, não é? — comentou Elena, admirada.

Harrison Mandel correu os olhos pela galeria e desejou uma boa xícara de chá.

Elena o arrastara para um "lugar onde as coisas aconteciam".

Ficava depois de Montparnasse, uma propriedade em ruínas na Boulevard Arago.

Harrison sentia que alguém roubaria sua carteira a qualquer momento. Não tinha a menor vontade de ficar ali. Mas Elena fora muito insistente. Na entrada, comprara para ele uma taça de um vinho horrível que, pelo menos, tornara a coisa toda levemente suportável.

O lugar onde as coisas aconteciam era tudo que Harrison mais temia. Cheiro de incenso? Sim. Um disco de Ravi Shankar? Sim. Casacos com cheiro de ovelha morta? Sim.

Tinha até uma pessoa tocando bongo.

Pior ainda era como todos pareciam impossivelmente jovens e bonitos. *Será que estou assim tão velho?*, pensou ele. *Será que esqueci como me divertir?*

Uma garota passou dançando por ele, dando risada para o nada, e Harrison tomou outro gole de vinho.

Alguém começou a declamar um poema em prosa acompanhado de um violoncelo. Harrison tremeu.

Eles avançaram pela multidão. Uma pessoa ofereceu uma bandeja cheia de bolinhos. Harrison foi pegar um. Elena segurou a mão dele e o levou para longe.

— São feitos com drogas? — perguntou ele.

— Ah, não — respondeu a mulher, surpresa. — Tem muitos ratos na cozinha. Chegamos.

Em um canto, um homem estava sentado, desenhando freneticamente nas paredes, no chão e em folhas e mais folhas de papel, rabiscando com carvão. Era um homem robusto e barbado. O suéter estava surrado e coberto de manchas pretas.

— Ele se chama Bourget — sussurrou Elena. — Eu precisava trazer você aqui. Ele é a sensação do momento. Todo mundo diz que teve uma revelação. Veja só.

Todos os desenhos de Bourget eram de pessoas com os rostos substituídos por relógios quebrados.

— Não sei o que dizer — admitiu Harrison. — Não mexe comigo.

— *Alors!* Você precisa aprender a falar sobre arte. Temos que tentar encontrar palavras melhores para você — comentou Elena, estalando a língua. — O pobre Bourget diz que espiou pelas rachaduras do tempo.

E o que isso quer dizer?, pensou Harrison.

Bourget rabiscava depressa, parecia um homem possuído. Pegara uma reprodução da *Mona Lisa* de um turista e estava rabiscando o que parecia ser um prato de lulas em cima.

— Que ousado — comentou Elena, em um tom animado e encorajador. — O que ele fez aqui foi estabelecer um diálogo fantástico por meio de uma reapropriação pop art de uma forma padrão, não acha?

Hummm, pensou Harrison.

A condessa voltou pelos corredores vazios do château. Havia uma quantidade grande de criados, mas, como ainda era comum nas casas muito antigas, eles raramente eram vistos. Uma criada levava um *café au lait* ao quarto dela todas as manhãs, e Hermann levava o do conde ao quarto de Carlos.

Quando voltou para a biblioteca, não ficou surpresa em ver que os cinzeiros tinham sido esvaziados, e os papéis, organizados. Não ficou surpresa porque não reparou.

Sentou-se e mexeu, distraída, em uma caixa-segredo chinesa, passando os dedos pela camada intrincada da superfície de madeira. Uma virada aqui, um empurrão em uma reentrância ali, uma pressão delicada acolá e era só deslizar... Caixas assim podiam exigir mais de mil passos antes de serem abertas, mas aquela exigia apenas vinte. Mesmo assim, a condessa demorou muito para aprender a complicada sequência. Era como dominar uma sonata no piano. Em momentos de indecisão, achava a caixa tranquilizadora.

Com uma tosse discreta, Hermann anunciou sua presença na sala.

— Condessa, as pessoas com quem a senhora desejava falar estão aqui.

A mulher assentiu e ficou bem animada. Seria divertido, pelo menos.

— Pode trazê-las, Hermann, pode trazê-las.

Ela deu um sorriso caloroso para o mordomo. Ele ficaria para ajudar, claro.

Hermann saiu para buscar os convidados. A condessa reparou que Carlos tinha deixado a pulseira na mesa, o que não era bom. Guardou-a depressa na caixa, fechou a tampa, colocou um cigarro na piteira, acendeu, sentou-se no sofá, passou as pernas por debaixo do corpo, e se recostou para relaxar e apreciar o interrogatório.

Ouviu passos. Como eles seriam? Fez um esforço para se lembrar de seus rostos. Duggan, um homem e uma garota. Talvez o homem compartilhasse do charme meio bovino de Duggan... E a mulher? Revirou a mente em busca de uma imagem de feminilidade inglesa e conseguiu uma espécie de bibliotecária engomada e desalinhada.

Hermann empurrou um homem desarrumado e de cachecol para o centro da sala. Ele caiu aos pés da condessa, tirando-a de seu devaneio.

— Nossa! — exclamou o homem, enquanto se levantava. — Que mordomo maravilhoso, tão violento!

O conde estava parado em um corredor. À sua frente, havia um espelho elaborado que ia do chão ao teto, a moldura dourada manchada pelo tempo. Ele olhava para a parede azul-clara, para a moldura, para qualquer coisa que não o espelho. Estava fazendo o possível para não encarar, incrédulo, o próprio rosto.

Tinha ficado parado no meio do laboratório, arrebatado pela estranheza do próprio reflexo. A cabeça se enchera de vozes e pensamentos, uma onda que o teria sobrepujado, se ele já não estivesse completamente perdido.

Jogara o espelhinho no chão e pegara os restos do rosto arrancado entre os fragmentos de vidro. Cambaleara escada acima, as tiras de pele balançando na mão. Fizera uma breve pausa no corredor para tentar ver a própria cabeça mais uma vez, mas era quase mais do que podia suportar. Como tinha se esquecido de tudo aquilo? Como ainda não conseguia lembrar direito?

Ouviu vozes de novo, e pelo menos desta vez não eram dentro de sua cabeça. Estavam se aproximando depressa, e, por um momento, o conde sentiu algo parecido com pânico. Então, quando as vozes entraram na biblioteca, relaxou. Seu segredo não estava prestes a ser descoberto.

Olhou para as tiras de pele nas mãos.

Tudo que sobrara do rosto de Carlos Scarlioni.

Hermann entrou na sala a passos largos, empurrando Duggan com uma das mãos enquanto um de seus homens levava... Ah. Bem, a garota foi uma visão inesperada.

O olhar investigativo da condessa foi notado e prontamente devolvido. *Que jovem e bela*, pensou a condessa, generosa, olhando para a ponta brilhante do cigarro. Vê-la sofrer seria muito gratificante.

Duggan estava se debatendo para se livrar das mãos de Hermann. Ele sempre agia como um cão meio descontrolado, muito burro e mal-humorado. Hermann levantou a arma para dar uma coronhada nele, mas o homem no chão ergueu a mão, acenando com casualidade, o que coincidentemente bloqueou o movimento de Hermann.

— Obrigado, Hermann — anunciou o homem. — Isso é tudo.

O boêmio desgrenhado continuou de joelhos, sorrindo para todos, avaliando a sala.

A condessa ficou feliz em dar espaço para ele e apreciar o show. Por enquanto. No mês anterior, aquele exato pedaço do tapete fora ocupado por um milionário das ferrovias igualmente exaltado. Até hoje ainda encontravam pedaços dele na fornalha de aquecimento central.

— Olá — cumprimentou o homem, enquanto avançava até uma poltrona. — Sou o Doutor, e esta é Romana.

A garota deu um sorriso radiante.

— Este é Duggan — continuou —, você deve ser a condessa Scarlioni, e aquilo ali é uma linda poltrona Luís xv. Luís pode não ter sido tão bom governante quanto o pai, mas seus móveis eram bem mais bonitos. — O Doutor se sentou nela em um movimento delicado, mas firme. — Posso me sentar aqui?

Ele se mexeu, experimentando o estofado da cadeira, acomodando-se.

— Você também não acha que elas ficam mais confortáveis com o tempo?

O Doutor cutucou o forro e ficou feliz em descobrir que era original. Ficou menos feliz em encontrar uma unha inteira ali, deixada por um membro da Yakuza. O Doutor a examinou depressa, jogou-a longe e apalpou a cadeira, com uma expressão de puro prazer no rosto.

— Doutor. — A condessa assentiu com graça. — Você está se portando de forma tão agradável comigo.

Ele pareceu constrangido pelo elogio.

— Ah, bem, eu sou um sujeito agradável.

A condessa se levantou do divã e andou na direção dele, balançando a piteira.

— Entretanto, não o convidei para vir aqui por motivos sociais.

— Eu sei. — O Doutor pareceu desanimado. — Percebi isso assim que notei que não nos ofereceu bebidas. — A mulher nem teve chance de gaguejar antes de ele continuar. — Mas obrigado, três copos de água, por favor, com pouco gelo.

Hermann não se moveu nem um centímetro, mas alterou a postura. *Uma palavra, minha senhora, é só mandar.*

Ainda não. Mas ela sabia que apreciaria ver aquele homem reduzido a um animal choramingando.

A condessa continuou falando, usando palavras tão precisas quanto um recital de piano.

— Doutor, o único motivo para você ser trazido aqui vivo é para explicar por que exatamente roubou minha pulseira.

— Ah. — O rosto do Doutor era a própria imagem do remorso. — Sabe, é meu trabalho. Sou ladrão, Romana é minha cúmplice, e Duggan é o detetive que fez a gentileza de me pegar. — Ele parou por um instante e avaliou a expressão da condessa. — É o trabalho dele — acrescentou. Mesmo assim, a expressão dela não oscilou. — Nossas linhas de trabalho se cruzam perfeitamente.

Ele acompanhou o comentário com um gesto elaborado.

A condessa achou interessante o homem ser canhoto. Deixaria que Hermann quebrasse aquela mão por último.

— Interessante, Doutor. Sabe — ela se permitiu um momento de falso arrependimento —, eu achava que o sr. Duggan estava *me* seguindo.

— Ah, bem... — O Doutor olhou para um e para o outro e ergueu uma sobrancelha. — Você deve ser uma bela mulher. Já sei! Ele estava tentando reunir coragem para convidá-la para jantar! Não era isso, Duggan?

Duggan pareceu irritado. Uma pena. Houve uma época em que talvez, muito talvez, ela poderia ter dito sim. Não importava.

— Quem mandou você aqui? — perguntou a condessa.

— Quem me mandou o quê? — O Doutor sorriu, zombeteiro.

A condessa sentiu um tremor na parte de trás da cabeça que indicava que não só estava perdendo o controle da situação, mas também a paciência. O que nunca acontecia. Todas as vendedoras das Galeries Lafayette sabiam que a condessa nunca gritava. Mas que, quando ficava quieta, era hora de proceder com cautela.

Ela falou, forçando um movimento casual do pulso enquanto apagava o cigarro em um cinzeiro de mármore.

— Doutor, quanto mais você tenta me convencer de que é um idiota, mais fico inclinada a acreditar no contrário. Seria muito fácil e rápido mandar matar você.

Hermann olhou para ela. Estava pedindo permissão para sair da coleira.

Bastou essa distração momentânea para Romana passar pela condessa, se sentar no divã e pegar a caixa-segredo chinesa, uma expressão satisfeita no rosto.

— Ah, que bonita — disse, com educação.

— Largue isso — cortou a condessa.

Ela estava sendo atacada por dois lados, e aquela garota, aquela garota burra, estava brincando com coisas que não entendia. Era tudo muito injusto.

— É uma daquelas caixas-segredo, não é? — Romana a sacudiu sem muita delicadeza.

A condessa fez uma careta.

— É uma caixa-segredo chinesa muito rara e preciosa. — Não se importava de soar condescendente. Carlos ficaria furioso se o objeto fosse danificado. — Você não vai conseguir abrir. Então, coloque no lugar.

Romana pareceu não ter ouvido. Afastou as laterais da caixa como se tivesse passado o dia praticando e tirou a pulseira de dentro dela.

— Ora, veja! — disse, dando uma risadinha.

O Doutor não chegou a aplaudir, mas pareceu considerar a ideia.

— Sim, bem bonita, não é?

A voz veio da porta. Parado ali, sem qualquer preocupação no mundo, dando a eles o mais preguiçoso dos sorrisos, estava o conde Carlos Scarlioni. Tinha uma aparência magnífica, dava a impressão de estar esperando que perguntassem o que ele queria beber. Mantinha uma das mãos enfiada no bolso. Ergueu a outra e ajeitou uma mecha de cabelo. Nada estava fora do lugar na vida do conde.

— Muito bonita — repetiu ele.

— Muito — concordou Romana. — De onde é?

— De onde? Não é de lugar nenhum. — O conde pareceu intrigado pela pergunta. — É minha.

Duggan só havia ido ao teatro uma vez. E não gostara da experiência. Até falara sobre isso com o chefe.

— Talvez seja porque sei que as pessoas estão mentindo. O teatro não passa de pessoas mentindo umas para as outras dentro de uma sala fechada.

— Deve ser porque você não tem imaginação — retrucara o chefe.

No momento, o detetive sentia como se estivesse em uma peça. A qualquer momento, alguém entraria pelas portas duplas e perguntaria: "Alguém quer jogar tênis?". Isso parecia acontecer na maioria dos espetáculos. Bem, não acontecera em *Otelo*, que era uma peça que realmente precisava de uma partida de tênis.

Aos olhos de Duggan, todos naquele aposento estavam usando máscaras. O Doutor de repente passara a bancar o ladrão feliz. Romana incorporara cada centímetro de uma estudante ingênua e inteligente. A condessa fingia não estar irritada com tudo aquilo, e o conde... Que papel o conde estava interpretando? Tinha alguma coisa errada ali. Era a primeira vez que Duggan encontrava o conde cara a cara. Os dois já tinham se cumprimentado em leilões e galerias de arte. O cumprimento de Duggan sempre dizia "sei qual é a sua". O do conde era o de uma raposa bem-alimentada olhando para um frango que não queria comer. "Não hoje. Mas em breve".

Mas ali, na própria casa, o conde ainda parecia estar representando um papel. Duggan percebeu. Todos estavam envolvidos. Menos Hermann, o mordomo. Eis uma pessoa que Duggan era capaz de respeitar. Os dois se avaliaram: dois velhos lutadores, mestres do jogo, sempre alertas, prontos para atacar à menor chance. Duggan admirava isso. Se as circunstâncias fossem diferentes, Hermann seria um homem com quem ele poderia tomar uma cerveja.

(Isso no que dizia respeito a ele, pois Hermann não era da mesma opinião. O pouco que notava da existência do agente já era o suficiente para o mordomo desprezá-lo. Estava mais preocupado com o patrão. Ele estava bem? Pela primeira vez, o conde parecia quase preocupado.)

* * *

O conde atravessou a sala, confiante, passando os dedos por alguns volumes abertos sobre as mesas antes de chegar à lareira. Toda boa sala deveria ter uma lareira opulenta. Aquela pertencera à Madame du Pompadour, era um deleite em rococó de mármore *Bleu Fleuri*, com um friso elaborado exibindo ninfas e pastores delicados que se escondiam uns dos outros. A característica mais importante dela, no momento, era ser bem sólida. O conde se apoiou pesadamente, fazendo um grande esforço para mostrar que o movimento era casual, para não deixar transparecer o quanto de seu peso o mármore estava sustentando. Arriscou olhar para o espelho. O rosto estava certo? Apesar de todos os esforços que fizera, levantou a mão involuntariamente para verificar, e converteu o movimento em um ajuste casual do cabelo. O conde deixou o sorriso dezoito por cento mais relaxado, enfiou a mão no bolso outra vez e se demorou observando a sala.

Pensou que seria muito mais fácil mandar Hermann pulverizar balas por todo o cômodo. *Sim*, pensou. Bastava um gesto, com um único dedo. *Faça, e que se danem as consequências. Acabe com todo mundo. Comece de novo.*

Mas não.

O conde preferiu inspecionar as pontas dos seus dedos. Ainda apoiado na lareira, observou a sala, o sorriso claramente dizendo: "Agora que eu cheguei, podemos começar".

A condessa aproveitou a deixa.

— Querido, essas são as pessoas que roubaram minha pulseira no Louvre.

O conde estava prestes a cumprimentar todos com um único movimento de cabeça quando o Doutor o interrompeu, acenando alegremente da poltrona.

— Olá!

O conde o ignorou. Fitou o sol se pondo atrás da condessa.

— Que curioso — refletiu, permitindo que a voz assumisse um ar de incredulidade. — Um par de ladrões entra no Louvre e sai com... uma pulseira. — Então dirigiu os olhos ao Doutor, recostado com insolência em uma de suas poltronas favoritas. — Foi mesmo a coisa mais interessante que você conseguiu encontrar para roubar?

— Só achei o design muito incomum e atraente. — O Doutor deu de ombros, com pesar. — É claro que teria sido bom roubar um dos quadros, mas já tentei antes e — ele revirou os olhos — todos os tipos de alarme tocam, o que tira um pouco a concentração.

— Posso imaginar — retrucou o Conde, com um estalo solidário da língua. — Então roubou essa pulseira só porque era bonita?

— Foi — concordou o Doutor, mais do que depressa. — Eu a acho bem bonita. Você não concorda?

O Doutor parecia muito ansioso para ouvir a resposta do conde.

O conde deixou o silêncio pairar no ar. A condessa esperou que alguém acendesse seu cigarro, mas acabou tendo que fazer isso ela mesma. Chegou perto do marido enquanto murmurava, alto demais:

— Acho que ele não é tão burro quanto parece.

— Minha querida, ninguém poderia ser tão burro quanto ele parece.

O conde deu para a esposa um sorriso sábio, que logo sumiu quase que completamente. Tinha tantas outras coisas para fazer. Tantas. E só ouvia barulho, vindo dessas pessoas. A coceira estava de volta. Resistiu à vontade de coçar a testa.

— A entrevista terminou — anunciou.

— Que bom, que bom! — O Doutor deu um pulo e esfregou as mãos, animado. — Muito bem, então, vamos embora. Uma caminhada rápida pela Champs-Élysées e talvez uma parada para jantar no Maxim's. O que acha, Romana?

A garota se levantou, também com um pulinho.

— Maxim's? — perguntou, ansiosa.

Hermann apareceu ao lado do conde, que assentiu. Pelo menos, havia uma pessoa de quem podia esperar um comportamento adequado.

— Ah, Hermann! Poderia fazer a gentileza de prender nossos amigos no porão?

O Doutor pareceu desapontado. O conde olhou para ele por um momento; se não o via como um semelhante, decerto o via como uma perda de tempo que quase valia a pena. O sorriso era igualmente encantador e sarcástico.

— Eu detestaria perder contato com pessoas tão fascinantes.

* * *

Duggan tinha chegado ao limite. Todos ainda estavam falando sem dizer nada. O que o irritava. Ali estavam aquele Doutor estranho e aquela garota arrogante, sozinhos na sala com o maior ladrão de arte do mundo, mas não falavam sobre isso. Pareciam perdidos em uma falação sobre uma joia e uma caixa de madeira. Estavam desperdiçando uma oportunidade, e, o que era pior, o Doutor estava feliz em permitir que fossem trancafiados. Duggan viu uma chance e a agarrou.

Pegou a poltrona onde o Doutor estava sentado havia pouco e a ergueu no ar, pronto para bater em Hermann.

— Duggan, Duggan, Duggan! — O Doutor segurou o pulso dele de leve. Para sua surpresa, o detetive não conseguiu mexer o braço. O Doutor sibilava no ouvido dele, horrorizado. — O que você pensa que está fazendo? É uma poltrona Luís XV!

O Doutor teve que agir depressa. Primeiro, viu a mão de Hermann seguir sem esforço para a arma. Duggan não tinha a menor chance. Além disso, lamentaria mesmo a perda da cadeira.

O momento passou. Duggan lançou um olhar de lamento para Hermann. O que mais esperar, trabalhando com amadores?

O mordomo quase não percebeu. Matar Duggan teria sido um prazer, mas tiros tão perto de um tapete persa sempre resultavam em um trabalho cansativo. As empregadas haviam se mostrado excelentes em tirar manchas de sangue, mas um dia a sorte acabaria.

O Doutor soltou o pulso de Duggan, que largou a cadeira, irritado. Então virou-se furioso para o Doutor, rosnando:

— Você não vai deixar que prendam a gente, vai?

— Apenas tente agir como um convidado civilizado, está bem? — O tom do Doutor era bajulador.

Romana foi para o lado do Doutor com os braços erguidos, muito animada.

— Vamos? — perguntou, com alegria.

— Ah, Hermann. — O Doutor fez uma reverência muito educada para o mordomo. — Pode nos mostrar nosso porão, por favor?

O Doutor saiu da sala e foi seguido por uma Romana saltitante. Duggan lançou outro olhar de angústia e irritação para Hermann e os seguiu.

Se tivesse ficado um pouco mais, o detetive teria ouvido o conde fazer uma confissão incrível. Ele e a condessa observaram o Doutor sair. Se ela estava irritada com o rumo que a entrevista havia tomado, não demonstrava. Se o conde ainda estava pouco à vontade com o próprio corpo, estava se esforçando muito para não demonstrar. Em vez disso, fez sinal para a esposa, que se aproximou, obediente.

Os dois ficaram um momento olhando o pôr do sol.

E então, com muita delicadeza, Heidi beijou o marido nos lábios. Por um momento, pareceu que ele se encolheu, mas então sorriu e a tomou nos braços.

A condessa ofereceu o pulso, e o conde colocou a pulseira ali. Ele abriu um sorriso caloroso para ela.

— Tome um pouco mais de cuidado com seus pertences, minha querida — disse, em uma repreensão carinhosa. — Afinal, ainda temos a *Mona Lisa* para roubar…

Capítulo 7

Jaz abaixo

Hermann demorou mais do que esperava para levar os três prisioneiros até o porão. O Doutor tratava a caminhada como uma espécie de passeio guiado por uma galeria de arte particular. Fazia ruídos de prazer ao ver um Monet, enquanto Romana se perguntava, em voz alta, se não seria melhor se a peça ficasse em um lugar com mais destaque.

Enquanto o grupo seguia pelos corredores do château, nem parecia que Hermann estivesse apontando uma arma para eles.

O Doutor não parava de mostrar algum tesouro ou se desviar para um corredor, impressionado com os inúmeros itens da coleção do conde.

— Que quadros lindos! — exclamou ele, quando passaram por um corredor que faria um curador desmaiar. — Você não acha esses quadros bonitos, Romana?

— Não particularmente — respondeu ela, que parecia bastante desinteressada.

Magoado, o Doutor se virou para Hermann, como se quisesse a opinião dele, e, quando não obteve resposta, tentou Duggan.

— Acho que são muito bonitos. Você não acha, Duggan?

— Muito bonitos.

O agente estava aprendendo que era mais seguro concordar com o Doutor.

O grupo caminhou por um salão de banquetes poeirento, e o Doutor identificava os quadros conforme passavam por eles.

— Gainsborough, aham... Rubens... aah, um Rembrandt! — exclamou, com um assovio. — Muito, muito lindo!

Hermann ignorou tudo o que ele dizia.

Chegaram a uma porta antiga de carvalho. Hermann a destrancou, revelando um longo lance de escadas de pedra, que veio acompanhado de um sopro de ar frio. Ele gesticulou com a arma.

— Para baixo.

O Doutor pensava melhor sob a mira de uma arma, ainda mais a caminho de um porão. Armas e porões eram ingredientes mágicos para saltos inesperadamente brilhantes de raciocínio. O château era incrivelmente antigo. O trajeto na parte de trás de uma van Renault toda escura não havia revelado qualquer coisa além de que ficava em uma rua silenciosa e antiga, aninhada entre dois dos grandes bulevares do barão Haussmann, o que por si só tornava a sobrevivência do lugar ainda mais impressionante.

Os parisienses haviam passado boa parte da história buscando um motivo ou outro para derrubar partes velhas da cidade e então se apaixonar pelo que conseguiu sobreviver. Apesar de os alemães não terem bombardeado muito da capital francesa, isso não impediu o governo pós-liberação de reconstruir grandes áreas da cidade. A prefeitura tinha departamentos inteiros dedicados a identificar as partes bonitas e elaborar planos de substituí-las por shoppings e estradas.

O barão Haussmann fora o exemplo mais insano dessa mania. Era por causa dele que Paris tinha o apelido de Cidade Luz, graças aos buracos enormes que fizera na paisagem, deixando-a parecida com o sorriso de um mendigo. O barão tentara deixar Paris reta. Ruas feitas para caminhar e esquinas que convidavam o passante a ficar um pouco mais foram destruídas e substituídas por bulevares de uma retidão absoluta. Sob o regime de Haussmann, a grandiosidade improvisada e desmantelada de Paris fora substituída por ruas compostas de fileiras ordenadas de prédios de altura, proporção e características idênticas. E, ainda assim, o Doutor reparou que aquele enorme château escapara à atenção do barão. Por direito e probabilidade, já deveria ter sido transformado em um estacionamento.

O barão Haussmann tinha sido muitas coisas, claro, e o Doutor lembrava. Tinha sido urbanista da cidade, braço direito de Napoleão, amante, colecionador, esquematizador e uma companhia muito entediante. Também tinha sido criminoso e chantagista. E nem era um barão de verdade. Não que os parisienses se importassem com um ou outro aristocrata fraudulento. Nem prestaram muita atenção às reformas que ele fez nas ruas. Depois que Haussmann terminara de construir os grandiosos bulevares, os parisienses simplesmente deram de ombros e andaram por eles como sempre faziam, ainda encontrando trechos pelos quais passear e esquinas nas quais parar. Paris era assim. Sobrevivia.

— Conte-me, Hermann — pediu o Doutor, quando dobraram uma esquina e desceram outro lance de escadas, ainda mais gasto do que o anterior —, há quanto tempo este château existe?

— Há muito tempo.

— Muito tempo! Gostei disso. Tanto tempo assim?

São muitas escadas, pensou o Doutor. Estavam descendo bastante. Um tremor indicou que o metrô passava ali perto. Era interessante o château não ter sido violado pelo trajeto subterrâneo. Considerando-se tudo, a sobrevivência do lugar era impressionante.

— E foi modernizado pelo menos quatrocentos ou quinhentos anos atrás?

— É possível.

— Mesmo? Isso é empolgante, muito empolgante.

Modernizado meio milênio antes? Se é que se podia chamar isso de modernização. Como deveria se chamar, então? Acréscimos constantes e evolução de uma construção incrivelmente antiga. Ele passou por um pedaço de madeira que se projetava da parede, uma mistura improvável de tijolo, pedras e rochas. Era como se estivessem descendo para uma caverna. A madeira era tão velha que estava praticamente fossilizada, como se restasse apenas um pequeno fragmento da construção original. Imagine só, um pedacinho de uma cabana de sapé pré-histórica, da época em que as pessoas... em que as pessoas...

O Doutor passou por uma pedra em que alguém, muito tempo antes, entalhara um desenho rudimentar de duas pessoas caçando um bisão. Uma das pessoas tinha apenas um olho e cabelos desgrenhados e estava segurando uma lança. Não podia ser outra coisa além de pichação.

Imagine só, pensou o Doutor. Imagine só se a casa estivesse ali desde sempre e a cidade tivesse apenas crescido ao redor dela? Não seria engraçado?

O Doutor queria examinar melhor o desenho. Então, virou-se para Hermann, pedindo instruções.

— Continuo descendo?

— Até o fim.

A escada se abria para um lugar que parecia uma caverna, emanava frio e tinha um ar antigo. O Doutor conseguia imaginar uma equipe de arqueólogos ficando muito felizes de examinar o local. Isso depois que tirassem as máquinas e as garrafas de vinho do caminho.

— Então aqui é o porão?

Porão? Parecia mais uma catacumba.

O Doutor continuou falando, enquanto sua mente trabalhava em coisas importantes. Por exemplo, estava morrendo de vontade de dar uma olhada naquele computador. Por um lado, claro, era uma peça de engenharia incrivelmente avançada para a época. Por outro, era só lixo antiquado. E o Doutor sempre gostara muito de lixos antiquados. Perguntou a Hermann onde ficava a tomada.

O mordomo estava no limite.

— Doutor, essa sua conversa não me interessa.

O Senhor do Tempo fez beicinho.

— É mesmo? Oscar me achava muito divertido.

— Que Oscar? — perguntou Romana.

Ela estava se sentindo de fora. Sabia que o Doutor estava tramando alguma coisa. E tentava entender o quê, exatamente. Achava meio complicado desvendar a trama sob a mira de uma arma. Armas irritavam Romana. Tinham o hábito de disparar no momento errado, bem quando as coisas estavam começando a ficar interessantes.

Até onde percebia, dando uma olhada rápida, o porão ficava 20,3 metros abaixo do nível do mar e seguia por 17,4 metros a partir de onde ela estava. Apesar de a bancada de computadores ocupar apenas oito por cento do volume do aposento, parecia dominar o ambiente. O lugar tinha um design muito curioso. De qualquer modo, em breve haveria tempo para entendê-lo. Quando o homem com a arma trancasse a porta, fosse nocauteado ou apenas saísse por vontade própria. Preferia que ele fosse embora, pois, de um modo geral, achava armas bem desagradáveis.

O Doutor compartilhava seu fascínio pelo computador.

— Que Oscar? — repetiu ela.

— Wilde.

— É mesmo?

— Ele era meio maluco. — O Doutor andou de um jeito bem casual até o equipamento ao lado do computador. — Pelos céus, um laboratório! — Ele se virou tão depressa para Hermann que o mordomo quase atirou. — Hermann, você vai nos prender em um laboratório?

Isso seria um erro gigantesco, pensou Romana. Ainda mais para alguém que não pretendia que o Doutor explodisse sua casa sem querer.

O mordomo não era tolo. Ele indicou um canto pequeno e úmido debaixo da escada, com uma porta que parecia bem resistente.

— Ali — resmungou.

O Doutor, Romana e Duggan seguiram para dentro do que seria melhor descrito como um depósito. O número de correntes presas na parede de tijolos sugeria que tivera muitos usos anteriores. Naquela época, era um lugar onde os donos do château deixavam caixas vazias e pilhas de palha fedorenta que farfalhava e rangia.

Havia uma pequena mesa em meio aos destroços. Em um antiquário, a mesinha teria lugar de destaque, possivelmente um pedestal próprio. Um lampião sujo e uma caixa de fósforos estavam em cima dela, e havia marcas de queimadura nos entalhes delicados.

— Tem luz, se vocês quiserem — comentou Hermann, em um tom seco.

— Quanto tempo vai durar? — perguntou Romana, em dúvida.

— Duas horas. Talvez três.

— E o que acontece depois disso?

— Acho que vocês não vão precisar de muita luz depois disso — respondeu Hermann, sorrindo, e saiu.

Ele trancou a porta e subiu a escada. Não deu gargalhadas, o que foi um alívio. Romana não suportava gargalhadas. Ela prestou atenção aos sons abafados do computador. Se dava para dizer que um computador de 1979 tinha processador, o daquela máquina estava trabalhando a toda. Interessante. Devia estar tentando descobrir como fazer ovo cozido.

Ela olhou para o depósito. Fora o pouco de luz que entrava por uma grade na porta, estavam na escuridão total. Romana, em um passo lento e regular, começou a andar pela cela.

Duggan se virou para o Doutor, com jeito de quem queria bater nele.

— O que você pensa que está fazendo, Doutor? — perguntou, furioso. Sentia-se traído, confuso e com muita raiva.

— Fique quieto e acenda o lampião — sibilou o Doutor.

Os trejeitos de palhaço de festa infantil tinham sumido, assim como os do boêmio simpático e até do tolo tagarela. O Doutor estava completamente sério. Precisava que Duggan acendesse o lampião, porque seu cérebro tinha muito no que pensar.

O Doutor entregou a caixa de fósforos para Duggan. Só havia um.

— E não erre — disse, ríspido.

— Você está dizendo para *eu* não errar? — trovejou Duggan. — Poderíamos ter fugido duas vezes, se você não tivesse…

Humanos chatos, chatos, chatos.

— Exatamente. — Com dificuldade, o Doutor adotou um tom razoável. — Qual é o sentido de vir até aqui para fugir tão rápido? Primeiro, vamos deixar que pensem que nos prenderam. Agora, podemos começar a fugir. Acenda o lampião.

Ele estalou os dedos com impaciência e apontou para o lampião.

Sentindo-se desprezado e infeliz, Duggan acendeu a chama. Reparou que Romana o observava com severidade enquanto andava de um lado para o outro. Ele quase errou. Só conseguiu fazer o pavio pegar fogo quando o fósforo estava chegando nas pontas dos dedos. Duggan fora treinado com certo sucesso para aguentar uma boa quantidade de dor, mas odiava se queimar com fósforos. O lampião de óleo de peixe soltou um jato de fumaça preta antes de encher o ambiente com uma luz leve e cheiro de hadoque.

O Doutor tinha tirado uma caneta prateada um pouco estranha do bolso e a balançava delicadamente ao redor da porta. Se pretendia fazer alguma coisa excêntrica só para irritar Duggan, tinha conseguido. O detetive olhou com raiva quando o Doutor segurou o objeto perto da antiga tranca de metal. A caneta emitiu um chiado ondulante.

— Chave de fenda sônica — explicou Romana, ainda caminhando para lá e para cá.

Duggan, que nunca ouvira falar em uma chave de fenda sônica, ficou intrigado. Seria um novo tipo de gazua? Não parecia estar adiantando muito.

— E aí? — perguntou, com impaciência.

O Doutor só resmungou. Ficou claro que, o que quer que ele estivesse tentando fazer na fechadura, não estava dando certo. O barulho agudo da chave de fenda sônica virou um balido acusatório.

— Essa porcaria não funciona — admitiu o Doutor, confirmando as piores suspeitas de Duggan.

— Você e suas ideias brilhantes — disse o policial, com rispidez, tirando-a da mão do Doutor.

Este era o problema das ferramentas de arrombamento modernas: elas nunca funcionavam. A coisa zumbiu com ressentimento na mão de Duggan quando ele a enfiou na fechadura. Se ao menos conseguisse encostar no mecanismo e encontrar algum apoio, haveria uma pequena chance. Girou a chave e sentiu o objeto se dobrar como uma das colheres de Uri Geller. Porcaria.

— Não! — berrou o Doutor, batendo na mão dele e aninhando a chave de fenda sônica como a um animalzinho ferido.

— Ora — retrucou Duggan —, não servia para muita coisa, não é mesmo?

— Servia — disse o Doutor de forma protetora —, e serviu muito bem contra os Daleks. — Ele a levou até a bochecha, como se acrescentasse "Não foi, queridinha?".

— Daleks? O quê? — Duggan achou que o Doutor estava falando baboseiras.

— Do planeta Skaro. Você não conhece.

Era tudo de que eu precisava, ficar trancado em um porão sem ter como sair e junto com dois lunáticos que acreditam em discos voadores.

O Doutor soprou a chave de fenda sônica, desalojou um pouco de poeira e a ligou com cautela. O objeto emitiu um zumbido confiante.

— Ah, agora está funcionando. — O Doutor sorriu. — Eu estava mesmo querendo consertar. Obrigado, Duggan.

Ele balançou o objeto na frente da fechadura. A chave de fenda sônica apagou de novo. O Doutor, sem hesitar por nem um momento sequer, bateu com ela na parede, bem forte. A chave de fenda sônica ganhou vida, e a porta se abriu.

Satisfeito, o Doutor passou um braço pelos ombros do detetive.

— Então, você gostaria de nos acompanhar, ser nosso conselheiro científico?

— Hã?

O Doutor ia saindo da cela, mas Romana, com firmeza, entrou na sua frente e bloqueou a passagem.

— Doutor, o comprimento horizontal da escada é de cerca de 5,48 metros, não é?

— Acho que sim. Por que, você está pensando em botar um carpete?

— Bem, o depósito abaixo da escada tem apenas 2,49 metros de comprimento.

— Fascinante — murmurou o Doutor, tentando passar por ela.

Lá fora, havia um laboratório e um computador. E ele queria levar o cachecol para longe do lampião, senão todos os planetas em que pousasse nas semanas seguintes ficariam com cheiro de peixe. Romana continuou bloqueando a passagem.

— Posso ir olhar o laboratório? — implorou ele.

Romana deu um passo para o lado. O Doutor passou por ela com determinação.

— Venha, K9 — disse, e Duggan seguiu atrás, obediente.

Romana ficou mais um momento na cela, olhando para as paredes, pensativa.

Finalmente livre, Duggan estava doido para fugir.

— Certo, vamos subir a escada e sair daqui — anunciou, batendo com o punho na palma da outra mão.

— Não. Deve haver dois guardas lá no alto — avisou o Doutor, dando um conselho de amigo. Afinal, conhecia guardas tanto quanto conhecia celas.

— Exatamente! — Pela primeira vez no dia, Duggan parecia feliz. — Estou pronto para dar porrada em alguém.

— Não. — O Doutor suspirou. — Quero ver o laboratório primeiro.

O laboratório. O computador. E depois, talvez, se nada mais parecesse interessante, a fuga.

— Para que serve um laboratório?

Era uma coisa tão imbecil de se perguntar que até Romana ouviu, e ela estava muito ocupada reunindo tubos de ensaio. Enquanto voltava ao depósito, ela lançou a Duggan o mesmo olhar que a mãe dele lançava a pessoas que furavam a fila no correio.

O Doutor enfiou as mãos nos bolsos e se encostou em uma bancada, tentando se concentrar em Duggan, e não nos emaranhados de fios gloriosamente complicados e convidativos atrás dele.

— Duggan. Nas últimas horas, fui empurrado, ameaçado, sequestrado e aprisionado. Encontrei um equipamento que não é produto da tecnologia atual da Terra.

Espere. Não era o quê? O Doutor adivinhou os pensamentos dele e assentiu.

— É. Acho que este laboratório pode ter alguma coisa a ver com isso
confirmou o Doutor.

— Olha só — resmungou Duggan. — Pode parar com essas coisas, está bem? Vamos embora, esqueça isso. E a *Mona Lisa*?

— O que tem ela?

O Doutor estava analisando alguns cabos. Não conseguiu resistir.

— Você acha que o conde e a condessa querem roubá-la?

— Querem.

Cabo de fibra ótica, fio transmissor subetérico, entrada de fone de ouvido. Glorioso.

Um comentário distraído do Doutor era tudo de que Duggan precisava. O quadro mais famoso do mundo estava sob ameaça. O problema de lutar contra o crime era que não passava de uma questão de organizar as prioridades.

— Faça o que você quiser. Eu vou impedi-los.

O Doutor olhou para o relógio. Ah, que pena, a pequena livraria perto da Sacré-Coeur, onde ele queria dar uma passada, já estaria fechada.

— Escute, Duggan, não vão roubá-la às seis da tarde, vão? Já que estamos aqui, vamos descobrir como vão fazer isso. E por quê. Que tal? Hã? Ou você só veio para dar porrada?

Romana passou por eles segurando com cuidado um vidro grande de ácido e ignorou a discussão.

Duggan, ao ouvir aquela proposta, aceitou.

— Faço esse trabalho em parte para proteger os interesses dos negociantes de arte que me empregam...

— Mas mais pelas porradas. Sim, eu sei. — O Doutor deu um tapinha delicado na manga do casaco de Duggan e se inclinou para a frente, como se para dividir um segredo. — Escute, o que você acha que Romana está tramando?

— Não sei.

— Nem eu. — O Doutor sorriu. — Parece incrivelmente intrigante, não acha?

Duggan afastou o Doutor e seguiu para a escada.

— Não ligo. Vou embora.

Naquele momento, a porta no alto da escada se abriu, e uma pessoa começou a descer bem devagar.

O professor Nikolai Kerensky acordou renovado. Não, mentira. Acordou surpreso. Surpreso por descobrir que tinha dormido, e perplexo por ver que estava no pequeno quarto alocado a ele, mas que raramente visitava. Como tinha chegado ali? Cambaleou pelo aposento, lançou um olhar melancólico pelas grades da janela, para um café onde as pessoas pareciam estar se divertindo perto de comida, e então foi até a pia, onde jogou água salobra no rosto e tentou não reparar no quanto seu reflexo no espelho rachado parecia infeliz.

O conde não era um monstro, disse a si mesmo. Só era um homem motivado e com dinheiro, uma combinação incomum. Havia muitos homens motivados, e havia muitos homens com dinheiro. Mas era raro encontrar as duas coisas combinadas e concentradas em mudar a raça humana. Kerensky se sentou na cama, desanimado, ouvindo cada mola gemer, e pensou em sua situação. Tinha muita sorte, levando tudo em consideração. O conde não era uma pessoa com uma fundação que falava superficialmente sobre progresso como se fosse um museu que ele desejasse visitar um dia, mais cedo ou mais tarde, em algum momento, depois de aparafusar aquela prateleira e fazer umas compras. Não, o conde tinha uma vontade certeira de mudar o mundo e a estava realizando sob um cronograma implacável. Talvez um pouco implacável demais para o gosto de algumas pessoas. Não de Kerensky. Não. Nem um pouco. Ele gostava de ser motivado.

Estava trabalhando duro no laboratório. Dois testes em um dia.

Que exaustão que nada. Já tinha passado por isso. A exaustão era como um resort à beira-mar do qual se lembrava com carinho. Desta vez, estava preso a uma cidade de concreto nova e horrenda, fundada em cansaço, encurralado nos infinitos caminhos de mão única e rotatórias. Era tudo muito cinza e abandonado, e as placas indicando o caminho para lugares melhores tinham sido retiradas. Na verdade, talvez dormisse mais um pouquinho. Já que não havia ninguém batendo na porta.

O que o professor Kerensky não percebeu foi que Hermann o carregara até o quarto pois queria que ele ficasse fora do caminho. O conde tinha coisas mais importantes com que lidar, e, assim, por alguns minutos, o professor pôde apagar com alegria.

Mas Kerensky viu isso como sinal de grande benevolência. Que devia ser recompensada. Não. Nada mais de sono para ele. Ele tinha uma vocação. Então, levantou-se, ignorou o suspiro triste da cama e, cambaleando um pouquinho, obrigou-se a sair dali e voltar ao porão.

A raça humana precisava ser salva, e ele, o professor Nikolai Kerensky, faria isso.

Enquanto descia para o laboratório, Kerensky teve a ideia momentânea e absurda de que estava sendo observado. Então olhou para trás. Tinha ouvido alguma coisa? Ou eram apenas as semanas de privação de sono que o estavam afetando? Logo estaria ouvindo vozes.

Havia alguma coisa diferente no laboratório. Algumas mudanças pequenas e irritantes. O espelho que ele usava para se barbear estava quebrado. Hermann prometera que as criadas não desceriam até lá, mas ele sabia que desciam de vez em quando. As coisas ficavam limpas, arrumadas ou organizadas. Kerensky não reprovava a teoria da arrumação, só acreditava que era uma coisa gloriosa a ser feita apenas depois que o trabalho tivesse acabado. Como acender as velas de um bolo. Gostava de bagunça. Muitas das suas melhores ideias, dissera uma vez para o conde (que fizera questão de demonstrar que estava ouvindo enquanto devorava um prato de madeleines), muitas das melhores ideias de Nikolai Kerensky nasceram entre um e outro pedaço de papel. A bagunça era uma excelente incubadora.

Falando nisso, ele andou até uma incubadora de verdade e, com cuidado, pegou um ovo fertilizado. Foi até uma lona, puxou-a de lado como um feiticeiro desajeitado e recuou, parando um momento para admirar seu trabalho.

Ele tinha construído aquilo. Para um observador distante (e, no momento, havia três), parecia uma aranha de metal gigantesca com três pernas e deitada de costas. Havia um domo no chão. As três pernas tortas tinham dois metros de altura e terminavam em pontos azuis, todos mirados para uma pequena plataforma no alto do domo.

Se já tivesse visto uma espaçonave Jagaroth, alguém poderia pensar: "Ah, é familiar. Ainda que esteja de cabeça para baixo."

Se não tivesse visto uma espaçonave Jagaroth, pensaria que colocar um ovo de galinha no coração de um aparato tão magnificamente formidável parecia totalmente sem sentido.

O Doutor, que estava olhando de trás de uma mesa, achou que a coisa era vagamente familiar. Mas vivia achando as coisas vagamente familiares. Em geral, eram só uns robôs malucos. Um dia, temia, seriam esposas.

Romana, espiando por trás de uma estante de vinhos, se parabenizou pela teoria anterior, um tanto improvável, sobre o que a combinação de computadores estava calculando. Ela estava certa. Havia ovos envolvidos.

Duggan, escondido atrás da porta do depósito, apenas assentia para si mesmo, alegremente. Um homem fraquinho. Finalmente, alguém em quem dar porrada.

Ainda sem perceber que não estava imaginando coisas e que estava mesmo sendo observado por três tipos bem diferentes de olhares intensos e furiosos, Kerensky colocou o ovo na plataforma. Em seguida, abriu a pequena aba da base esférica da máquina, virou um interruptor e recuou.

Ondas de energia azul muito cara emanaram do tripé, e uma bolha se formou lentamente acima da esfera, envolvendo o ovo inteiro. Atrás de Kerensky, o computador mais avançado do mundo começou a trabalhar no ovo, e, a alguns quilômetros de distância, em uma subestação elétrica no subúrbio, a luz tremulou quando os dígitos em um medidor começaram a ficar borrados.

Em seu sótão, o artista Bourget tentava desesperadamente não desenhar um relógio no rosto de seu mais novo retrato. Ele falhou e quebrou o carvão, irritado, jogando os pedaços em um canto.

Dentro da bolha, o ovo rachou. Lenta e delicadamente, uma vida recém-chocada bicou a casca para sair e cambaleou pela primeira vez. Se os olhos do pintinho estivessem funcionando bem, a primeira coisa que veriam seria um homem raquítico batendo palmas com prazer.

Kerensky estudou o pintinho com muita alegria. O Processo Kerensky havia acelerado com sucesso o período de choca em um fator de dezessete Kerenskys. Era um feito e tanto.

O professor estava totalmente absorto nos passos hesitantes do pintinho. Tão absorto que não reparou no homem grande com casaco surrado avançando em sua direção, o punho batendo animadamente na mão. Não reparou na mulher incrivelmente bonita de uniforme de estudante gesticulando freneticamente para o homem bovino parar. Também não reparou na figura excêntrica de pé atrás dele, polindo um béquer com a ponta do cachecol.

Mas só até o homem tossir educadamente e dar um tapinha no ombro dele.

Estarrecido, o professor Kerensky se virou e olhou para o estranho. Quem era? O que estava fazendo ali? Seria um convidado de festa perdido? Um artista, talvez? Havia inteligência por trás daqueles olhos azul-claros. Ele também exibia um sorriso largo e feliz. Kerensky reparou de repente que fazia muito tempo que não via um sorriso genuíno. O sorriso se abriu ainda mais e virou uma expressão de alegria gratuita.

— O que veio primeiro — declamou o homem, com voz grave —, o ovo ou a galinha?

— Quem é você? — Kerensky achou que aquela era uma pergunta segura.

— Eu? — O homem apontou para si mesmo, como se ninguém nunca tivesse feito essa pergunta e, mesmo que tivesse, não importasse muito.

— Sim, quem é você e o que está fazendo aqui? — Kerensky sentiu uma pontada de desconfiança.

— Eu? Eu sou o Doutor. — Como se isso respondesse tudo.

O Doutor apontou para a visão vagamente absurda do equipamento mais caro que o mundo já vira sendo usado em um pintinho minúsculo e um tanto perdido.

— Muito interessante o que você está fazendo aqui — disse ele. — Mas está tudo errado.

O salão de baile do château fora negligenciado por quase um século. Os espelhos de prata estavam manchados e opacos. Os anjos de gesso pareciam anjos caídos, literalmente. O teto exótico *trompe l'oeil,* com a imagem de uma floresta idílica, estava coberto de musgo. Camadas de poeira envolviam os esqueletos dos móveis, como fantasmas. Uma podridão triste pairava no ar, como as últimas notas de um quarteto há muito calado.

O conde Scarlioni fora até ali para dar um show. Em quase todos os sentidos da palavra. Hermann enrolava com muito cuidado o que tinha sobrado de um tapete otomano. A condessa estava sentada em um divã, com as pernas cruzadas, observando o marido com atenção. Já tinha perguntando duas vezes se ele estava bem.

Heidi acha que estou enlouquecendo, pensou o conde Scarlioni. *Ah, se ela soubesse. Se ao menos* eu *soubesse.*

Ninguém nunca perguntava ao conde Scarlioni como ele estava se sentindo. O sorriso sempre presente dizia ao mundo que o conde estava se divertindo, e normalmente à custa dos outros. Não havia homem mais confiante, mais seguro de si.

E, mesmo assim, naquele momento, na noite mais importante de sua vida, o conde Scarlioni de repente se sentia pouco seguro de si. Quem ele era, na verdade? O conde sempre desprezara pessoas que usavam expressões como "literalmente" e "na verdade", mas, na verdade, quem era ele, literalmente? A maioria das pessoas racionais, se descobrisse de repente que por baixo de seu rosto havia outro, completamente diferente, teria ficado louca. Ainda mais ao descobrir que esse rosto era horrendo e pertencia a um antigo pesadelo. Ainda assim, o conde olhara para o emaranhado de tentáculos de pele verde, que não parava de se contorcer, e pensara: "Ah, acho que é isso mesmo".

O que surpreendeu até a ele próprio. A nova informação pareceu incrível, mas explicava muita coisa. O motivo de ele ver a vida como uma piada. A sensação de saber exatamente sua missão na Terra. Por mais que pensasse no assunto, não conseguia se lembrar da infância. O conde Scarlioni estava começando a aceitar o fato de que não era real. Por outro lado, nunca se sentira mais vivo.

De repente, a taça de champanhe ficou com um gosto ainda melhor, o patê pareceu ainda mais intenso, e o charuto tinha um aroma ainda mais envolvente. A vida parecia gloriosa.

Por um breve instante, considerou contar à condessa. "Minha querida, descobri uma coisa incrível. Veja. Meu rosto sai. Pois é! Extraordinário, não acha? Vamos dar um puxão no seu, para ver se acontece o mesmo?"

Mas não. Sabia que estava sozinho no mundo, no universo. Que era o único de sua espécie. E, ainda assim, de alguma forma, não estava sozinho. Passara a vida toda (perguntava-se quanto tempo era isso) sabendo que estava executando um propósito maior. Às vezes, de forma inconsciente, às vezes, de forma muito consciente. Só lamentava aquela sensação de que seu propósito não estava completo. De que mais coisas tinham que ser reveladas. Mas estava chegando perto.

Também sabia que seria um desastre contar sua descoberta impressionante para a condessa. Sabia por que ela o amava. Não tinha ilusões. Não queria complicar as coisas. Não naquela noite. Ainda havia muito a ser feito.

Mas pelo menos sabia agora por que fazia tudo aquilo. Por que estava deixando Kerensky mexer com pintinhos no porão. E por que roubaria a *Mona Lisa*.

Hermann terminou os preparativos, seus passos ecoando no piso de madeira do salão. Com o menor dos floreios, o mordomo abriu as portas duplas e recebeu os ladrões arrombadores. O próprio Hermann os recrutara. Os dois eram habilidosos e bem-pagos, e os corpos jamais seriam encontrados. Eles olharam para o salão com uma mistura de curiosidade e medo.

O conde fez o sorriso ficar vinte e três por cento mais receptivo e foi pessoalmente entregar bebidas aos dois. Eles as aceitaram, agradecidos, e fizeram uma tentativa péssima de parecer à vontade no salão. Beberam nervosos, com goles sedentos. Era um desperdício de bom champanhe. Mas, em pouco tempo, tudo pareceria um grande desperdício, não?

O conde tomou a bebida com certo pesar. Sentiu as bolhas magníficas explodindo na língua e se perguntou, por um segundo, como a máscara fizera isso. Mas fizera. A máscara havia se remontado e se encaixado em sua cabeça. Por um momento, parecera sufocante. Como os olhos funcionavam? Por que naquela noite, dentre tantas? Como não coçava? *Na verdade, tenho certeza de que está coçando. Está. Nunca mais vou parar de sentir.* Mas a sensação parara de repente, e o conde continuara apreciando a vida.

Ergueu a taça para brindar, não só aos dois ladrões, mas também a Hermann, à condessa e ao pequeno cubo de metal preto. O objeto estava pousado, inócuo, entre um cinzeiro e um exemplar da *Paris Match,* em uma mesa de jogo de cartas que viera do palácio de Versalhes.

— A caixa é um equipamento incrível, acho que vocês vão concordar — declarou o conde, como se estivesse fazendo um brinde. Ele bateu no cubo, que ronronou com um som melífluo. — Este dispositivo torna o impossível possível. Talvez o professor devesse vê-lo. — Um pouco de familiaridade extra surgiu no sorriso para Hermann e a condessa. — Gostaria que ele soubesse que, apesar de ser um gênio, o homem... — Ele hesitou. A condessa franziu a testa de leve. — O homem para quem trabalha é ainda mais inteligente.

Hermann fez uma reverência.

— Devo ir buscar o professor, Vossa Excelência?

— Sim! — respondeu o conde, sorrindo, condenando o Doutor, Romana e Duggan à morte imediata.

Hermann foi para a porta.

— Não, na verdade, não! Não quero interrompê-lo. Além do mais, acho que nosso professor não aprovaria.

Ele riu. Foi a gargalhada de um homem que sabe exatamente o que vai acontecer em seguida.

A condessa riu junto, automaticamente.

— A máquina está pronta? — perguntou o conde.

— Sim, Vossa Excelência — confirmou Hermann.

Claro que estava.

O conde colocou a pulseira em cima do cubo. O metal brilhou, e sua luz se espalhou, criando sombras que dançavam pelo salão de festa.

— Então vamos começar.

Sem saber que tinham acabado de ser condenados e logo depois poupados, Romana e Duggan observavam o Doutor, escondidos nas sombras do porão. Romana já vira o Doutor usar seu charme em uma boa quantidade de cientistas. Em geral, começava bem e terminava mal.

Qualquer cientista diria que adora ser desafiado. Que só assim o verdadeiro progresso acontece. Mas ele estará trincando os dentes de leve.

— Errado? — gritava Kerensky, gesticulando muito. — Errado? Do que você está falando?

Em um gesto casual, o Doutor apontou para a Bolha Kerensky, como se não fosse a realização mais incrível a que a humanidade já chegara.

— Ah, você está mexendo com o tempo, e isso é sempre má ideia, a não ser que saiba o que está fazendo.

Ora, poupe-me da curiosidade preguiçosa dos tolos, que leram meio artigo em uma revista e se declararam especialistas.

— Eu sei o que estou fazendo! Eu, o professor Nikolai Kerensky, sou a maior autoridade em teoria temporal do mundo todo.

— Do mundo todo? — O Doutor bufou de leve. — É um lugar muito pequeno, considerando o tamanho do universo.

Kerensky? Já tinha ouvido falar de um professor Kerensky, que trabalhara com bolhas quânticas. Mas aquele ali devia ser o irmão mais velho e mais magro dele, não?

Dentro da bolha, o frango já adulto os observava com a paciência e a sabedoria silenciosa de uma galinha.

— Ah, mas quem pode considerar toda a criação? — perguntou Kerensky, acompanhando o Doutor. A qualquer momento, Hermann apareceria e acompanharia o homem de volta à festa da qual se afastara. Estava claro que era um dos amigos artistas do conde, acostumado a ouvir o som da própria voz nos salões. — Quem pode considerar o tamanho do universo?

— Algumas pessoas podem. E, se você não pode, não devia estar se metendo com o tempo.

Ultrajante!

— Mas você viu funcionar! A maior realização da raça humana. Um acelerador celular. Você viu! — Kerensky se perguntou se não estava sendo um pouco petulante. O Doutor deu um muxoxo consolador, e ele prosseguiu. — Um ovo que virou frango em trinta segundos. Com uma máquina maior, posso transformar um bezerro em vaca em menos tempo ainda. Vai ser o fim da fome!

Será que o tolo não conseguia entender?

— Vai ser o seu fim. — O tom do Doutor era sinistro. — Sem mencionar a pobre vaca. Dê uma olhada.

Kerensky estava tão irritado que tinha se esquecido da galinha. Ele se virou para olhar a bolha. Lá dentro, a galinha cambaleava, fraca, as penas se espalhando enquanto a pele murchava. O animal bateu com o bico na superfície da bolha e caiu, primeiro uma pilha de ossos, depois, apenas pó.

Kerensky observou o resultado final com tristeza.

— Hummm. Há alguns problemas técnicos — concordou, em um tom filosófico.

— Problemas técnicos! — exclamou o Doutor.

Lá vem o rolo compressor, pensou Romana. Ela recuou sem fazer barulho para o depósito e deixou Duggan assistindo ao confronto.

— O princípio todo no qual você está trabalhando está errado — trovejou o Doutor. — Você pode repuxar o tempo para trás ou para a frente dentro daquela bolha, mas não pode entrar nem sair dela. Você criou uma sequência temporal diferente, mas ela é totalmente incompatível com a nossa.

Esse homem gritando é mesmo artista?, indagou-se Kerensky, impressionado. Ele parecia ter uma compreensão assustadora dos problemas que o Processo Kerensky estava enfrentando. O professor sabia daquilo, era verdade. No momento, era um desafio enfiar a mão na bolha e tirar a galinha. Mas não era impossível. Com trabalho, tempo e dinheiro, tinha certeza de que conseguiria romper o limite do Espaço Kerensky. Só precisaria de mais um pouco de tempo. Encontraria um jeito. Tinha que encontrar.

— De qualquer modo — continuou o Doutor, andando até o aparelho como se fosse uma máquina de lavar com pouco uso —, já tentou isso?

Ele mudou algumas configurações com a ponta da unha, em um movimento bem casual.

A pilha de pó tremeu, gerou ossos e penas que se ergueram e se organizaram, formando um esqueleto. Uma carcaça de galinha cambaleou dentro da bolha, a carne se recompondo, as penas caídas voltando para a pele, os olhos e tendões se preenchendo. A galinha parecia estar andando para trás, ficando mais saudável e mais viva, depois menor, mais jovem e mais fofa, até finalmente voltar para o ovo.

O ovo ficou ali, em silêncio.

— Veja só! — exclamou o Doutor. — Esse é um efeito bem mais interessante, não acha? Sabia que tinha construído algo capaz de fazer isso?

— Bem, não — admitiu Kerensky, sentindo necessidade de se sentar, de repente. — O que você fez?

— O que você acha que fiz? — Torcendo para Romana não estar olhando, o Doutor arriscou revirar os olhos. Ela o mandara não fazer isso. — Eu apenas reverti a polaridade. — Ele falou como se isso respondesse tudo. Deu um tapinha quase carinhoso no Acelerador Kerensky. — Esse equipamento é muito caro, não é?

Por que o homem estava perguntando aquilo? Seria jornalista? O que estava acontecendo? Kerensky estreitou os olhos, desconfiado, e, estranhamente, quando falou nada mais do que verdade, soou reservado e evasivo.

— O conde é muito generoso. Um verdadeiro filantropo. Eu... eu não faço muitas perguntas.

— O trabalho de um cientista é fazer perguntas — cortou o Doutor. — Como, por exemplo, o que é aquilo?

Dentro da bolha, o ovo tinha sumido. O tempo continuara regredindo e o ovo acabou desaparecendo. Mas o fluxo de energia continuou. Para trás, para trás e para trás, em um ritmo cada vez mais acelerado.

Por um momento muito breve, um rosto apareceu dentro da bolha. Um rosto que era uma massa de tentáculos ao redor de um único olho.

Kerensky encarou a imagem com repulsa. O Doutor achou que a criatura era vagamente familiar.

Mas o rosto na bolha desapareceu, e a máquina se desligou sozinha.

Houve um momento de puro silêncio perplexo.

Então Duggan bateu na cabeça do professor com uma chave inglesa.

O professor Nikolai Kerensky, a maior autoridade mundial em teoria temporal, caiu no chão. Completamente inconsciente pela segunda vez em um dia, o que era um recorde e tanto.

O Doutor olhou horrorizado para o espaço que o professor acabara de desocupar.

A reação de Duggan foi mais otimista.

— Muito bem. — Ele limpou as mãos, batendo uma na outra. — Podemos parar de nos preocupar em conjurar truques com galinhas e tentar sair deste lugar?

O Doutor ainda olhava para a frente.

— Duggan — disse, com a voz firme. Quando usava esse tom, frotas invasoras costumavam recuar, ansiosas. — Basta se mover para você bater, é essa sua filosofia?

O Doutor se inclinou para examinar Kerensky e passou a mão com delicadeza pela famosa cabeça do professor. Então, levantou-se, aliviado.

— Ele vai ficar bem. — O Doutor se virou para Duggan, o dedo em riste, furioso. O detetive se encolheu. — Mas, se você fizer esse tipo de coisa mais uma vez, eu vou… — O Doutor parou de falar. Percebeu que estava ficando tão agressivo quanto aquele tolo beligerante. Fez cara de irritação. — Vou ter que tomar medidas muito firmes.

— Tipo o quê? — resmungou Duggan.

— Vou pedir para você não fazer isso.

O Doutor balançou o dedo. Com severidade.

Romana, mais por sorte do que por sincronia, escolheu aquele momento para sair do depósito. Também decidiu ignorar o cientista inconsciente no chão e o Doutor e Duggan, que se encaravam como lutadores.

— Doutor! Eu estava certa!

— O quê? — O Doutor não gostava muito quando outra pessoa presente estava certa. — Sobre o quê?

— As medidas do aposento! — insistiu Romana.

Ah, aquilo.

— Tem outra sala atrás do depósito.

Mesmo? A fascinação repentina de Romana pelas possibilidades imobiliárias do château decepcionava o Doutor. Ser preso era uma coisa. Começar a redecorar era outra bem diferente.

— Acho que tem uma sala fechada por tijolos lá atrás — anunciou ela, empolgada.

— Isso é importante? — Duggan parecia totalmente entediado.

E isso fez o Doutor se decidir.

— Só tem um jeito de saber, não é? Vamos dar uma olhadinha.

Capítulo 8

Plurais únicos

O Louvre à noite era um lugar incrível, com magia própria. Isso se desse para ignorar os seguranças em patrulha, o zumbido baixo dos sistemas de alarme e o rugido distante do encanamento tremendamente malfeito. Ignorando isso tudo, era um lugar em que os rostos de gerações se encaravam. A *Vênus de Milo* flertara com um escriba egípcio, e marinheiros naufragados pediam ajuda ao imperador Napoleão. E uma corte igualitária, presidida por uma mulher que nem sequer era francesa. O que devia ser a razão do sorriso.

O conde andou até a estrutura de madeira erigida ao redor da *Mona Lisa*.

— Eis o problema.

Houvera muitas tentativas de roubar a *Mona Lisa*. O conde sabia de várias e ajudara a impedir algumas. Os planos menos bem-sucedidos tinham sido elaborados com muita ingenuidade, e alguns dos mais bem-sucedidos tinham sido executados por gente ingênua, como quando um faz-tudo italiano simplesmente saíra do Louvre com a *Mona Lisa* escondida no casaco.

O conde não se preocupara muito com essas tentativas. Afinal, foi um pouco da notoriedade que aumentou imensamente o valor do quadro. No entanto, o retrato surpreendentemente pequeno e doce também se tornara o centro de uma indústria voltada para evitar roubos de arte, ataques de ácido e turistas fãs até demais. A *Mona Lisa* era protegida pelos sistemas de segurança mais eficientes de qualquer galeria da Terra. Mas sempre havia um jeito de contornar qualquer coisa.

— O quadro fica dentro de uma caixa de aço com placas de vidro à prova de balas. Mas isso — o conde balançou a mão — é apenas uma barreira física para proteger o quadro de ataques.

Ele assentiu. Os ladrões de Hermann se aproximaram com ventosas nas mãos.

O conde os fez parar com um muxoxo.

— Não. Primeiro, vamos usar uma faca ultrassônica para desintegrar os circuitos de alarme.

Hermann pegou um dispositivo não muito diferente de uma caneta Montblanc grande e gorda. O Doutor teria olhado para a faca ultrassônica com surpresa e admiração. Hermann moveu a faca com o gesto lento e firme de um cirurgião, contornando os cantos da proteção. Quando o barulho das máquinas aumentou, os ladrões encostaram as ventosas no vidro com muita delicadeza. Se encostassem cedo demais, disparariam os alarmes. Tarde demais, o vidro cairia e se quebraria.

Um alarme apitou. Só uma vez. Todos prenderam a respiração. Hermann parou, deixando a faca sônica imóvel. O único apito do alarme sumiu e não mostrou sinais de virar um som prolongado. Hermann voltou a cortar.

A condessa olhou para o relógio. Perfeitamente de acordo com o planejado.

Com o mais delicado dos passos, os ladrões tiraram o vidro do caminho, como se participassem de um show de mímicos.

O quadro ficou ali, exposto, mas ainda sorrindo placidamente. *Podem vir*, ela parecia dizer. Se tivesse sobrancelhas, as teria erguido. Um dos ladrões não resistiu e esticou a mão para tocá-la. O conde afastou a mão dele.

— Espere! Agora vem a segunda e muito mais interessante linha de defesa. Os raios laser.

O conde estalou os dedos, e uma grade entrecruzada de luzes vermelhas apareceu ao redor do quadro.

— Se interromperem esses raios — o conde prosseguiu com sermão —, todos os alarmes na França soarão na mesma hora. — Um pequeno exagero. Mas ele queria que sentissem medo. — Para passar por esses raios, precisamos mudar o índice refrator do próprio ar.

Ele assentiu para Hermann. O velho Hermann, sempre preparado. O mordomo posicionou duas pequenas esferas em tripés extensíveis. Colocou-os na frente do quadro e ligou. O ar pareceu ondular, e os raios de luz se curvaram e tremeram, afastando-se da parede e virando-se para os globos, como se atraídos por ímãs. Agora, havia um vão entre eles.

Um dos ladrões foi pegar o quadro, mas a condessa já estava lá, a respiração ruidosa e animada. Ela se aproximou com a graça de uma dançarina profissional, se inclinou, tirou a *Mona Lisa* da parede com delicadeza, levantando-a do prego normal que a sustentava, e carregou-a com gentileza e emoção até o marido.

— Excelente — disse o conde, sorrindo.

Quando a mulher entregou o quadro para ele, a *Mona Lisa* sumiu. Junto com o Louvre.

Piscando, o grupo se viu de volta ao salão de festas. O conde se inclinou por cima do cubo na mesa de carteado e o desativou. As laterais de metal pararam de brilhar e se apagaram. O conde se empertigou e olhou ao redor, exibindo um sorriso satisfeito.

Os outros pareciam perplexos. A projeção holográfica fora mais real do que qualquer um deles podia esperar. Por um momento, a condessa sentira a textura da *Mona Lisa* sob os dedos, a superfície áspera como lixa. Poderia ter arrancado um pedacinho da tinta com a ponta da unha. Agora, nada. Exceto para Carlos, que estava tão calmo quanto se tivesse acabado de dar uma palestra sobre borboletas.

Ele tirou a pulseira de cima do cubo com muita delicadeza e a entregou para a condessa.

— É um dispositivo bem útil, acho que você vai concordar. Use-a sempre.

A condessa recolocou a pulseira e sentiu a vibração familiar quando a fechou no pulso.

— Meu querido — sussurrou ela —, você deve ser um gênio.

O marido deu de ombros ao ouvir o elogio. Era justo.

— Acho que posso dizer que venho de uma família de gênios.

Ele se inclinou para beijá-la. Ela ergueu a cabeça, animada.

Mas, no último momento, o conde pareceu se lembrar de Hermann e dos dois ladrões que os observavam. Então, virou-se para eles e bateu palmas.

— Esta noite! Chega de ensaios. Hoje, vai acontecer de verdade!

Ele se virou outra vez para a esposa. Com delicada formalidade, inclinou-se para beijar as mãos dela, roçando com os lábios de leve na pulseira.

Romana estava sentada no chão, de pernas cruzadas, cercada por uma variedade impressionante de ácidos, espátulas, reagentes e coisinhas científicas, tudo coletado no laboratório de Kerensky. Usando o chapéu como máscara improvisada, ela derramava uma solução fedorenta por um funil em um pequeno buraco na parede. O concreto chiava e soltava fumaça.

O Doutor observou, alarmado, a nuvem letal que subia da parede e tirou o cachecol do caminho.

— Sua geometria é mesmo impressionante. Mas sua química deixa um pouco a desejar.

A fumaça começou a se dissipar. Um buraco decepcionantemente preciso apareceu no concreto, e o ar já fedorento do depósito ficou com cheiro de óleo de peixe e vinagre, o que fez o Doutor se lembrar de uma loja de batatas fritas na Old Kent Road.

Ele pegou o lampião e o levou até a abertura para tentar ver o aposento atrás da parede. Não havia qualquer coisa além daquela sensação intangível de ar frio e velho saindo lentamente.

Romana bateu em uma das pedras, que balançou um pouco, como um dente de leite mole.

— Essa parede é muito velha — comentou ela.

— Tem quatrocentos ou quinhentos anos — refletiu o Doutor.

Duggan não estava gostando daquilo. Nem um pouquinho. Tinha alguma coisa errada com aquele buraco. Tinha alguma coisa errada com aquela parede. Duggan gostava de paredes sólidas. Gostava de certezas. Gostava de bater em pessoas malvadas. Era assim que descobria quem eram as pessoas boas.

No andar de cima, algumas pessoas más roubariam uma coisa boa e estragariam a carreira razoável e a aposentadoria dele. Mas ali estava ele, em um porão, em uma caverna estranha. A seu lado, um homem que brincava com frangos. E ali estavam duas pessoas vestidas de um jeito ridículo, fazendo-o olhar para um buraco em uma parede muito velha. Alguma coisa naquele buraco o deixava pouco à vontade.

Ele mergulhou no armário das emoções e procurou “medo”. Não conseguiu encontrar, mas não teve dificuldade para achar “raiva”.

— Quinhentos anos? — repetiu, irritado. — Nesse caso, a parede pode esperar mais uma ou duas horas, enquanto subimos e resolvemos a situação com esses frescos.

Ah, claro, pensou o Doutor, com tristeza, Duggan chamava todos os estrangeiros de frescos.

— Na minha opinião — começou o Doutor, em um tom bajulador —, uma sala fechada há quase quinhentos anos precisa de atenção urgente. Ela com certeza ganha meu voto.

O Doutor ergueu a mão. Romana também ergueu a dela com entusiasmo. Dois contra um.

Como um típico inglês, Duggan nunca deu muita bola para a democracia.

— Venham — disse, com firmeza. — Vamos sair daqui. Temos uma *Mona Lisa* para salvar.

Foi Romana quem o fez parar. Ela estava apontando para o buraco escuro na parede, do qual saía um ar muito parado e muito frio. Será que o buraco tinha aumentado um pouco?

Bem baixinho, Romana falou:

— Você não tem coragem de encarar o que podemos encontrar, não é?

O conde e a condessa já tinham se despedido de muita gente nos portões do château. Realeza, pessoas chiques, todo mundo do *Ancien Régime* e até os *Nouveaux Riches*. Mas, naquela noite, no portão dos fundos da casa, viram os dois ladrões entrarem na parte de trás de uma pequena van Renault dirigida por Hermann. A van era velha, comum, com a placa toda suja de lama. Ninguém repararia nela percorrendo as ruas de Paris, estacionando entre um velho quiosque de flores e a entrada do fornecimento de alimentos do Louvre. O caminho para a galeria fora mapeado com muito cuidado. Um bom número de subornos fora pago. Uma distração elaborada fora planejada, envolvendo um esgoto entupido inundando uma estação próxima do metrô. Quando a linha do metrô fora construída, setenta anos antes, houvera muita preocupação por ela passar perto demais do esgoto. Mas alguém descartara os riscos.

O crime do século fora meticulosamente planejado por bastante tempo. E enfim estava acontecendo.

Quando a pequena van de Hermann saiu pelo portão, nem o conde nem a condessa conseguiram resistir a acenar. Quando o veículo dobrou a esquina e os portões se fecharam, os dois suspiraram. A condessa estava nervosa. O conde estava com uma sensação curiosa de anticlímax. Mas, sendo quem eram, não contaram isso um ao outro.

— Vou vestir algo mais confortável — anunciou ela.

— Não é má ideia — concordou ele, sorrindo para a esposa. Foi um sorriso curioso. Ele esfregou as mãos uma na outra. — E, depois, talvez seja bom dar uma olhada nos nossos convidados.

Ele se afastou.

A condessa, deixada sozinha, olhou para Paris através do portão. As pessoas estavam indo para casa, seguindo com suas vidinhas chatas e comuns. *Vocês não fazem ideia*, pensou, *não fazem ideia do que é viver.*

No porão, o Doutor estava arrancando pedaços da parede. Romana tinha encontrado uma marreta e um cinzel usado para abrir caixas. Estava funcionando bem no concreto, ainda que muito devagar. Isso quando o Doutor não acertava o próprio polegar.

Atrás deles, Duggan andava de um lado para outro como um leão enjaulado. Romana tinha aprendido que dava para perceber muita coisa observando o comportamento dos animais primitivos. Vacas se deitavam quando ia chover. Cachorros latiam antes de trovões. E Duggan começava a murmurar.

— Para que serve todo o equipamento no laboratório, Doutor? — perguntou ela, em um tom casual. *Vamos manter o clima tranquilo. Vamos continuar a resolver mistérios.* Porque, na cabeça de Romana, tudo estava ligado de alguma forma.

— Hã? — O Doutor fez uma pausa, acertou o polegar e o sugou demoradamente. — Ah, o conde parece estar financiando algum experimento perigoso sobre o tempo. O professor acha que está criando galinhas.

— Vai roubar a *Mona Lisa* para pagar por umas galinhas? — perguntou Duggan. E ele achava que já tinha ouvido de tudo.

— Isso — respondeu o Doutor, mal-humorado.

— Mas quem compraria a *Mona Lisa*? — racionalizou Romana. — Não daria para mostrar a ninguém, se for anunciada como roubada.

É aí, pensou ela, *que entra a pintura por computador*. Não havia originais, portanto, não havia valor para a pintura física em si, só para a arte, o que impedia essa confusão toda. Tão típica da Terra. Não era de se surpreender que o Doutor gostasse tanto do planeta. Um lugar desnecessariamente complicado. *As coisas são bem mais simples em Gallifrey*, pensou, e não pela primeira vez naquele dia.

Duggan olhou para Romana como se ela tivesse dito alguma coisa idiota. Ela se sentiu insultada.

— Há sete pessoas no meu caderninho de telefones que pagariam milhões para ter a *Mona Lisa* em suas coleções particulares — informou, com arrogância.

— Mas ninguém poderia saber que elas compraram!

— Sim, seria um preço bem caro a se pagar pelo orgulho. Mas elas comprariam.

Quanto a isso, Duggan estava certo. Passara os últimos dezoito meses estudando os círculos que o conde frequentava. Quando boatos de uma tentativa de roubo à *Mona Lisa* surgiram, não ficou surpreso em ver que as pessoas que mais queriam tê-la frequentavam os mesmos círculos do conde. Um magnata dos transportes de Creta. Um banqueiro de Tóquio. Um playboy de Nova York. A lista prosseguia. Todos tinham uma fortuna fabulosa, mas também uma moral fabulosamente duvidosa. O tipo de pessoa que, se tivesse a *Mona Lisa* nas mãos, jamais a mencionaria para outra alma. Uma verificação cuidadosa demonstrara haver sete pessoas assim. Sete pessoas ricas o bastante e que com toda a certeza não ficariam se gabando por aí. O mais curioso era que essas sete eram todas muito cruéis e valorizavam a privacidade. Duggan expôs sua teoria ao chefe.

— Quer saber? Se a *Mona Lisa* for roubada e um dos Sete comprar, vai ser uma guerra de lances e tanto. Eu não ficaria surpreso se a coisa ficasse feia.

Tinha certeza de que o conde fizera tudo para garantir que o leilão fosse particular. Mas não bastaria. Eles descobririam. Começariam a se matar. E o mundo não sentiria a menor falta deles.

O Doutor levantou uma pedra grande da parede, afastou-se e a colocou no chão. O espaço agora estava grande o bastante para se ver um pouco do aposento atrás. Parecia vazio. Duggan achou isso um alívio. Só um armário velho. Muita falação por nada. Como com aquelas galinhas.

Romana observou a parede e bufou.

— Como vamos retirar essa última parte?

A quebra do concreto já havia demorado bastante. Tinham mesmo que continuar? No ritmo atual, levariam aproximadamente 7,4 horas. E só tinham óleo suficiente no lampião para duas.

— Acho que vou precisar de máquinas, equipamento pesado — disse o Doutor. Duvidava que seus polegares pudessem aguentar muito mais.

Duggan decidiu ser útil. Quanto antes acabassem com aquela perda de tempo, melhor.

— Tenho todas as máquinas de que vamos precisar — anunciou. — Afastem-se.

E então, com a força sólida que era basicamente o que o mantinha empregado, bateu com o ombro na parede. Quando Duggan estava na escola, era temido pelos times de rúgbi.

Romana teria preferido uma escavação mais cuidadosa da parede, mas precisava admitir que foi eficiente. A firme alvenaria francesa se confrontou com a força britânica e, apenas daquela vez, cedeu.

Romana esperou a poeira baixar um pouquinho, pegou o lampião e entrou. A sala era do tamanho reduzido que ela imaginava. Fora um restinho de vela e o esqueleto de um rato, não havia nada dentro. Exceto pela parede do outro lado. À primeira vista, a parede era coberta por painéis de madeira.

Mas então ela entendeu. A parede era dividida em seis armários rasos de madeira.

— O que são, Doutor?

— Não sei. — Ele deu de ombros e passou o polegar com cautela por uma das portas. A pele ficou coberta de poeira. — Mas, o que quer que sejam, ninguém mexe neles desde que a sala foi isolada, há vários séculos.

Armários? Tiveram esse trabalho todo por causa de armários? Duggan tinha chegado ao limite de sua curta paciência.

— Tudo bem — resmungou, massageando o ombro dolorido. — Deem uma olhada. Vamos acabar logo com isso.

O Doutor escolheu o armário do alto, à esquerda. Teve um pouco de dificuldade com o trinco. O tempo o enferrujara e travara, mas ele finalmente conseguiu abrir.

— Ah.

Romana e Duggan tentaram ver, mas, por alguns segundos, o conteúdo do armário ficou imerso na sombra da porta. Então o Doutor o abriu por completo e deu um passo atrás.

Duggan balançou o lampião a óleo como se não estivesse funcionando direito.

Dentro do armário raso, havia um quadro. Com setenta e sete centímetros de altura. Cinquenta e três de largura.

— É a *Mona Lisa* — sussurrou o Doutor.

A Mona Lisa sorriu com benevolência para todos os presentes, silenciosa e calma. *Continuem*, ela parecia dizer.

Romana a encarou. Calculou *pi* mentalmente até alguns de seus números favoritos, depois até os menos favoritos. E então, parou de pensar e só ficou olhando.

— Bem — disse Duggan, e parou por alguns segundos. Seu cérebro precisava de um momento para respirar ar fresco e encontrar alguma coisa idiota para dizer. — Deve ser uma réplica.

— É mesmo? — O Doutor fitava o quadro. — Está aqui há séculos. Assim como as pedras da parede. Quinhentos anos.

— Então, o quadro no Louvre… — começou Romana.

Obviamente, o do museu era falso. Sempre fora. Fazia muito sentido. Se o falso sempre fora o exposto, então, até onde se sabia, era o genuíno. Mais uma vez, uma pintura de computador superaria muito bem esse problema de lógica.

O Doutor balançou a cabeça.

— O quadro do Louvre foi autenticado.

O cérebro de Duggan fez um barulho. O Doutor estava dizendo que havia duas *Mona Lisas*?

O Doutor bateu no quadro com muita delicadeza.

— Ah, não sei o que está no Louvre, mas este aqui é genuíno.

— Este aqui também — anunciou Romana.

Ela abrira o armário ao lado. Que também guardava uma *Mona Lisa.*

Duggan, boquiaberto e babando um pouquinho, abriu o terceiro armário. Outra *Mona Lisa.*

Eles abriram todos os armários depressa depois disso.

Escondidas por quinhentos anos e finalmente reveladas, com os sorrisos surgindo à chama do lampião de Duggan, estavam seis *Mona Lisas.*

Capítulo 9

Contagem regressiva

Bem poucas coisas no universo faziam o Doutor calar a boca. Mas seis *Mona Lisas* conseguiram.

Duggan estava catatônico.

Que bom. Aquilo deu a Romana um momento para pensar. Ali estava, sozinha em uma sala com seis mulheres sorridentes. Romana olhou de novo para a expressão naquele rosto. *Você vai dar um jeito*, ela parecia estar dizendo.

Espero que sim, pensou Romana.

Para começo de conversa, os seis quadros tinham que ser genuínos. Ninguém se daria ao trabalho de esconder seis gravuras coloridas por meio milênio. A lógica a levou até esse ponto, mas então precisou parar e ir tomar um chá. Por que alguém pintaria seis *Mona Lisas* e as esconderia em um quarto isolado? Elas não ficaram esquecidas em armários. Foram colocadas ali e escondidas de propósito. Em uma caverna funda. Longe de explosões de bombas. Sobreviveram a tremores e inundações. Foram tão isoladas que o château acima poderia queimar, mas os quadros sobreviveriam. Sorrindo para si mesmos.

Na verdade, pensou Romana, *queria que parassem de sorrir*. Era outro ponto positivo dos quadros feitos no computador. Dava para mudar as expressões.

O Doutor tinha começado a se movimentar. Pela experiência de Romana, isso significava que em breve haveria algum barulho. Ele acariciava um dos quadros com carinho.

— As pinceladas são de Leonardo.

Duggan assentiu, em concordância assombrada.

— Como você sabe? — perguntou Romana.

— É tão particular quanto uma assinatura.

Leonardo fora pioneiro em muitas coisas, inclusive nos materiais com que trabalhava. Uma primeira versão da *Mona Lisa* fora pintada em tela, mas, para o trabalho final, só porque quis, ele mudou para um quadro fino de choupo, com tintas a óleo criadas por ele, usando um pincel homogêneo que ele mesmo inventara, de forma que o quadro todo brilhava como uma fotografia. Essa mistura de invenções sem querer tornara a pintura quase impossível de ser falsificada. As pontas dos dedos do Doutor dançaram delicadamente na superfície do quadro.

— Os pigmentos também são dele.

— É o mesmo para todos os quadros?

— Todinhos — respondeu o Doutor, suspirando.

Eles ficaram em silêncio de novo.

— O que não consigo entender é... — murmurou o Doutor, e parou de falar. Ele mordiscou o cachecol por um tempo, pensativo. — Por que um homem que parece já ter seis *Mona Lisas* quer se dar ao trabalho de roubar mais uma?

Duggan sabia por quê. Isso foi uma surpresa para todos os presentes.

— Ah, bote a cabeça para trabalhar, Doutor — resmungou, impaciente.

O Doutor encarou o detetive. Estava claro que o homem achava que sabia a resposta. Mas o Doutor não conseguia entender de jeito nenhum.

— Eu acabei de falar. — Duggan parecia exasperado. Ninguém prestava atenção nele? — Há sete pessoas no mundo que comprariam o quadro escondido. Mas nenhuma vai comprar uma *Mona Lisa* se ela ainda estiver pendurada no Louvre.

— É claro — exclamou Romana. — Cada um teria que pensar que estava comprando a roubada.

Isso faz sentido, pensou Duggan, por um momento, antes de virar a cabeça de novo. Sete compradores. Exatamente sete compradores. E exatamente sete quadros. Como aquilo era possível? Era uma enorme coincidência.

A coincidência era tão grande que Romana já estava fazendo cálculos mentais e chegando ao tipo de número que precisava ser mastigado cuidadosamente antes de ser engolido.

— Sete *Mona Lisas*... Sete compradores... — O Doutor balançou a cabeça com pesar. — Eu não seria um bom criminoso, não é?

— Não, Doutor — anunciou o conde. — Bons criminosos não são pegos.

O conde estava encostado na porta da salinha. Usava um roupão incrivelmente caro por cima da roupa e apontava uma arma linda para eles. Deu seu sorriso mais divertido. Não parecia nem um pouco surpreso de vê-los ali. Sua aparência toda era a de um anfitrião cordial que encontra os convidados devorando um pote de biscoitos.

— Estou vendo que vocês encontraram alguns de meus quadros. — Ele apontou casualmente com a arma. — São bons, não acham? — Ele deu um sorriso gracioso, depois contou os quadros com a arma. — Cinco... seis. E, depois desta noite, terei um sétimo. A operação já está acontecendo. Alguma pergunta?

O Doutor de repente percebeu que sentia falta de ser a coisa mais bizarra da sala. Com certo desânimo, apontou um dedo triste para os quadros.

— Posso perguntar onde você conseguiu isso?

— Não — respondeu o conde, sorrindo.

— Entendo. Nem como você sabia que eles estavam aqui?

— Não.

— Estão atrás de uma parede selada há séculos.

— Sim.

— Adoro respostas concisas — comentou o Doutor, com um suspiro.

— Que bom. — O sorriso do conde diminuiu como um fogo de artifício. — Sabe, eu desci para falar com Kerensky.

— Ah, é?

— Mas parece que ele não está em condições de falar comigo.

— Ah.

— Você pode esclarecer a questão, Doutor?

— Não.

— Mas eu posso — disse Duggan, batendo com o lampião na cabeça do conde Scarlioni.

A arma do conde disparou, mas milagrosamente não acertou nem o lampião nem os quadros. Atordoados pelo som da arma, Romana e o Doutor cambalearam para trás enquanto Duggan pulava para a frente, pegava uma pedra e batia na cabeça do conde.

Scarlioni caiu sem dizer uma palavra.

Romana verificou o corpo, nervosa. Ainda estava respirando, mas completamente inconsciente.

O Doutor balançou a cabeça para afastar o zumbido e olhou para o conde com raiva.

— Duggan, por que toda vez que eu começo a conversar com alguém, você bate na pessoa e a deixa inconsciente?

O detetive massageou a nuca, envergonhado.

— Ah, eu não esperava que ele fosse apagar tão fácil.

— Acho — começou o Doutor — que, se você não entende de cabeças, não deveria sair batendo nelas.

— Ah, e o que você queria que eu fizesse? — rosnou Duggan. Ele achava que o Doutor estava sendo um tanto ingrato.

— Duggan! — rugiu o Doutor, mas parou. Por um momento, só por um momento, tinha esquecido que estavam ao lado de seis *Mona Lisas*. Baixando a voz respeitosamente, prosseguiu: — Achei que você tivesse um trabalho a fazer. Impedir os homens do conde de roubarem a *Mona Lisa*. — Ele parou, pensativo. — A outra *Mona Lisa*. Vamos.

Sair do château não foi tão fácil. Romana sabia precisamente por que caminho eles tinham entrado, mas o Doutor se recusou a acreditar nela. Em pouco tempo, estavam perdidos pelos corredores enormes e cheios de eco. Em alguns lugares, a umidade já tinha penetrado. Quadros que foram pendurados com cuidado estavam tortos nas paredes. Tapetes faziam ruídos molhados ao serem pisados. Mofo e limo surgiam entre os belos afrescos. Várias pinturas naquela parte estavam apodrecendo. Celebrados no passado, os nomes dos pintores já estavam esquecidos, e a própria tinta começava a manchar e a escorrer para a parede. Aquelas obras tinham sido esquecidas porque não importavam mais.

Ao ouvir passos, eles se esconderam em uma capela. Os bancos estavam empoeirados e negligenciados, mas o ar ainda tinha cheiro de incenso. Um canto inteiro do lugar era dedicado a um relicário onde os pretensos ossos de santos havia muito mortos e esquecidos estavam amontoados sem padrão visível. Alguém ainda ia até lá acender velas, de vez em quando. Duggan pensou captar um leve aroma do perfume da condessa.

Eles entraram em outro aposento. Já tinha sido uma sala de estar enorme, construída ao redor do mosaico central de uma Medusa de um olho só. Os espelhos estavam todos rachados. O papel de parede, estufado, com insetos rastejando por baixo. Uma harpa torta e sem pernas jazia no chão, esquecida.

O château todo estava desmoronando havia séculos.

Romana reconheceu um Constable. O Doutor não se convenceu, eram todos muito parecidos, na opinião dele. Mas Romana foi firme. Era só virar à esquerda no Constable, insistiu, à direita no segundo Matisse, e seguir pelo corredor de holandeses sombrios, e estariam nos aposentos principais do château.

E foi lá que os homens do conde os encontraram.

A luta foi rápida e sangrenta e ficou mais nas mãos de Duggan. Eram seis homens. Todos armados. Usando os punhos como uma hélice de helicóptero, Duggan deu conta de cinco. O Doutor, quando teve certeza absoluta de que ninguém estava olhando, nocauteou o sexto usando um quadro com moldura arrancado da parede, destruindo uma tela que já tinha sido valiosíssima, mas que estava sendo comida por larvas de insetos.

Duggan observou a pilha de corpos e escolheu a arma mais chamativa.

— Amadores — resmungou.

Romana examinou os buracos de bala nas paredes. Com uma espiada, viu muitas camadas de tinta e decoração que foram sendo substituídas com o tempo, como os anéis de uma árvore, levando-a de volta até a base e ao reboco. E, embaixo de tudo, o ar parado e o movimento distante de insetos.

Duggan, feliz por ter outra vez uma arma nas mãos, levou-os na direção da porta principal. Tiraria o grupo dali. Cuidaria para que saíssem em segurança. Só mais alguns passos e a liberdade viria, junto com a glória de derrubar a Gangue Scarlioni para sempre.

Uma saraivada de balas os fez pular em busca de proteção enquanto lascas de reboco e plantas destruídas se espalhavam pelo ar.

Tossindo, o Doutor ergueu o rosto com cautela, usando o chapéu enfiado na cabeça como proteção.

A condessa estava no fim do corredor, bloqueando o caminho. Segurava uma metralhadora Gatling e estalava a língua de forma teatral.

Isso não fazia parte do plano.

Ela, sorrindo com doçura, caminhou até Duggan. Tinha tempo para gastar com aquela situação. Jogou um beijo para ele e apertou o dedo no gatilho.

Mas cometera o terrível erro de ignorar Romana. Quando a condessa passou pela alcova onde ela estava encolhida, Romana pegou um vaso e bateu com ele na cabeça da mulher, que caiu como um saco de nabos.

Romana ficou ligeiramente surpresa consigo mesma e franziu a testa.

— Ah, você também, não!

O Doutor encarava a figura prostrada da condessa.

— Sabe, até que eu gostei disso. — Romana mordeu o lábio.

— Ah, espero que sim. — O Doutor pegou alguns cacos do vaso com tristeza. — Isso era do fim da Dinastia Ming e tinha valor inestimável.

Duggan apoiou a condessa na parede. Mesmo inconsciente, ela era bem bonita.

Segundos depois, eles estavam na rua. Ao redor, Paris continuava sendo esplêndida à noite. Casais andavam por um bulevar próximo, gargalhando. Carros desviavam e buzinavam uns para os outros de modo curiosamente encantador. Um café próximo se espalhava pela rua. E, como era noite, a Torre Eiffel estava iluminada. Claro que estava.

Só por um momento, a diversão fútil daquela tarde (tinha mesmo sido naquela tarde?) voltou com tudo para a mente de Romana. Sim, passaram por experiências perigosas com o tempo e pinturas impossíveis com as quais lidar. Mas também viram Paris. Uma cidade inteira para passear e apreciar. Talvez pudessem... Ela olhou para o Doutor e viu o sorriso que se abria no rosto dele. O Doutor estava pensando a mesma coisa.

Foi a mente objetiva de Duggan que os salvou.

— Venham — resmungou ele. — Temos que ir ao Louvre.

E saiu andando na direção do museu.

Por um momento, o Doutor pareceu decepcionado. Em seguida, rumou em uma direção totalmente diferente.

— Não, Duggan. *Você* tem que ir ao Louvre.

O quê?, pensou Romana. Eles iam mesmo pular fora e deixar Duggan sozinho?

— Romana, fique com Duggan, cuide dele, impeçam um ao outro de bater nas pessoas.

O Doutor saiu andando pela noite.

Romana ficou perplexa.

— Aonde você vai? — perguntou.

— Vou encontrar um italiano de meia-idade — gritou o Doutor. — Bem, do fim da Idade Média. Da Renascença, na verdade.

A gargalhada do Doutor ecoou enquanto ele era engolido pela noite.

A cantoria finalmente terminou. Harrison Mandel sentia como se sua cabeça tivesse sido inundada por pó de giz arrancado a unhas de um quadro-negro.

A plateia da casa noturna explodiu em aplausos entusiasmados.

— Mas isso foi horrível — gemeu ele.

Elena o encarou e fez um som de desaprovação.

— Foi mesmo, querido, foi mesmo. Mas não é para dizer. — Ela se levantou. — Bravo! — Então sentou-se depressa. — Acho que eu não aguentaria um bis. — Ela apoiou a mão na perna dele. — Não. A arte dessas coisas é se expressar enquanto não se expressa.

O aplauso morreu, e a plateia começou a sair depressa. Harrison se levantou, relutante, triste por abrir mão do toque de Elena em seu joelho.

— Sabe, ninguém diz que isso foi uma gritaria horrenda de uma cantora que não sabe cantar, *mon chéri*, embora tenha sido o que aconteceu, sem dúvida alguma. Isso não se faz. — Eles foram até o bar, onde havia uma atmosfera audível de alívio. — O que dizemos é que foi uma viagem corajosa ao atonalismo.

— É mesmo? — indagou Harrison, incerto.

— Com certeza. — Elena fez uma pausa, esperando que ele respondesse.

— Bem — começou Harrison, hesitante —, eu gostei do vestido dela.

Elena fez um esforço visível para não demonstrar sua decepção.

— Lá fora, em Paris, tem alguma coisa bonita esperando por você. Quando você a vir, vai encontrar as palavras certas. — Elena segurou o braço dele. — Venha, vamos sair para fazer alguma coisa divertida.

O Louvre não foi a única galeria de arte invadida naquela noite. A uma caminhada de dez minutos da Torre Eiffel ficava uma rua cheia de galerias, do tipo que vendia imitações baratas para turistas ricos.

Mãos habilidosas cuidaram da tranca e desativaram os dois alarmes em segundos. A galeria do sr. Bertrand era cheia de coisas absurdas a preços absurdos. Ladrões podiam saber muito sobre uma galeria de Paris pelo número de alarmes no lugar. Dois sistemas diziam que não tinha nada que valesse ser roubado e que não valia nem o trabalho de arrombar a fechadura. Nesse caso, o sr. Bertrand estava fazendo o jogo dos ladrões. Na verdade, havia uma escultura fabulosamente valiosa de Barbara Hepworth nos fundos, mas, como ele precisara de permissão do conselho para derrubar uma parede e então acomodar o objeto decentemente, não estava com tanto medo de que fosse roubada.

O intruso parou para admirar a Hepworth. Até a acariciou de leve. Ele talvez fosse a única pessoa de Paris que poderia tê-la removido sem derrubar uma parede. Mas não.

Em vez disso, seguiu com cautela pela galeria, a lanterna iluminando vários quadros. Alguns relógios derretendo em desertos eram obras claramente derivadas. Vários trabalhos do início do impressionismo eram falsificações evidentes. E algumas esculturas de arame e barbante gritavam: “compradas em uma barraquinha de artesanato”. A coisa que atraiu o ladrão foi o objeto novo em exposição.

O sr. Bertrand não reparara na nova obra. Se tivesse reparado, gritaria de surpresa enquanto preenchia bem depressa uma etiqueta de preço. A verdade era que o longo almoço do sr. Bertrand, no dia anterior, fora tão longo que durara até a manhã seguinte. Ele chegara ao trabalho tão atrasado que mal tivera tempo de tomar um *espresso* e dar de ombros antes de sair para almoçar de novo. Por causa disso, o sr. Bertrand deixara passar a incrível obra nova.

Mas o invasor, não. Ele só ficou levemente distraído pela necessidade de voltar e admirar a Hepworth de novo. Fora isso, foi mais ou menos direto para a nova obra.

Era uma caixa azul, com mais de dois metros de altura e um metro de largura. O sr. Bertrand ficaria satisfeito com ela, em parte por ser uma coisa tão incomum. Quando esteve em Londres, nos anos 1960, elas estavam por toda parte. Cabines de polícia eram uma forma conveniente de a polícia ligar para a delegacia ao mesmo tempo que ofereciam um lugar útil onde comer sanduíches e prender criminosos (desde que os criminosos não comessem a comida deles). Com o surgimento do rádio e das lanchonetes, as cabines de polícia foram retiradas das ruas aos poucos. O que era uma pena, pois havia alguma coisa na forma geométrica pura, no tom azul e nas palavras "Cabine de Polícia" que a tornavam muito tranquilizadora. Além do fato de zumbir baixinho.

Nem todas as cabines de polícia zumbiam. Só aquela. Era um zumbido alegre de "tudo está bem no mundo", o que às vezes parecia incompatível com os acontecimentos ao redor. Mas, de qualquer modo, ela zumbia. Fazia parte do quanto a cabine era tranquilizadora. "Estou perfeitamente satisfeita de estar aqui", parecia estar dizendo a cabine, "então não há problema para você também, não é?"

Até a plaquinha na frente da cabine azul que zumbia era tranquilizadora, ainda que enganosa:

TELEFONE DA POLÍCIA
ABERTO A USO PÚBLICO
AJUDA E ASSISTÊNCIA IMEDIATAS
POLICIAIS E VIATURAS ATENDEM CHAMADAS URGENTES
PUXE PARA ABRIR

O invasor foi até a porta tranquilizadora da cabine tranquilizadora e enfiou uma chave. A porta se abriu e, com uma pausa curta para tirar um cachecol do caminho, ele entrou e a fechou.

As coisas ficaram assim por um ou dois minutos.

Então, o zumbido ficou um pouco mais alto, como se a cabine estivesse pensando muito em alguma coisa. E, como se esse fosse o plano o tempo todo, a cabine foi para outro lugar, fazendo muito barulho.

* * *

O Doutor desaparecera.

Homem impossível. Romana encontrou uma pequena coluna de metal e deu um chute que fez muito barulho.

Em um minuto, ele estava ali, mandando que fossem salvar a *Mona Lisa*, e, no seguinte, desaparecera na noite e literalmente da face da Terra. A ficha caíra um segundo tarde demais. Romana correra atrás dele e se vira em uma rua cheia de gerânios e completamente vazia de Doutor.

O Doutor era surpreendentemente bom em sumir quando queria. Quando um guarda que adorava atirar estava disparando nele ou quando Romana queria saber o que o Grampo Drone Moog estava fazendo na chaleira. Esses eram apenas atos de desaparecimento normal, chatos e rotineiros. Mas agora fora demais. Desta vez, ele passara dos limites.

Como ele tivera coragem de abandoná-la na Terra?! Tinha corrido de volta para a TARDIS, cheio de confiança. Para uma viagem rapidinha no tempo. A verdade terrível era que o Doutor poderia parar em qualquer lugar. Ele era péssimo pilotando a TARDIS. Péssimo mesmo. Poderia se sair melhor se usasse o Randomizador. Mas não, o Doutor sentia uma satisfação tão grande ao ver quanto havia melhorado pilotando que não reparou na coincidência impressionante de que isso acontecera depois da chegada de Romana. Ela logo dominara a arte de se inclinar sobre os controles para dizer o quanto ele era maravilhoso enquanto girava com muita sutileza os Condensadores Mandril, antes que ele os levasse para pousar em algum sol.

E, naquela noite, ele tinha ido embora. Cheio de uma *joie de vivre* idiota. Romana olhou ao redor, examinando os bares calorosos e iluminados, as multidões felizes andando pela rua, o homem que espremia uma caixa de uma forma musical até ela pedir misericórdia. Paris. Era isso. O Doutor estava tão idiotamente cheio das alegrias de Paris que tinha ido embora sozinho. Sem Romana, ele estava condenado. Podia acabar em qualquer lugar do tempo e do espaço. Ou em um sol. De novo. Seria muito bem feito.

Mas e ela? Romana olhou ao redor. Para Duggan, que a olhava de cara feia, com uma espécie de expectativa boquiaberta. Bem. *Posso me unir a ele e viver algumas aventuras*, pensou. Refletiu um pouco sobre isso.

— Do que você está rindo? — perguntou Duggan.

— Ah, não é nada. — Romana saiu andando. — Venha. Vamos salvar a *Mona Lisa.*

O Doutor entrou na TARDIS e se questionou sobre coisas. Foi ajudado nessa missão pelo cachorro robô. K9 tinha se aproximado para cumprimentá-lo com alegria.

— Oi, K9 — disse, sorrindo. — Como você está?

K9 começou um longo relatório diagnóstico, incluindo uma lista de reclamações sobre defeitos em unidades de servomecanismo que ainda precisavam ser substituídas, apesar dos pedidos frequentes, sobre um diodo flutuante em seus circuitos vocais e uma carga decepcionante na nova bateria. Graças aos céus, K9 ainda não tinha descoberto como preencher formulários de reclamação.

O Doutor adorava ter um cachorro robô. Ao contrário dos humanos, K9 fazia relativamente poucas perguntas, quase sempre oferecia respostas e não saía andando por aí para depois ter que ser salvo dos Ogrons. No entanto, o Doutor o deixara de fora da viagem a Paris. Usara o argumento sensato de que K9 teria dificuldade para deslizar pelas ruas de pedra, mas, na verdade, achava que ele não entenderia a essência da cidade. O cachorro não se divertiria. Não havia poesia na alma de K9.

— Bom garoto, K9 — disse o Doutor, interrompendo a lista de reclamações de seu cachorro. Então dedicou-se à tarefa de inserir as coordenadas.

Complicado. Nos últimos tempos, a TARDIS demonstrara uma melhoria incrível no comportamento. Ele se perguntou se o acréscimo do Randomizador ajudara. Liberada da pressão de alguém sempre pedir para ela pousar em algum lugar específico e errar, a TARDIS podia ir parar em qualquer lugar, em qualquer época, confiando totalmente que não decepcionaria. Isso queria dizer que, nas raras ocasiões em que o Doutor pedia a ela para fazer alguma coisa específica, como, digamos, pular quinhentos anos naquela direção e alguns países à direita, bem… as coisas se saíam melhores do que antes.

Mas, de repente, ao olhar para a variedade de sintonizadores um tanto alarmados e grandes botões vermelhos, o Doutor sofreu de uma rara pontada de insegurança. E naquela vez em que estavam a caminho da nebulosa Cabeça de Cavalo e incrivelmente conseguiram chegar? Romana não estava de pé ao seu lado? E quando chegaram à Cascata da Medusa, Romana não estava de pé logo em frente, com as mãos perto dos compensadores de tração? Era engraçado que essas coisas não parassem de acontecer. Curioso.

O Doutor descartou a ideia como fantasia ridícula e paranoica. O motivo era o quanto a TARDIS estava se comportando melhor, nos últimos tempos. Eles tinham aprendido a respeitar um ao outro. Era só colocar a data que queria, fazendo... *Bem, um pouco assim, não era, K9? Não, silêncio, estou pensando, ah, sim, esplêndido*. E, depois, inserir o lugar ali perto... era em milhas ou quilômetros? Podia ser importante o momento em que os franceses passaram a usar o sistema métrico. Ou não, dependendo do caso.

O Doutor cruzou os dedos, ignorou um aviso urgente de K9 e puxou uma alavanca. *Isso vai acabar não dando em nada*, pensou.

— Ah! — exclamou o Doutor mais tarde, enquanto os torturadores se aproximavam.

Era engraçado a diferença que uma letra fazia. Por exemplo, "Leonardo". Um dos nomes mais românticos em qualquer língua. "Leonard", nem tanto. Faltava certo... *je ne sais quoi*, era isso. Que expressão francesa adorável. Que idiotice não tê-la usado quando estava na França. Em vez de...

A luz intensa do sol da Renascença italiana entrava pela janela do ateliê. Tinha aquela qualidade arrogante da luz que dizia: "Você vai pintar alguma coisa maravilhosa sobre mim, não vai?". E o homem que morava no ateliê (não era o dono, pois ele na verdade não era dono de nada) tinha feito todos os esforços possíveis para retratar aquela luz do sol na pintura.

Cavaletes e tintas estavam por toda parte. Havia desenhos intrincados pendurados nas paredes e desenhos elaborados espalhados nas mesas e no chão. Em algum lugar debaixo daquele mar de pensamentos, havia um tapete bem bonito. Mas tudo que dava para reparar em uma olhada rápida era a profusão de confusão artística.

Era um aposento quase explodindo de genialidade. Fora isso, estava completamente deserto.

Até o momento em que, com um brado, surgiu uma grande cabine azul em um canto, afastando várias moléculas de ar para longe. A porta se abriu, e o Doutor colocou a cabeça para fora, os olhos bem fechados. Em seguida, abriu-os com cautela, olhou ao redor com prazer impressionado, pulou para fora, fechou a porta e fez um carinho na cabine azul. Eles tinham se saído bem.

TARDIS, aliás, em geral era a sigla de Time And Relative Dimensions In Space [tempo e dimensões relativas no espaço]. Às vezes, o Doutor também dizia que era só "dimensão". O que fazia menos sentido ainda. Como a máquina em si, o nome da TARDIS só fazia sentido enquanto não se pensava muito no assunto.

No momento, o Doutor estava ocupado em se sentir maravilhado. Ali estava ele. No ateliê de Leonardo da Vinci. Estacionado no mesmo lugar da última vez.

— Leonardo. Leonardo! — chamou.

Nenhum sinal. Ah, bem. Ele chegaria a qualquer momento. Devia estar comprando baguetes. As pessoas do Mediterrâneo sempre faziam isso.

O Doutor andou pelo ateliê, olhando uma coisa, maravilhando-se com outra, trocando fofocas alegres com os pássaros canoros de Leonardo. O tempo parecia estar maravilhoso, e o Doutor não tinha como discordar.

— Ah, esse sol renascentista! — exclamou, com entusiasmo, aproveitando o calor.

Era raro o Doutor admirar qualquer coisa além da própria inteligência, por isso apreciou a luz preguiçosa do sol. Ele gostava de muitas coisas na Renascença. Continuou andando pelo ateliê de Leonardo, rindo dos quadros. Não, o sujeito ainda não tinha terminado nada. Nunca terminava, na verdade. Era um enrolador, um homem que não deixava nada em paz. Um intrometido. Imagine. Uma pena.

— Leonardo! — chamou outra vez. — Sou eu, o Doutor — acrescentou, em uma voz tranquilizadora.

Talvez Leonardo estivesse escondido em algum lugar, com medo de o visitante ser um cobrador ou um cliente querendo saber por que o retrato da esposa estava uma década atrasado.

— Leonardo. Você está aí? Olá! — Ele olhou atrás de uma cortina e espiou debaixo de uma mesa. — Os quadros se saíram muito bem — continuou, bajulador. — Todo mundo adorou. Muitas pessoas declararam o quanto os acharam bons. *A Última Ceia*, se lembra desse? — O Doutor passara um tempão tentando espiar aquele. — A *Mona Lisa*? — perguntou, esperançoso. Nenhuma resposta. Ainda assim, estava convencido de que não estava sozinho. — Falei da *Mona Lisa*, lembra? Aquela mulher horrível e sem sobrancelhas que não ficava parada, hein? Leo...?

Ele pegou um modelo, o fez voar pelo aposento e sorriu.

— Sua ideia de helicóptero demorou um pouco mais para pegar, mas, como eu falei, essas coisas levam tempo.

Ouviu um passo lá fora. Com certeza era um passo. Brincar de pique-esconde com um dos maiores gênios que o mundo conheceu? Havia formas piores de passar a tarde.

A qualquer segundo, Leonardo surgiria detrás de alguma tapeçaria. Era isso. Ele se virou para o lado.

— Você!

A rapieira pousou no ombro do Doutor, que a olhou sem entender.

Viu-se de frente para um guarda com cara de porco, cuja armadura tinha cheiro de cebola.

— Você! O que está fazendo aqui?

— Eu?

O Doutor era pura inocência. Queria que o guarda desse a ele uma chance de limpar aquela rapieira, antes de ser perfurado por ela. Parecia imunda. Assim como o guarda. Será que ele tinha dormido com aquela armadura?

O guarda retorceu o rosto em desconfiança, fazendo cair uma coisa que o Doutor esperava que fosse uma bolinha de sujeira.

— Quem é você? O que está fazendo aqui?

Não era óbvio?

— Bem, eu apareci aqui para ver Leonardo, na verdade. Ele está?

O Doutor sabia que turistas, cobradores e clientes furiosos eram um probleminha para da Vinci, mas será que a coisa tinha ficado tão ruim que Leo chegara a contratar um segurança?

A rapieira cutucou o casaco do Doutor.

— Ninguém tem permissão de ver Leonardo.

— É mesmo?

O Doutor sentiu uma preocupação repentina e irritante.

— Ele está envolvido em um trabalho muito importante — o rosto desconfiado e selvagem se retorceu ainda mais — para o capitão Tancredi.

— O capitão Tancredi! — O Doutor arfou.

— Você o conhece?

— Não.

— Ele vai querer interrogar você.

O guarda assentiu de um jeito que dizia "você vai ter o que merece".

Isso pode não ser bom, pensou o Doutor. A Renascença era encantadora, com aquele sol enevoado e tudo o mais. Porém, boa parte da névoa era causada pela queima de hereges, pensadores e pessoas que se vestiam de forma excêntrica. Que pena.

— Ele vai querer me interrogar? Ora, acho que eu é que vou querer interrogá-lo.

O Doutor, sentindo que sua situação era complicada, percebeu que estava sendo empurrado até ficar de joelhos e escolheu um pedaço bonito e limpo do tapete no qual se ajoelhar. Podia não estar em vantagem, mas dava para ficar confortável.

— Podemos ter uma conversinha agradável, não podemos?

O soldado se inclinou para perto do Doutor e, para seu horror, deu uma baforada em sua cara.

— Ele vai chegar em um instante — anunciou, com arrogância.

Passos soaram na escada, e a porta do ateliê foi aberta. Uma figura apareceu e observou a cena, perfeitamente envolta por aquela luz do sol da Renascença. O homem entrou no aposento como se fosse o dono. E, na verdade, era mesmo.

Um homem bonito avançava para cima do Doutor, usando uma roupa luxuosa de capitão de guarda particular de duque italiano. Para impedir que as coisas parecessem severas demais, a armadura era enfeitada com penas de avestruz e estava encaixada sobre uma blusa. Os floreios não ajudaram a diminuir o ar de ameaça fatal com o qual a figura avançava para o Doutor.

Então aquele era o capitão Tancredi.

Só que...

— Você! — O tom do Doutor foi sombrio. — O que está fazendo aqui?

A figura assentiu, como se fosse uma pergunta justa. Se estava surpreso, seu rosto não demonstrou. O capitão Tancredi sorria.

— Acho que é exatamente a mesma pergunta que eu devia fazer a você — o sorriso se alargou —, Doutor.

O capitão Tancredi era idêntico ao conde Carlos Scarlioni.

Parte Três

"Qu'est-ce que l'histoire? Sinon une fable sur laquelle tout le monde est d'accord."
("O que é a história? Apenas um conto de fadas sobre o qual todos concordamos.")

Napoleão Bonaparte

Capítulo 10

O homem da Renascença

Entrar no Louvre foi mais fácil do que Romana esperava. Eles simplesmente entraram. Ninguém os fez parar, ninguém os chamou, ninguém atirou neles, e nenhum alarme disparou. Foi tudo bem tranquilo.

Os dois andaram pelos corredores, com a lanterna de Duggan iluminando as estátuas com muita cautela. Muitas pareciam irritantemente incompletas. Romana reparou que ficavam todas encostadas a um lado, decerto enquanto iam procurar os pedaços que faltavam. Um anjo alado sem cabeça, por exemplo, estava fora do caminho, escadaria acima. Tudo parecia muito descuidado. Os humanos eram péssimos em tomar conta das coisas.

Reparou que a linguagem corporal de Duggan estava ficando cada vez mais tensa.

— Pensei que o Louvre teria bastante segurança — comentou ela.

— E tem. — O tom de Duggan foi sombrio. Ele passou a mão enluvada em uma caixa na parede. Já fora um sensor de movimento. — Parece que todos os alarmes do local foram desativados. Um feito e tanto. — Ele parecia impressionado e ressentido.

— O conde também parece ter alguma tecnologia de ponta — disse Romana, espiando o circuito queimado. Tinha sido destruído por um pulso eletromagnético direcionado? Fascinante.

Os dois entraram na galeria da *Mona Lisa* e Romana pisou em alguma coisa. Ela baixou a lanterna e arfou. Era o corpo de um segurança.

— Tem outro alarme desativado ali — resmungou Duggan.

Aquilo era demais para ela.

— Você tem uma atitude bem cínica em relação à vida, não tem, Duggan?

— Ah... — Sem demonstrar remorso, Duggan deu de ombros de uma forma decididamente não gaulesa. — Quando se está vivo pelo tempo que estou... Falando nisso, quantos anos você tem?

— Cento e vinte e cinco.

— O quê?

Romana não se deu ao trabalho de explicar. Foi até a *Mona Lisa*. Ou melhor, até o espaço onde o quadro estivera. A proteção tinha sido arrombada com muita delicadeza, e a pintura, removida. Só sobrara uma teia de raios laser, que ocupavam a mesma área do quadro. O efeito final era impressionante e muito deprimente.

— Ela se foi — anunciou Romana.

Duggan sabia que não deviam ter perdido tanto tempo no porão. Expressou a raiva em um rosnado baixo. Parte dele não conseguia acreditar que o quadro tinha sido mesmo roubado.

— Esse sistema ao redor, com os raios, devia ser impossível de ultrapassar. Não pode ser desligado.

— Ah, eles parecem ter conseguido, de alguma forma. — Romana espiou os raios laser. — Talvez distorcendo o índice refrator do ar.

— Humm, sim — murmurou Duggan, em dúvida. — Mas, para chegar ao quadro, eles teriam que passar pelos raios, desse jeito...

Ele enfiou as mãos entre os raios laser. Se seu palpite estivesse correto, os alarmes não disparariam.

Seu palpite não estava correto.

Vários alarmes dispararam.

— Que barulheira infernal! — gritou Duggan, tapando as orelhas com as mãos.

— É mesmo! — concordou Romana, gritando acima da barulheira. — O que vamos fazer?

Ela ouviu gritos. Ouviu cachorros. Isso não era nada bom.

— Vamos nos separar! — gritou Duggan. — Nos encontramos no café!

— Sério? E como você sugere que a gente saia?

— Está vendo aquela janela? — perguntou Duggan, dando risada.

Ele apontou para uma janela de vitral no fim da galeria. Já tinha pertencido a uma catedral.

— Estou.

Duggan se jogou nela. Ela ouviu som de vidro quebrando, um baque, e mais alarmes foram disparados. Os cachorros ao longe ficaram extremamente animados.

Sozinha no Louvre, Romana colocou as mãos nos quadris.

— Toda essa confusão por um quadro — resmungou, suspirando.

O professor Nikolai Kerensky acordou. Estava com sentimentos conflitantes quanto a acordar. Dois períodos de sono em vinte e quatro horas eram um luxo nunca sonhado, e ele lamentava ter acabado. Mas ali estava ele, deitado no piso frio de pedra, a cabeça doendo bastante. Alguém invadira... Aquele homem com o cachecol? E alguém batera nele. Por outro lado, o experimento com a galinha fora satisfatório. Mais ou menos.

Ele se levantou e se apoiou em um banco, até o aposento se firmar. Tateou com delicadeza o galo que se formava no crânio e examinou o sangue seco nas mãos.

— Ah, a vida acadêmica — comentou, suspirando.

Ele balançou a cabeça. Estava doendo.

— Galinhas — murmurou, olhando para o Acelerador Kerensky.

A máquina estava intacta, pelo menos. E, com sorte, sua cabeça também. Se sabotadores industriais tivessem quebrado o aparelho e danificado seu cérebro, ele talvez não conseguisse construir outro. Tinha medo disso. Uma grande perda para o mundo. Uma grande decepção para o conde.

Kerensky seguiu lenta e delicadamente para a escada e percebeu que precisava chamar o conde. Ele decerto gostaria de saber que havia invasores no laboratório. Puxou a corda do sino. Não houve resposta. A caminho da escada, percebeu que a salinha de depósito estava aberta, e uma luz estranha saía de dentro. Que intrigante.

Reparou em um buraco na parede do depósito. O que os intrusos tinham aprontado? Curioso, entrou na abertura e parou, perplexo, ao ver o que havia na parede da sala escondida.

— *Mona Lisas*?

* * *

A coisa boa de Duggan, pensou Romana, *era*... Ah, tinha certeza de que descobriria, em algum momento. Quando tivesse chance de respirar, talvez. O Doutor, mesmo quando agia de forma irritante, sempre fazia alguma coisa brilhante ou encantadora, e ela lembrava que ele era a pessoa mais extraordinária que já tinha conhecido.

Duggan era diferente. Tinha um corpo tão sólido que talvez tivessem se esquecido de inserir funções superiores nele. Cérebros eram coisas macias, afinal, e Duggan parecia bastante duro. Talvez preferisse exibir as emoções em almofadas. Em uma visita anterior à Terra, Romana ficara intrigada ao encontrar uma loja vendendo pequenos travesseiros com nomes de sentimentos bordados. O Doutor garantira a ela que os humanos gostavam de comprar aquelas coisas para colocar nas cadeiras. Romana ficou desconfiada. Tentou imaginar Duggan sentado em um divã, cercado de almofadas com palavras como "Amor", "Felicidade" e "Abraços". Ficou pensando se havia almofadas com palavras como "Raiva", "Mau humor" e "Briga".

No momento, os dois estavam fugindo por Paris, e Duggan era um enigma que ela esqueceu completamente quando dobraram uma esquina e se viram às margens do Sena, as correntes de luz balançando-se nos postes de ferro preto, formando cordas iluminadas infinitas, que se refletiam de maneira perfeita nas águas calmas do rio, à noite. Era simplesmente lindo. Por um momento de parar o coração, pareceu que a cidade pertencia apenas a ela, e foi mágico. Era uma sensação que não dava para bordar em uma almofada.

Naquele momento, Romana soube o que era estar viva, soube exatamente por que o Doutor se importava tanto com aqueles humanos engraçados e seu planeta esquisito. Era porque, mesmo caçado por homens com cachorros em uma cidade, à noite, essa cidade conseguia oferecer um pequeno momento de surpresa e perplexidade. Ela assentiu para Paris.

Duggan agarrou o braço dela.

— Por que está enrolando? — resmungou, puxando-a pelo cotovelo. — Você pode mandar um cartão-postal para si mesma depois.

Isso nem foi engraçado, pensou Romana, quando ele a empurrou para um beco atrás de umas lixeiras e saiu correndo, despistando os perseguidores.

* * *

Kerensky passou pela abertura e seguiu desajeitado até os seis quadros que sorriam para ele.

— Mas... *Mona Lisas* — murmurou ele, surpreso, e entrando em desespero.

Ele passou alguns momentos se perguntando se estava melhor dormindo, mas reparou no corpo no chão.

Era o conde Scarlioni.

Kerensky se ajoelhou, discutindo consigo mesmo. Se o conde estivesse morto, seria o fim de seu trabalho? Ele nunca receberia o pagamento, mas isso queria dizer que estava livre? Estaria encarando o desemprego, mas também a liberdade? Verificou se o conde tinha pulsação. Ainda estava respirando. Mas, mesmo assim. Kerensky não podia correr o risco. Ninguém descera para procurá-lo ou o conde. As pessoas estavam sempre procurando o conde. Portanto, não havia ninguém por perto. Conseguiria. Poderia fugir.

Kerensky voltou para o laboratório e olhou para a escada de saída do porão. Liberdade, possivelmente. Mesmo que fosse impedido de passar, podia alegar que estava procurando ajuda para o conde. Mas desconfiava, desconfiava muito que não seria impedido. Podia fazer isso.

Colocou o pé no primeiro degrau. E pensou um pouco mais.

O trabalho, o trabalho do conde, era importante. Pessoas tentaram matá-lo por isso, tentaram dissuadir Kerensky de fazer parte dele. O conde era um homem estranho, verdade, mas era um grande benfeitor de toda a humanidade. E, se Kerensky fosse embora daquele porão e o conde morresse, isso pesaria em sua consciência. Além do mais, poderia nunca existir um Acelerador Kerensky.

Com os ombros caídos, o professor voltou, relutante, para o aposento escondido e se inclinou sobre o conde. Botou a mão na testa dele, em busca de galos. E parou, preocupado. A cabeça parecia estranhamente esponjosa. Será que ele estava mais machucado do que parecia? Mesmo dormindo, o conde sorria de leve.

Ao toque de Kerensky, o conde se mexeu, a voz um pouco mais do que um grunhido.

— Doutor, pode me explicar como pode estar em Paris, em 1979?

* * *

— Doutor, pode me explicar como pode estar em Florença, em 1505?

O capitão Tancredi estava provando como era fácil parecer relaxado usando uma armadura grossa de couro. Ele colocou o elmo com decorações elaboradas de penas na mesa, batendo na superfície com os dedos cobertos por uma manopla.

— Estou esperando, Doutor.

A forma como ele falou foi curiosa. Ao mesmo tempo como se estivesse impaciente e como se esperar fosse tudo o que fazia na vida. Ah, isso fazia sentido. Muitas coisas faziam sentido. Era óbvio, na verdade. Sendo uma espécie que vivia muito tempo, era só fazer Leonardo pintar sete *Mona Lisas* e esperar quinhentos anos até elas ficarem muito famosas e encontrar exatamente sete pessoas querendo comprar.

Não. Isso era impossível, não era? Exatamente sete compradores? E como saber que tinha escolhido o cavalo certo? Podia ter pedido a Signorelli para desenhar meia dúzia de *Jovens nus* e acabar sem nada além de um armário cheio de bíceps e decepção.

Além disso, e era uma questão bem importante, como o capitão Tancredi sabia que tinha encontrado o Doutor, se isso aconteceu no futuro? Ah, caramba. Os tempos verbais seriam um problema naquela situação. Que estranho. A não ser que Scarlioni fosse mais um viajante do tempo, ou que estivesse vivendo a vida ao contrário. Havia uma terceira possibilidade, mas era tão absurda que o Doutor a guardou para uma ocasião futura. Na verdade, aquele momento serviria muito bem.

— Ah, bem... — Ele olhou para o capitão com candura. — Você quer saber como vim parar aqui? A verdade é que costumo viajar um pouco. Aqui e ali.

— Pelo tempo? — perguntou o capitão.

— Bem, sim, acho que sim — concordou o Doutor, com graça. *Pensei bem antes de falar? Sim, sim. É bem seguro.*

— Como, precisamente?

— Não sei. — Ah, caramba. Pelo menos essa parte era mais ou menos verdade. O Doutor preencheu um pouco do tempo dizendo "ah", "bem", "oh" e "hã". Sempre enganava Romana. — É uma coisa que acontece. — Ele deu de ombros sob a rapieira do guarda, ainda apoiada de leve nele. — Você sabe, ali estou eu, caminhando tranquilamente e cuidando da minha vida, e, de repente, *pop!*, lá estou eu em uma época diferente, ou até em um planeta diferente. Tive uma infância muito traumática. — O tom sofrido no final foi um bom acréscimo.

Tancredi não respondeu. Apenas o observou lenta e longamente, como se ele fosse um copo de limonada em um dia quente.

— Então... — O Doutor odiava silêncio. — Chega de falar dos meus problemas. O que você está fazendo aqui, meu camarada?

— Existindo.

O capitão Tancredi parou por um instante e assentiu, presumivelmente para si mesmo. Ele andou pela sala, selecionou a cadeira mais decorada e se acomodou nela. Ainda de joelhos, o Doutor se aproximou. O guarda o deixou ir. O Doutor havia muito dominara a arte de humilhar pessoas de uma posição de insignificância.

Tancredi balançou a mão magnânima, e o Doutor se acomodou no tapete de pernas cruzadas, como uma criança pronta para ouvir uma história.

— Vou contar para você — o capitão começou a dizer. — O conhecimento vai ser pouco útil, considerando que você vai morrer em breve.

— É mesmo? — O Doutor recebeu o comunicado de forma casual. — Eu sempre me perguntei quando isso aconteceria.

Tancredi quase parecia não estar ouvindo.

— Sou o último dos Jagaroth. Também sou o salvador dos Jagaroth — anunciou ele, com grandiosidade.

— Bem, se você é o último, então não pode haver tantos assim para salvar... — começou o Doutor, com boa vontade, mas franziu a testa. — Espere um minuto. Jagaroth?

— Já ouviu falar de nós? — Tancredi sorriu, desconfiado.

— Bem — começou o Doutor, tão vagamente quanto possível —, em uma das minhas viagenzinhas estranhas. Vocês todos se mataram em uma guerra enorme, ah, naquela época... — Quando fora mesmo? Lembraria em um soned.

— Acho que o número que você está procurando é quatrocentos milhões de anos, Doutor.

Ah, sim.

— É mesmo? Como o tempo voa!

Isso queria dizer que Tancredi tinha quatrocentos milhões de anos? Seria preciso um bolo bem grande para caberem todas as velas. Não era surpresa ele parecer tão desinteressado pela vida.

— E o que você está fazendo aqui?

— Sobrevivendo — admitiu Tancredi, com sinceridade. Ele parecia diferente de Scarlioni. Mais sério. Menos imoral. — A sobrevivência é o motivo básico de todas as espécies. Não fomos todos destruídos na guerra. Alguns escaparam em uma nave danificada e caíram neste mundo, em seus primórdios. Nós o julgamos inabitável.

— Quatrocentos milhões de anos atrás? — disse o Doutor, em um tom reconfortante. — Sim, este lugar devia estar um horror. Sem vida nenhuma para botar as coisas em ordem. — Um pensamento terrível ocorreu ao Doutor. — Sem vida? — murmurou, baixinho.

— Tentamos ir embora, mas a nave explodiu — anunciou Tancredi, com simplicidade. Ele era refinado, sim, mas, por baixo disso, quase não havia emoção. — Eu me parti. Pedaços do meu ser estão espalhados pelo tempo. Todos idênticos, mas nenhum... completo.

Extraordinário, pensou o Doutor. Seria necessária uma mistura única de bolha de dobra espacial desmoronando, gravidade instável e pressão atmosférica para provocar uma coisa dessas. Que estranho. Então havia pedaços de Jagaroth por todo o tempo. Não fazia sentido, o que fazia muito sentido. Presumivelmente, os fragmentos conseguiam se comunicar de vez em quando, com níveis diferentes de autopercepção. Senão, Scarlioni o teria identificado na mesma hora, não é mesmo? Será que isso estava correto? Ah, era tudo muito capcioso. A situação exigiria uma quantidade intensa de reflexão.

De repente, o Doutor percebeu que o conde o encarava. Intensamente. O guarda abriu um sorriso, quase sem erguer o rosto, enquanto polia a rapieira com cuspe e um pano sujo.

— Doutor. — O tom de Tancredi era de um professor tolerante. — Infelizmente, não estou satisfeito com sua explicação.

— Bem, como falei... — começou o Doutor. Talvez devesse sugerir que, sabe, houve uma explosão na nave dele, e ele se viu espalhado pelo tempo. Não tinha ouvido isso em algum lugar, recentemente?

Tancredi de repente reparou na caixa grande e azul no canto. Achou-a estranhamente tranquilizadora. Que curioso. Deu uma batidinha de leve com a espada.

— O que é aquela caixa?

— Aquilo? — O Doutor pareceu surpreso. — Não sei. Você acha que pode ter me seguido?

Tancredi ficou de pé, furioso.

— Quero a verdade, Doutor!

O Doutor também ficou de pé.

— Não é o que todos queremos?

Por um momento, os dois se encararam, olho no olho. Estava se esquecendo de algum detalhe sobre os Jagaroth e o número de olhos, não estava? O Doutor coçou a cabeça, tentando lembrar.

O capitão Tancredi continuou olhando para o Doutor, com uma cara de poucos amigos. Talvez aquele ali fosse quem planejava, e o conde, quem sorria? Distraído, o Doutor se afastou do capitão e puxou um tecido de cima de um cavalete próximo, revelando a *Mona Lisa*.

— Ah — disse o Doutor, não parecendo nada surpreso. — A original, presumo. Terminada em 1503. Agora estamos em que ano, 1505? E você está mandando nosso amigo fazer mais seis, não é?

O rosto do capitão Tancredi tentou parecer surpreso. Não foi muito bem-sucedido.

— Doutor — sibilou, como um aviso.

Mas não tinha como fazê-lo parar. Todos os dentes e engrenagens na cabeça dele, até mesmo os defeituosos, giravam a toda velocidade.

— Mais seis *Mona Lisas*, que depois você vai esconder em uma sala fechada em Paris, para Scarlioni encontrar. Em 474 anos. Que belo investimento.

Ele sorriu para si mesmo, para a *Mona Lisa*, para o capitão Tancredi e até mesmo para o guarda. Só a *Mona Lisa* retribuiu.

— Doutor... — Tancredi se aproximou dele. — Vejo que você é um homem perigosamente inteligente. Acho que está na hora de conduzirmos essa conversa de maneira mais formal.

— Ah.

Era justo. O Doutor ajeitou as lapelas do paletó e espanou um pouco de poeira com a mão.

Tancredi se virou para o guarda.

— Contenha o Doutor enquanto pego os instrumentos de tortura. Se ele continuar tagarelando, confisque sua língua. — Então foi para a porta.

O Doutor se sentiu desprezado.

— Como vou falar se você...

— Você sabe escrever, não sabe?

— Bom, sei.

O Doutor ficou boquiaberto. Ao ver o brilho nos olhos do guarda, fechou a boca bem depressa.

Tancredi ofereceu ao Doutor o máximo de um sorriso que conseguia botar no rosto e saiu da sala.

O guarda se aproximou do Doutor e segurou a espada contra sua garganta.

O Doutor engoliu em seco, o que foi surpreendentemente difícil.

— Louco, não é? — comentou, em um sussurro, cobrindo a boca com a mão. Só para o caso de algum movimento repentino. Conseguiu emitir com perfeição o tipo de sussurro que sugeria que os dois sabiam muito bem que Tancredi era doido de pedra. Isso se a expressão já existisse.

O guarda ignorou o Doutor. A única coisa que ofereceu em resposta foi o fedor.

O Doutor já tinha vencido batalhas mais difíceis.

— Aposto que é um trabalho difícil fazer as vontades dele. Ha ha.

A espada na garganta do Doutor não tremeu nem um milímetro.

— Você, ah... não acredita nessa baboseira toda, acredita? — O Doutor arriscou balançar um dedo na direção da porta pela qual o capitão saíra.

— Que baboseira? — indagou o guarda. Finalmente!

— Ah, você sabe. Quer dizer... — O mesmo dedo bateu na lateral da cabeça. — Jagaroth, espaçonaves, essas coisas. É um pouco demais, não é?

O Doutor revirou os olhos.

— Sou pago apenas para lutar — respondeu o guarda.

— É, mas, sinceramente, quando a gente para e pensa naquilo tudo... Espaçonaves Jagaroth — repetiu o Doutor. A expressão grudou em sua mente.

O guarda deu de ombros e quase fez a ponta da espada pousar no pomo-de-adão do Doutor.

— Depois de trabalhar para os Bórgias, dá para acreditar em qualquer coisa.

— Os Bórgias? — Ah, caramba. — É, entendo o que você quer dizer.

Com um movimento casual do cachecol, o Doutor derrubou um cavalete no guarda. O plano do Doutor, até onde estava formado, era distrair o homem por tempo suficiente para entrar na TARDIS e dar o fora dali. O guarda o decepcionou ao se mostrar um lutador altamente qualificado. Ele chutou o cavalete para o lado, derrubou o Doutor no chão e ficou de pé sobre ele, com a ponta da rapieira pressionada de um jeito bem desconfortável contra sua garganta.

— Como falei — disse o guarda com deboche, apertando só um pouco —, sou pago para lutar.

— E, como falei — gemeu o Doutor —, entendo o que você quer dizer.

O soldado estava pisando no cachecol do Doutor, que deu um puxão experimental. Não aconteceu qualquer coisa além de o guarda dar um sorriso maldoso e aplicar um pouco mais de pressão na garganta.

— Me desculpe, mas pisar no cachecol de uma pessoa é burrice.

Um sorriso se abriu aos poucos no rosto do Doutor. Ele enfiou a mão no bolso e tirou uma câmera Polaroid, que podia ou não ter pegado emprestada de um turista japonês, para ver como funcionava.

— O que você acha disso, então? — perguntou ao guarda.

O homem franziu a testa. Nunca vira qualquer coisa parecida. Quase distraidamente, a ponta da espada cutucou a pele do Doutor.

— Tudo bem, tudo bem — sussurrou o Doutor, tentando tranquilizar os dois. Ele apontou a câmera para o guarda. — Vamos lá — disse, de forma bajuladora. — Dê um sorriso! Você consegue!

Para a surpresa do Doutor, o guarda deu um sorriso até bonito, emanando um fedor de rabanete.

O Doutor apertou um botão, e o flash disparou, fazendo o guarda apertar bem os olhos e soltar um lamento assustado.

— Ha ha! — exclamou, ficando de pé enquanto o soldado temporariamente cego cambaleava. — Espere um pouco — disse, para tranquilizar o guarda, que avançava para cima dele de forma ameaçadora. — Espere...

A câmera zumbiu e cuspiu uma Polaroid. Ele mostrou a foto para o guarda, que ficou olhando, perplexo, enquanto seu rosto torto e assustado aparecia no papel. Ele olhou ao redor, para os quadros complicados, e depois para a foto. A reprodução mais perfeita e natural de alguém que o mundo já vira. Ele.

O guarda provavelmente teria desabado de qualquer jeito. Mas o Doutor ajudou com um levíssimo golpe de karatê venusiano. O homem caiu em uma cadeira, atordoado, e o Doutor correu para a TARDIS. Mas parou. Uma ideia um tanto inteligente lhe ocorreu.

Ao olhar para o guarda, verificou que ele ainda estava fazendo uma imitação impressionante de um peixe em seus momentos finais de vida. Excelente. O Doutor andou até os seis quadros de choupo cuidadosamente preparados, todos com proporção aproximada de quatro por três. Conseguia adivinhar para que seriam. Pobre Leonardo. Odiava prazos.

O Doutor tirou uma caneta hidrográfica do bolso e rabiscou uma coisa em cada um, sorrindo para si mesmo.

Em seguida, correu até a mesa de Leonardo. Olhou em um espelho. Na verdade, era provável que conseguisse reproduzir a escrita espelhada de Leonardo sem ajuda. Escreveu o seguinte em um pedaço de pergaminho:

Querido Leo,
Foi uma pena não termos nos encontrado. Espero que você esteja bem. Lamento a confusão nos quadros, é só você pintar por cima, amigão. Nós nos vemos mais cedo, querido.
O Doutor.

Querido Leo,
Foi uma pena não termos nos encontrado. Espero que você esteja bem. Lamento a confusão nos quadros, é só você pintar por cima, amigão. Nós nos vemos mais cedo, querido.
O Doutor.

Satisfeito consigo mesmo, o Doutor deu um passo atrás. Direto para a ponta da espada do capitão Tancredi.

— Ah! — exclamou o Doutor.

— Ah, mesmo — ecoou o capitão. — Vai sair voando pelo tempo de novo, Doutor? — Ele arqueou uma sobrancelha e estalou a língua. — Que descortês de sua parte, quando acabei de me dar ao trabalho de buscar um pequeno instrumento para testar em seus polegares.

Enquanto isso, em 1979, o conde Scarlioni despertou de repente para um monte de coisas.

Ficou satisfeito de acordar em um lugar escuro. Ficou menos satisfeito de ver Kerensky curvado sobre ele. O professor parecia preocupado. Mesmo assim, pelo menos o tolo poderia responder uma pergunta muito importante.

— Kerensky! Onde estou?

— Em Paris, é claro.

O professor parecia excessivamente preocupado.

— Paris?

— É.

— Paris. — O conde umedeceu os lábios e ficou surpreso ao perceber que tinha lábios. — Então foi um sonho. Talvez só tenha sido um sonho.

Ele descartou todos os pensamentos que lotavam sua cabeça. Naves espaciais. Viagens no tempo. O Doutor. Tudo tinha sido apenas um sonho. Ele podia continuar sendo, sendo...

— Mas quem é você? — Kerensky fez a mesma pergunta que perturbava o conde.

— Eu sou quem eu sou. — O conde se levantou, espanou a poeira antiga do roupão e tentou não reparar nas seis *Mona Lisas* olhando para ele. Seu tom ficou mais duro. Era melhor distrair Kerensky com alguma ameaça. — Sou a pessoa que paga pelo seu trabalho. — Ele indicou o laboratório. — Agora vá! O tempo é curto.

Kerensky não se moveu. Estava apontando para o conde com terror evidente.

— Mas... seu rosto! — choramingou.

O quê? O conde levou as mãos ao rosto. Parecia... frouxo. Solto. Fora do lugar. Todas as coisas que um rosto não deveria parecer. Um horror surgiu na alma do conde. E se ele não tivesse sonhado? E se fosse tudo real?

— Está vendo algum problema com meu rosto, professor? — rosnou.

Suas mãos esticavam e davam tapinhas no próprio rosto. Colocando o nariz de volta no centro, puxando a linha dos cabelos e ajeitando as orelhas. Colocando tudo no lugar, como se houvesse uma coisa terrível por baixo. Suas mãos trabalhavam com habilidade instintiva. Quantas vezes isso tinha acontecido?

— Cuidado... para eu não decidir arrumar encrenca com o *seu* rosto, Kerensky. Posso usar utensílios mais afiados do que palavras.

De repente, seu rosto pareceu ajustado, e o conde relaxou. Fora tudo um sonho. Sabia exatamente quem era. Era o conde Scarlioni, o ladrão de arte mais audacioso que o mundo já conhecera. E isso não era uma coisa ruim de ser.

Pela primeira vez, Kerensky não pareceu intimidado pelas ameaças do conde.

— Mas, conde, quem são os Jagaroth?

Ah, deus.

O conde cambaleou para perto dos seis quadros que vinha ignorando com sucesso. Bem. Não fora um sonho. Era tudo verdade. Ele tocou o rosto outra vez e sentiu-se ao mesmo tempo sobrecarregado e terrivelmente triste. Além do mais, tinha falado enquanto dormia. Sonhos ruins.

— Os Jagaroth? — Ele passou a língua pelas palavras, mesmo sabendo que não tinha língua. — Você serve aos Jagaroth. Agora, trabalhe!

Ele empurrou o professor para o laboratório, de repente desesperado para ficar sozinho.

Kerensky mal se mexeu, pois estava hipnotizado pelo empregador, que aninhava a cabeça nas mãos. Com a voz hesitante de alguém tentando voltar a compreender o mundo, ele perguntou:

— São os Jagaroth que precisam de todas as galinhas?

Aquilo era demais. O conde Carlos Scarlioni começou a rir. E quase não parou.

— Galinhas? — Ele se aproximou do professor, o sorriso voltando a ganhar vida. — Você nunca deixa de me impressionar, professor. Como um intelecto tão gigantesco pode viver dentro de uma mente tão pequena?

Ele bateu na cabeça do professor. A sensação pareceu errada. Tão sólida e firme. Teve vontade de bater mais um pouco. Até que ela se partisse, como um dos preciosos ovos de Kerensky. Mas uma voz o impediu.

— *Scaroth!*

Era sua própria voz. Sua verdadeira voz. Gritando em seu cérebro. Afastando todos os pensamentos que ele estava tentando botar em ordem. Não havia como negar essa voz.

— Preciso pensar — resmungou o conde. — Eu preciso de tempo para pensar.

Kerensky estava se mostrando irritantemente inoportuno. Como a Peste Negra.

— Mas então, por que está me fazendo trabalhar? Achei que estávamos trabalhando para alimentar a raça humana… — Ele parou de falar, infeliz.

— A raça humana? Ha!

Mais pensamentos surgiram na mente do conde. Ele mal conseguia lidar com aquilo tudo, mas ainda havia outra onda a caminho. Ele se virou para o professor, apavorante e magnífico. Segurou o ombro do homem e o apertou com força.

— Estamos trabalhando com um propósito maior, em uma escala que você não teria como conceber. O destino dos Jagaroth está em minhas mãos. E você vai trabalhar para atingir meus objetivos. Querendo ou não.

Capítulo 11

Tolices

"Vamos nos separar, nos encontramos no café", fora a instrução de Duggan. Era mais fácil falar do que fazer.

Pela primeira vez na vida, Romana estava verdadeiramente perdida.

Afinal, fora arrastada do café na traseira de uma van. Tinha acabado de chegar a Paris e só fazia uma ideia vaga de onde ficava o lugar. Era perto de uma catedral, em uma rua razoavelmente movimentada e cheia de lojas. Ficava na esquina e era meio bege, com um toldo vermelho de lona.

Romana logo descobriu que quase todas as ruas eram perto de uma catedral, e quase todas as esquinas tinham um café meio bege com toldo vermelho de lona.

Além do mais, no meio da noite, todas as lojas estavam fechadas, e as ruas ficavam completamente diferentes. Paris ficava vazia. Só havia ela e uns cachorros latindo ao longe, que Romana esperava que estivessem apenas batendo papo, e não indo atrás dela.

Não ajudava o fato de todas as ruas terem três placas diferentes, cada uma contradizendo a outra. Parecia que Paris não queria ser mapeada. Romana correu por uma ponte, o que só serviu para confirmar suas desconfianças: era coberta de cadeados, como se as pessoas estivessem tentando impedir que a coitada fosse para outro lugar. Aquela cidade era desconcertante.

Ela continuou andando, fingindo que começava a entender onde estava. De repente, viu-se na beirada de uma rua com oito pistas. Ah. Não tinham passado por ali. O que queria dizer…

Ela correu mais um pouco. Ah, agora, sim, ali era a praça onde ela e o Doutor tinham rido das estátuas. E atrás dela ficava a praça que levava até...

Romana estava quase convencida de que já estivera naquela praça. Só que os chafarizes estavam ligados. Ou talvez fosse uma praça totalmente diferente. Mas será que passaram ali antes de ir para o café? Talvez tivessem passado por ali depois de sair do Louvre. A quantos metros de distância estava? Pela primeira vez, Romana não tinha certeza. Acabara de passar por uma fresta no tempo.

Ela se concentrou em encontrar o Louvre, mas, ao lembrar que o Louvre agora estava dedicado a encontrá-la, desistiu desse plano e se sentou em um banco.

Se Romana fosse do tipo que chorava, teria chorado. Estava perdida e muito sozinha, presa em um planeta alienígena, com pouca esperança de resgate imediato. E estava sendo caçada por roubo de uma obra de arte e assassinato. Nada mal para um dia que começara com planos de passeios turísticos e *bouillabaisse*.

O ar da noite estava gelado, e Romana de repente lamentou estar com uniforme de estudante. Parecera divertido, algumas horas antes. Como Romana se recusava a chorar, o céu fez isso por ela, encharcando-a com uma chuva fria, que chegou à alma na mesma hora. Ela se levantou do banco, pensou em chutá-lo e correu pela noite.

Duggan pulou o muro e caiu bem no caminho de um cão policial que rosnava.

— Desculpe, Fido — disse, com um suspiro, dando um soco no pescoço do animal.

O cachorro o encarou, ultrajado, ganiu e caiu no chão.

Um policial correu até Duggan, sem dúvida dizendo a versão francesa de: "Mas, senhor, parece que você bateu no meu cachorro!".

Duggan bateu nele também e saiu correndo.

Agora, sim, pensou.

Romana percebeu que chegara a uma área em que não estava mais sozinha, mas desejava estar.

— Agora não, obrigada — disse, com rispidez, e saiu andando, ignorando os assobios e gritos direcionados a ela.

Era irritante, pois ela parecia estar perto do café. Havia alguma coisa familiar naquela rua. Era o pôster da exposição? Alguma coisa na catedral a fazia diferente de todas as outras catedrais pelas quais passara?

Encontrou uma placa turística útil, que indicava que estava a um quilômetros e meio do Louvre. Finalmente, alguma coisa que falava sua língua. Ela repassou o dia e concluiu que a informação estava correta.

Era um bom sinal. Outro foi a percepção de que ela ainda conseguia ler o que estava escrito, o que queria dizer que sua ligação telepática com os circuitos de tradução da TARDIS ainda estava funcionando. Pelo menos o Doutor não tinha voado para uma estrela anã. Ainda.

As duas boas notícias deram a Romana uma perspectiva nova e positiva. Se andasse em círculo a partir dali, verificando todos os cafés no caminho, provavelmente teria chances de encontrar Duggan. O mais próximo que tinha de um amigo no mundo todo.

Romana riu sozinha, com amargura.

Era ali. Tinha certeza. Já tivera certeza em dois outros cafés, e, com isso e a chuva piorando, sua confiança estava bastante abalada. Era aquele, decidiu, olhando para o café bege com toldo vermelho de lona. E, se não fosse, teria que servir.

Romana enfiou a mão na manga e pegou a chave de fenda sônica. Tinha feito uma para si havia pouco, pois a do Doutor parecia ao mesmo tempo ótima e precisando de melhorias. Assim como o Doutor.

Ela balançou a chave de fenda sônica pela porta de vidro e ficou satisfeita quando a tranca de aço inoxidável estalou e girou. Que bom.

Romana entrou no café, fechou a porta para barrar a chuva e se parabenizou por ser tão sorrateira. Com um pouco de sorte, ninguém saberia que tinha passado por ali.

Uma vidraça se quebrou, e a mão de alguém tateou pela lateral. Era Duggan, abrindo caminho.

— Pensei que esses lugares ficassem abertos a noite toda — resmungou ele.

— Você devia fazer parceria com um vidraceiro — sugeriu Romana, feliz em vê-lo. — Vocês teriam um relacionamento de trabalho particularmente simbiótico.

Ela espanou um pouco de vidro quebrado da manga dele, sem saber direito por que estava se dando ao trabalho, pois haveria mais em um minuto.

— O quê? — resmungou Duggan.

— Só estou comentando que você quebra muitos vidros.

— Não dá para fazer omelete sem quebrar ovos — anunciou Duggan, como se fosse a coisa mais inteligente do mundo.

Ele pegou uma garrafa de vinho e a abriu batendo no balcão. Serviu duas taças.

Pensativa, Romana pegou a parte de cima da garrafa quebrada e girou devagar a tampa de metal.

— Se você fizesse uma omelete, eu imagino que encontraria uma pilha de louça quebrada, um fogão em chamas e um chef inconsciente.

— Escute aqui. — Duggan estava na defensiva, e soou rude. Assim como soava quando estava feliz e quando estava sendo rude mesmo em geral. — Eu consigo resultados.

— É mesmo? O conde conseguiu a *Mona Lisa*. — Romana não pôde resistir.

Duggan não respondeu. Ele remexeu na bancada, pegou uma cesta de pão só um pouco velho e a levou para a mesa. Desabou na cadeira, sem olhar nos olhos dela.

Romana decidiu ser conciliadora e se sentou de frente para ele, mordiscando um pedaço de pão e bebericando vinho. Não estava tão ruim. Era tinto e intenso, e caiu bem com seu humor e a chuva.

Duggan esvaziou o copo e se serviu de mais.

— É. Ele agora tem sete. Sete! Sabe o que não entendo?

— Imagino que sim.

— Tem exatamente sete compradores em potencial e sete *Mona Lisas*.

— É. — Romana estava se perguntando sobre isso.

— Mas seis ficaram séculos esperando, fechadas em uma sala isolada.

— Compradores?

— Não, *Mona Lisas* — repreendeu-a Duggan, feliz por estar no comando pela primeira vez. — De onde elas vieram? Como o conde sabia onde estavam?

— Isso confunde a mente, não é?

Na verdade, eram ótimas perguntas, Romana percebeu. Básicas, mas fundamentais.

Duggan franziu a testa. E franziu mais partes do rosto. Romana demorou um tempo para perceber que era de preocupação.

— Tem uma resposta — disse ele, lenta e cuidadosamente. — Mas...

— Mas o quê?

— Nada. — Duggan balançou a cabeça. — Você vai achar que eu estou doido. É loucura, meu cérebro está cansado demais. Esqueça.

— Não. — Essa podia ser a condição em que Duggan pensava melhor. Ou a única ocasião em que pensava. — Me conte.

— Você vai rir.

— Você é homem o bastante para aguentar, não é?

— Verdade — concordou Duggan. — Bem, eu estava pensando em todo aquele equipamento estranho no laboratório do conde. Uma resposta para essa situação toda seria que alguém... er... — Ele fechou bem os olhos e falou sem olhar para ela. — Er... descobriu como viajar no tempo.

— Não seja bobo. — Romana sufocou uma gargalhada.

— É. — Duggan deu tapa de leve na própria cabeça. — Esqueça. Já, já eu penso em alguma coisa mais sensata.

Ele tomou um gole da garrafa quebrada de vinho, cuspiu de repente e se empertigou todo.

— Qual é o problema?

— Ah, nada — gemeu Duggan. — Só cortei o lábio.

A noite longa demorou a passar.

Duggan queria voltar correndo para o château, mesmo depois de Romana observar que eles provavelmente morreriam.

— É, mas vou levar alguns deles comigo.

— O bastante para salvar o mundo?

— O que você sugere que a gente faça?

— Esperar — respondeu Romana, suspirando.

Ela tomou outro gole de vinho. Era até bem gostoso, de seu jeito particular. Não conseguia se imaginar bebendo mais do que uma taça. Mas, em sua mistura aleatória de álcoois, ésteres e norisoprenoides, o vinho era bem interessante. Ela ficou surpresa de o Doutor ainda não ter experimentado. Sim, esperariam até que ele desse o ar da graça. Fariam o que o universo fazia e dariam ao Doutor o benefício da dúvida. Reparou com tristeza que terminara a taça. Duggan limpava o lábio cortado com ar sombrio.

— Vamos esperar o Doutor até de manhã — disse Romana.

— Você não dorme? — perguntou ele, de forma meio grosseira.

— Não muito.

— Ah.

Duggan se acomodou na cadeira de madeira e fechou os olhos.

Romana olhou para o copo vazio.

— É uma pena — disse, suspirando — tudo estar fechado.

Duggan abriu os olhos.

— Moça, nisso você está errada — respondeu ele, animando-se. — Esta é a cidade que nunca dorme.

— Tenho quase certeza de que é Nova York.

— Você nunca viajou.

— Garanto que sim.

Duggan se levantou e afastou o cansaço como um cachorro sacudindo o corpo para tirar a água.

— Você não viajou — repetiu, com firmeza, oferecendo a mão a Romana. — Venha. Vamos passear pela cidade.

Para a surpresa de Romana, Duggan conseguiu não deixar ninguém inconsciente. A cidade, que parecia vazia, revelou-se cheia de vida a algumas ruas de distância.

Eles subiram um pouco a colina, até um porão de paredes vermelhas lotado. Estava tão cheio de fumaça que Romana achou que estava prestes a explodir. O barulho era alto demais, e as pessoas pareciam querer fugir dali com uma série alarmante de pulos e tremores.

— O que é isso? — gritou, acima da confusão.

— Chama-se Le Disco — disse Duggan.

Eles foram para outro lugar.

— Ah, gostei das roupas — comentou Romana, animada, aplaudindo loucamente.

Na manhã seguinte, sim, na manhã seguinte, com certeza absoluta, quando a TARDIS voltasse, o que sem dúvida faria, veria se a Sala de Guarda-Roupa tinha uma roupa daquelas. Parecia tremendamente divertido.

As pessoas pulavam por todo o palco em uma série de chutes altos. Romana nunca imaginou que fosse possível fazer um vestido todo de paetês e penas, mas claramente era bem flexível. Bastante prático. Desde que o próximo planeta em que eles pousassem não fosse frio.

— Você quer sair vestida assim? — questionou Duggan. E se lembrou do que Romana estava vestindo. Então, sorriu. *C'est la vie.* Era a única coisa que sabia em francês.

— Só tenho uma pergunta — disse ela, batendo na taça. — Tem mais desse vinho?

Logo Duggan teve que levar Romana para tomar ar puro.

— Bêbds — comentou ela.

— Você nunca bebeu?

— É claro que já bebi. — Romana se concentrou intensamente nas duas Torres Eiffel e se perguntou se estava caindo em outra fresta temporal. — Quase sempre, água — completou, com dignidade.

— Espere um segundo, você NUNCA tomou vinho? — Duggan parecia incrédulo. — Quantos anos você disse que tinha?

— Cento e vinte e cinco.

— Ah, vinte e cinco — disse, então assentiu. — E você nunca ficou bêbada? O que faz à noite?

— Leio muito e, ultimamente, fujo muito.

Romana estava fazendo os Três Testes de Graves para identificar colapso dimensional iminente, e os resultados iniciais não pareceram promissores.

Duggan a levou até a margem do rio, que, contanto que o vento estivesse na direção certa, não fedia muito a esgoto. A vista, quando não estava pulando para cima e para baixo, era linda e de tirar o fôlego.

— Temos que salvar esta cidade — comentou Romana, muito séria. — A forma ondulada dela está desabando.

— Certo, certo — respondeu ele, ajudando-a a se sentar em um banco. — Que tal assim?

— Melhor, mas ainda ruim. — Romana sorriu para ele e ergueu a mão. — Sabe, sou estranhamente suscetível... — Ela esticou a palavra. — Suscetível... às faixas do tempo. E tem alguma coisa muito errada com Paris.

Havia uma expressão em latim que todo francês conhecia. Eles a repetiam uns para os outros, tarde da noite, em cafés, bares e casas noturnas, acompanhada de um balançar sério de dedo ou uma piscadela maliciosa. A expressão era *In Vino Veritas*. No vinho, a verdade.

As pessoas estavam olhando para eles. Um casal próximo, daquele jeito bem francês, tentava falar sobre a beleza do rio, em vez de um do outro. Duggan percebeu que estavam no caminho. Pessoas no caminho eram percebidas, e ele lembrou que eram suspeitos de roubar a *Mona Lisa*.

Sugeriu que voltassem para o hotel dele e tentassem conseguir um quarto para Romana. Não era um bom hotel, e ele duvidava que houvesse quartos disponíveis, mas seria melhor do que nada. O plano ficou mais complicado quando ele perguntou o sobrenome de Romana.

— Smith — disse ela, após algum tempo.

Não. Duggan duvidava que, mesmo em Paris, conseguisse se safar de despesas com um quarto para uma mulher chamada Smith.

Então voltaram para o café, quebraram outra janela e cochilaram em cadeiras feitas puramente para jantares e conversas.

Capítulo 12

Déjà-vu

Ah. Não estava morto, então.

Scaroth estava deitado no chão, esperando ver detritos em chamas para todos os lados.

Nada. Só umas criaturas desgrenhadas grunhindo. Elas balançavam ossos e o olhavam, fascinadas. Uma delas, sem ideia do que fazer sobre aquela aparição inesperada, jogou uma pedra nele. Mas não acertou, então jogou outras.

Aquilo tudo era um tanto inesperado. O planeta devia ser inabitado. Eles não conseguiram acertar nem nisso?

Na verdade, onde ele estava? Não podia ser o mesmo planeta, podia? As rochas desertas tinham sumido, assim como a atmosfera vermelha. Ele estava deitado em um vale verdejante, debaixo de um céu azul e quente. E, mais uma vez, aquelas criaturas o observavam.

Ele se levantou, receoso. E se corressem para cima dele? Os ossos pareciam clavas. E, claro, ele não tinha armas. Nada.

Scaroth era mais alto do que as criaturas. Elas pareciam muito diferentes. Eram peludas, e a pele era de um tom de rosa desconcertante. E grunhiam.

Uma, que ele supôs ser o líder, se afastou do grupo e partiu para cima dele, sacudindo o osso acima da cabeça. Era uma ameaça. Elas estavam acostumadas a atacar criaturas maiores, o que foi decepcionante. Por outro lado, o líder não parecia muito feliz de se aproximar de Scaroth. Uma das criaturas o incitou a avançar. Então, ele olhou para Scaroth. Apesar de não ter como traduzir os grunhidos, o significado ficou claro. "Olhe, me desculpe por isso, mas tenho que fazer minha parte..."

Scaroth partiu o pescoço dele sem dificuldade. A leve hesitação foi fatal. A reação do grupo foi satisfatória. Eles pareceram perturbados e com medo. Que bom. As duas coisas eram úteis para ele.

À noite, as criaturas o levaram para a caverna onde moravam e começaram a idolatrá-lo. O que foi conveniente para Scaroth, pois precisava de tempo para pensar. Para pensar e lidar com as vozes em sua mente. Aos poucos, percebia que não estava tão sozinho quanto pensava, e que, pior ainda, isso deixava a situação muito complicada.

No começo, as vozes surgiram como nomes de coisas esquecidas. Em seguida, formaram-se em sua cabeça como ideias. Era muito difícil de explicar. Estava tentando se lembrar do formato da nave. A princípio, nada veio à mente. Nada mesmo. O que era... o que era...

Ele se deteve, buscando palavras que não lembrava para descrever uma coisa de que não tinha recordação alguma. Duas acabaram lhe ocorrendo. Era Absurdo. Era Assustador. Os conceitos chegaram com ansiedade e sem fôlego, como se tivessem corrido uma longa distância. Logo depois, o formato da nave surgiu em sua mente, igualmente sem fôlego. "Você não vai acreditar de onde eu vim", parecia dizer a nave.

Mesmo? Era absurdo, era assustador. Por que seu cérebro estava trabalhando tão devagar? Seria por causa do choque? Mais ideias surgiram, todas absurdamente assustadoras.

Enquanto a tribo assistia, o novo deus começou a falar sozinho, a balançar a terrível cabeça e a choramingar. O que fez a tribo se reunir e se perguntar se tinha tomado a decisão certa de idolatrá-lo, se não seria melhor jogar coisas nele de novo.

A falação do Deus diminuiu. A noite caiu.

Scaroth estava começando a perceber que, apesar de o corpo estar completo, apesar de o cérebro estar funcionando, a alma não estava. Se quisesse uma ideia ou uma lembrança, tinha que ir buscar. Buscar através do tempo. Em determinado nível, isso era... ah, emocionante. Em outro, era... há, apavorante. Pelo que percebeu, ele era a forma mais primitiva de si mesmo. O primeiro fragmento. O primeiro em muito tempo. Os outros... onze... estavam espalhados por um longo corredor de tempo, cada um apenas vagamente ciente da situação e de Scaroth. Conforme os anos se passaram, as ligações foram ficando mais tênues, os atrasos de pensamento foram se ampliando.

Scaroth ficou momentaneamente satisfeito por não haver ninguém de inteligência equivalente por perto com quem conversar, pois seria difícil demais explicar. E, assim, percebeu o quanto estava solitário.

Scaroth estremeceu. A caverna era muito fria. Fria e escura. Por que ninguém acendia uma fogueira? Ele olhou para a tribo. A tribo olhou para ele com assombro. E ninguém acendeu uma fogueira. Scaroth enfim percebeu por quê. Ah. Isso levaria muito tempo.

Scaroth estava sentado na caverna, agora iluminada pela fogueira. A tribo ficou olhando para ele, satisfeita por não ter matado o novo deus, afinal, e esperando a próxima revelação.

Fazia um dia inteiro que tinha inventado alguma coisa pela última vez. Em breve teria que parar de falar sozinho. Parar de falar e mostrar outra coisa maravilhosa. Talvez eles devessem sacrificar alguma coisa em seu benefício? De que ele gostava? Um bisão serviria?

Scaroth pensava muito e se comunicava com seus fragmentos da melhor maneira possível. Uma analogia acabou se formando. Era como quando estava no controle da dobra espacial, no alto da nave. Ouvindo vozes se reportando a ele, números gritados e problemas e status ecoando pelas comunicações da nave. Uma cacofonia que só tinha uma coisa em comum. Todas esperavam que Scaroth fizesse alguma coisa.

Ele pensou no assunto. O que fazer? Uma ideia começou a se formar. Era absurda e assustadora, e exigiria que todos se unissem. Desde aquele seu primeiro fragmento, por todo o tempo, até o décimo segundo. Obviamente, o fragmento final era o que menos tinha noção de quem era. Estava muito distante. Podia incutir o objetivo nele. Só isso. E era decepcionante, porque ele era o que tinha mais coisas a fazer. O fragmento final. O que viveria até o fim dos tempos. Depois, não haveria nada.

Já era tarde e, no laboratório, Kerensky estava cansado de novo. O fragmento final de Scaroth desenhava como um homem possuído. Diagramas de circuito, equações e algoritmos saíam dele e preenchiam folhas de papel quadriculado, cadernos e guardanapos. O professor ficou ao lado dele, tentando acompanhar.

— Mas... — dizia, em intervalos.

O conde o ignorava e continuava desenhando.

Kerensky ficou olhando, sentindo cansaço, fome e pena de si mesmo. O conde falara sério quando fizera as ameaças? Era mesmo aquele tipo de pessoa? Não podia ser. Era difícil associar a crueldade refinada do homem que ele conhecia com aquela figura estranha que não parava de rosnar. Que parecia estar reescrevendo a física temporal enquanto bebia uma garrafa de champanhe.

A garrafa chegara em uma bandeja com apenas uma taça.

Com um floreio e um aceno, o conde empurrou os papéis para Kerensky.

O cientista, finalmente com permissão para analisar aqueles papéis direito, deu uma folheada. Estava preparado para os rabiscos insensatos de um louco bêbado. O que viu foi bem pior.

Ficou olhando, boquiaberto. O conde balançou a cabeça, estalou a língua e tomou um gole de champanhe.

Kerensky olhou de novo.

— Mas... — disse, depois de um tempo.

Nem um pouco desencorajado, o conde se serviu de mais uma taça de champanhe e a levantou, para colocá-la contra a luz. Ele deu batidinhas nos papéis.

— Professor, veja os verdadeiros resultados do seu trabalho. É isso que você vai produzir para mim.

O conde deu seu sorriso mais encorajador.

Kerensky pegou os papéis com apatia e os olhou uma segunda vez. Eles escorregaram de seus dedos.

— Olhe! — rosnou o conde.

Kerensky se encolheu.

O conde bateu nos papéis mais educadamente.

Kerensky ergueu os papéis outra vez. Os diagramas não tinham se reescrito. Observou-os novamente. Talvez tivesse deixado alguma coisa passar. Os números não faziam sentido, as equações eram tolas, e os diagramas de circuito tão absurdos que estavam praticamente escondidos atrás de uma cortina, para não serem vistos.

Mas, juntos, formavam uma coisa que era pura piada de mau gosto.

O conde se serviu de patê enquanto o observava com atenção. O professor tentou ignorá-lo enquanto ele passava uma camada grossa de patê em pedaços brancos e macios de baguete. Tentou ignorar as migalhas caindo nos diagramas. Tentou se concentrar nos papéis que tinha à frente e encontrar o que havia de bom neles.

— Mas, conde... — começou, com cautela. — Essa é... essa máquina é precisamente o reverso do que... — Ele hesitou, e um vislumbre final de ego surgiu uma última vez. — ... do que eu tenho feito.

O conde assentiu e aceitou o comentário. Com magnanimidade, empurrou o prato na direção de Kerensky, que se serviu com gratidão de um pouco de patê.

Enquanto o professor mastigava, o conde se inclinou para a frente e sorriu para ele com a benevolência de uma cobra.

— Você vai concordar que a pesquisa que fez sob minha orientação aponta muito bem em qualquer uma das direções. — Para ilustrar, ele ergueu os braços para lados opostos. Patê voou para um lado, champanhe respingou no outro.

— É, é verdade — concordou Kerensky, relutante, terminando a fatia de pão e desejando mais. O que não lhe foi oferecido. — Mas fazer isso quer dizer aumentar o efeito que eu estava tentando eliminar.

— Precisamente.

O conde esvaziou a taça e a encheu outra vez. Indicou os papéis. Continue. Tente de novo.

Kerensky continuou lendo. E parou. Se antes os números riam uns dos outros, agora a risada era dele.

— Mas a escala disso é fantástica — argumentou. Cansaço, fome e confusão fizeram sua voz sair trêmula. — O que você está tentando fazer, conde? Isso é mais monstruoso do que se pode imaginar.

— Monstruoso!

Por algum motivo, essa última frase afetou o conde. Foi o sorriso mais louco que Kerensky já vira. Caso se abrisse mais, não havia dúvida de que rasgaria o rosto. O conde se inclinou para Kerensky, muito mais alto e mais dominador ficando tão perto que Nikolai conseguiu ouvir as bolhas do champanhe estourando. O tom do conde era íntimo, amável, persuasivo.

— Mas você vai fazer isso por mim, professor, não vai?

— Não — sussurrou Kerensky, apavorado. — Mil vezes não. — Um pensamento lhe ocorreu. Não queria parecer desafiador demais. — Mas, mesmo que eu quisesse, não seria capaz.

— Ah, é?

O conde se inclinou para trás com uma sobrancelha arqueada. Não estava irritado. Estava achando graça.

Kerensky indicou o último diagrama.

— O equipamento dessa escala... a força dessa escala... Isso custaria milhões e milhões. — Ele se animou com o argumento. O mundo tinha limites. O conde precisava entender seu lugar no esquema das coisas. — Nem o senhor, conde, teria dinheiro para pagar esse tipo de coisa.

Scarlioni assentiu e aceitou o argumento. Até deu de ombros. *Ah, você me pegou*, dizia o sorriso.

Naquele momento, Hermann desceu a escada correndo, segurando um pacote embrulhado em papel pardo. Sacudia o pacote de um lado para o outro e, pela primeira vez, parecia tomado de alegria. Kerensky sentiu uma sensação de desânimo.

— Senhor! — gritou Hermann, satisfeito. Não fez nem a menor das reverências. — A *Mona Lisa* não está mais no Louvre!

Ele sacudiu o pacote.

O quê?, pensou Kerensky, e desabou na cadeira.

— Excelente, Hermann, excelente — ronronou o conde. Ele deu um sorrisinho de triunfo para o professor. — Está vendo? Sempre tem um jeito.

O mordomo, normalmente contido, estava quase tremendo de empolgação.

— Assim que a notícia se espalhar, senhor, cada um dos nossos sete compradores estará pronto.

O conde deu um tapa forte nas costas do professor. Então ergueu a taça de champanhe para Hermann.

— Aos tolos! — brindou. — Aos pobres e simples tolos!

Hermann fez uma reverência.

— Quanto dinheiro isso vai nos render, Hermann? — O conde gesticulou de um jeito que queria dizer "informe ao professor".

Hermann fingiu estar calculando a soma.

— Uns cem milhões de dólares, vossa excelência.

O conde assentiu para Kerensky. *Está vendo?*, dizia seu sorriso triunfante.

O processador no cérebro de Kerensky trabalhava no máximo. Ele olhou infeliz para os planos do Acelerador Kerensky. Não havia desculpa para não construí-lo agora. Porque tudo em que ele se recusara a acreditar em relação ao conde era verdade. Ele era um criminoso, era implacável e não estava trabalhando pelo bem da humanidade. Era um monstro. Kerensky olhou com infelicidade para Hermann e para o conde. O que eles tinham feito esse tempo todo?

Hermann entregara o quadro para seu chefe, que rasgou o embrulho com o vigor de uma manhã de Natal. Ele ergueu a pintura enquanto tremia de triunfo.

Estar tão perto assim do quadro mais famoso do mundo devia causar alguma euforia em Kerensky. Mas ele já o vira várias vezes. O quadro sorriu para ele silenciosamente, pouco se importando se o tinha deixado mudo de horror.

Sete *Mona Lisas*. Como o conde sabia sobre as outras seis? Não foram surpresa para ele. Nem para Hermann. Kerensky lançou outro olhar nos planos do dispositivo do conde. Sentiu uma dor de estômago que, pela primeira vez, não foi fome.

O professor ergueu o rosto. O conde sorria para ele.

— Continue seu trabalho, professor — disse o conde, sorrindo com simpatia. — E aprecie o que vai fazer. Senão, vai morrer.

Capítulo 13

O pai da invenção

Anjinhos de tortura eram coisas estranhas. Funcionavam pelo mesmo princípio da prensa de flores, que era uma invenção linda capaz de preservar flores. Um anjinho não tinha uma tarefa tão alegre. Era um torno grande e ajustável que espremia bem devagar, esmagando e apertando o que fosse colocado dentro dele. Para garantir o sofrimento, a parte que espremia, esmagava e prensava tinha vários pregos, só para ajudar. Como a maioria dos implementos de tortura, aquele era de um tom sólido de preto. O que não impediu que aquele instrumento em particular adquirisse algumas manchas ao longo do tempo.

O Doutor olhou para os anéis presos nas mãos e fez uma careta.

— Mas já? — indagou o capitão Tancredi, estalando a língua. — Eu ainda nem comecei.

— Eu sei. É que suas mãos estão frias.

O Doutor olhou para o guarda, em um apelo mudo. O guarda empurrou a rapieira com firmeza, até o ponto familiar no pescoço do Doutor. Uma marca estava se formando.

O capitão recuou após prender os anéis. O Doutor estava sentado a uma mesa. A *Medusa* de Leonardo tinha sido pintada àquela mesa. Coisas maravilhosas e positivas aconteceram ali. E, em pouco tempo, o Doutor se lembraria para sempre dela como o motivo de achar incômodo amarrar os sapatos.

O capitão era todo sorrisos. Enquanto o conde Scarlioni tinha uma variedade enorme de sorrisos, o capitão só tinha um. E era cruel.

Havia um ar distinto de ameaça na situação. O Doutor a conhecia bem. Coisas ruins estavam prestes a acontecer. E o mais provável era que fosse com ele. A situação ficaria distintamente desagradável e, na melhor das hipóteses, ele acabaria desejando mudar de camisa. O grande truque era se lembrar de parecer despreocupado. Era fácil em situações medianas, mas era difícil gritar de um jeito despreocupado.

O que ele odiava em aparelhos de tortura medieval era que pareciam muito precisos. Dava para fugir de invasões mentais e coisas similares, bastava compor mentalmente haicais argolinos enquanto o corpo cuidava dos gritos. Os métodos mais grandiosos de tortura costumavam ter esse tipo de falha. O Doutor sempre vivia para ouvir um comentário ligeiramente irritado e rouco dizendo: "Aumente a força!". Em geral, significava que estava vencendo, mais ou menos. Tinham usado o que havia de mais potente no arsenal de sofrimento enquanto ele estava distraído, procurando sinônimos para "areia" e "pôr do sol". Um constrangimento terrível para seus torturadores.

Mas um anjinho de tortura? Ele sempre ficava impressionado por aquelas partes tão pequenas dos dedos, sem graça e meio bobas, poderem ser usadas para provocar tanta dor. Era um ato deliberado de humilhação. "Vamos machucar uma parte do seu corpo sobre a qual você nunca pensa." E aí, claro, você vai ter que aprender a viver sem ela.

Pobres polegares. Aquele pedacinho de evolução que permitira que ferramentas fossem feitas, que espadas e arados se erguessem, agora indicava que ele passaria o resto da vida tendo dificuldades para abrir vidros de geleia. Ah, bem, era melhor aceitar. O Doutor fez outra careta.

— Sensível desse jeito? — arrulhou o capitão. — Acho que vamos nos divertir.

— Isso é totalmente desnecessário, sabe.

Pesando tudo, o Doutor preferia o conde ao capitão. Parecia haver mais chance de conversa e de uma xícara de chá.

— Você torna isso necessário, Doutor — repreendeu o capitão Tancredi, piscando para o guarda. — Não quer me contar a verdade.

O guarda deu um sorrisinho quando o capitão se inclinou sobre os anéis. O guarda gostava dessa parte. Os gritos eram divertidos. Os resultados sempre eram extraordinários, mas o deixavam sem vontade de comer linguiça por uns quinze dias.

Os anéis começaram a girar. Primeiro, o da esquerda.

— Ah! — exclamou o Doutor. — Quer saber? Mudei de ideia. — Ele pareceu envergonhado. — Se tem uma coisa que não suporto é ser torturado por uma pessoa de mãos frias. — Ele se recostou na cadeira. — O que você quer saber?

— Excelente, Doutor — disse o capitão, com um sorriso, enquanto dava uma giradinha brincalhona nos anéis. — Quero saber como você viaja no tempo.

— É simples. — O Doutor tentou dar de ombros, o que, quando se está com um anjinho de tortura nos dedos, é quase impossível. — Sou um Senhor do Tempo.

O capitão Tancredi fez uma coisa incrível nesse momento. Havia um imenso leque de reações possíveis ao se ouvir que estava na mesma sala que um Senhor do Tempo. A mais simples era "O que é um Senhor do Tempo?", mas o Doutor também recebia vários sibilos de "Ah, o velho inimigo!", algumas tentativas constrangedoras de adoração e cartas de reclamação de historiadores.

Quando o Doutor contou para o capitão Tancredi que era Senhor do Tempo, o capitão simplesmente respondeu:

— E a garota?

O Doutor ficou alarmado pela virada repentina na conversa. Podia lidar com um ser espalhado pelo tempo, como Scaroth. O Doutor, apesar de todas as aparências, sabia o que estava fazendo. Mas Romana não passava de uma criancinha do tempo. Ah, sim, era muito inteligente, se vestia bem, de forma um tanto *chic*, era ótima companhia para dividir uma cela, mas ainda muito inexperiente. Nunca diria aquilo na cara dela, claro. Porque tinha medo de ela fazer alguma coisa impossivelmente inteligente para contrariá-lo. Mesmo assim, havia uma pequena chance de Romana cair nas mãos daquele dândi pantemporal, em 1979. Se acontecesse, o conde poderia fazer duas coisas abomináveis com ela. Poderia ameaçá-la ou, pior, jogar charme para ela. A grande fraqueza de Romana era o charme. Afinal, era por isso que permanecia com ele.

Ciente de que o Doutor estava divagando, o capitão deu outro aperto delicado nos anéis de ferro.

— A garota. A verdade, Doutor.

— Que garota?

Isso não daria mais certo. O conde apertou os dois lados e encarou o Doutor.

— O tempo está se esgotando, Doutor.

— De que você está falando? Estamos só em 1505, sabe.

O Doutor passara dos limites da impertinência. O capitão se preparou para dar uma girada forte nos anéis de ferro.

Finalmente, pensou o guarda. *A parte boa.*

— Tudo bem, tudo bem! — disse o Doutor, sem hesitar. — Eu conto.

Precisava enrolar para ganhar tempo. Tinha que encontrar um jeito de sair dessa. Não podia entregar Romana. Ah. Curiosidade genuína. Fazia maravilhas.

— Tem uma coisa que eu gostaria de saber primeiro. Como você se comunica pelo tempo com os outros fragmentos?

— Doutor — disse o capitão, com desprezo. — Sou eu quem faz as perguntas aqui.

É verdade, admitiu o Doutor, para si mesmo. *Mas a minha é boa, não é?*

O conde andou pelo château, rindo. Estava de muito bom humor. Conseguia sentir coisas se movendo na mente. Peças perdidas do quebra-cabeça indo para o lugar. Ele conseguira. O desafio que recebera muito tempo antes, tanto tempo, finalmente se aproximava de ser completado. Enfim entendia. Era mesmo uma questão de botar os pingos nos is e os traços dos tês.

E percebeu, ao fazer uma pausa em frente a um dos céus ferventes de Turner, que isso incluía construir a máquina do tempo mais complexa que aquele mundo já vira. Que veria em toda a existência.

Seu sorriso hesitou e sumiu. Tudo ficaria bem. Kerensky, mesmo sendo muito irritante, faria o serviço. Ele tinha uma mente brilhante. Scarlioni havia se certificado disso. Executaria os novos planos. O conde vira o professor trabalhando e pensara: "Sei o que é isso".

Às vezes, crianças repetiam de ano. Acontecia. Você as tirava de uma escola e colocava em outra. Elas ficavam em um ambiente desconhecido, cercadas de colegas novos e complicados, e o professor começava a explicar a matéria. No começo, a criança não entendia uma migalha do que estava sendo dito. Em seguida, vinha a percepção: "Eu sei isso. Já fiz isso". Depois, a criança lançava um olhar rápido para os colegas, que não eram mais estranhos e apavorantes. "Pobres tolos. Não sabem de nada." No fim da aula, o tédio tomara conta, e a criança estava brincando com a caneta e botando fogo na mesa.

Da mesma forma, o conde Carlos Scarlioni percebeu que, no começo, acompanhava o trabalho de Kerensky e o corrigia instintivamente. Não achou isso alarmante. Era o que tinha que fazer. Mas o chefe tinha superado o professor.

Era tudo parte do plano. O plano estava funcionando perfeitamente. Havia sete *Mona Lisas*. Havia sete compradores. Equipamentos seriam adquiridos, força podia ser alocada, representantes do governo podiam ser subornados, empregados de usinas hidrelétricas receberiam para não fazerem greve. Tudo seguiria o plano maravilhosamente, e o mundo, em algum momento, nunca mais seria o mesmo.

Ele percebeu que Hermann estava ao seu lado e pediu que levasse mais champanhe para a biblioteca. *Eles nunca vão sobreviver a tudo isso*, ele pensou, com tristeza.

Uma dúvida irritante surgiu em sua mente. Alguma coisa estava errada. Estranhamente fora de harmonia. Não, alguma coisa estava errada cinco séculos antes. Aquele Doutor, aquele tolo falastrão. Tinha alguma coisa a ver com ele. A incerteza cresceu na mente de Scarlioni. Fora um sonho? Só isso?

Hermann viu o conde se afastar.

Estava intrigado. Essa devia ser a noite mais feliz da vida dele. Mas, pela primeira vez, seu mestre não parecia feliz.

A condessa reparou na mudança no marido.

Carlos entrou na sala e mal prestou atenção nela. Heidi colocara a bolsa de gelo na testa de forma teatral e estava fazendo sua careta mais corajosa. Carlos iria até ela, ficaria de joelhos ao lado do divã, beijaria o hematoma em sua testa e juraria, muito firmemente, que aquilo não estragava a beleza dela. "De qualquer modo, *ma chérie*", ronronaria ele, "a verdadeira beleza é a que está por dentro."

Volta e meia, a condessa se permitia esse tipo de devaneio romântico. Com frequência parecia que estava vivendo em um. Dava para viver na Suíça, cercada de dinheiro, e não ter nenhum romance. Só que ali estava ela, com um palácio fabuloso e um marido lindo, estonteante e inteligente. Os dois eram as estrelas da sociedade parisiense, além de estarem cometendo o maior crime que o mundo já vira.

Pensou que era tudo gloriosamente romântico. Mas Carlos às vezes se comportava como se fosse um ator interpretando um papel. O que se passava na cabeça dele? De vez em quando, Heidi tinha vontade de perguntar, mas a pulseira coçava, e ela acabava pensando em outra coisa.

Hermann levou champanhe em uma bandeja de prata que um integrante das Cruzadas havia pilhado em Jerusalém. Carlos deu um sorriso sardônico enquanto ele e a esposa comparavam informações sobre a fuga de Duggan e seus cúmplices. Estava incrivelmente claro que o idiota inglês fizera o melhor que um tolo podia fazer: encontrara amigos inteligentes. Mas e daí? Eles não importavam. Hermann garantira que os melhores policiais corruptos de Paris estavam à procura deles cidade afora. O grupo logo seria levado para lá, debatendo-se, gritando e sujando o tapete.

Em tom de piada, a condessa até sugeriu entregar uma conta para o mais extravagante dos três. Como era mesmo o nome dele? O Doutor, não era? O conde sorriu ao ouvir aquilo e repetiu o nome, primeiro com uma gargalhada, depois, em um tom mais grave. O que o estava perturbando? Déjà-vu ou alguma lembrança esquecida?

A condessa pediu que ele não se preocupasse. Afinal, a parte difícil, a parte audaciosa, tinha acabado de acontecer. A *Mona Lisa* praticamente se roubara sozinha. Os melhores ladrões da França estavam descendo por uma vala até o rio Sena. Tudo ia maravilhosamente de acordo com o plano.

De acordo com o plano? Carlos assentiu. Estava olhando pela janela, observando as luzes cintilantes da maravilhosa cidade. Na longa história de Paris, era raro as coisas acontecerem de acordo com o plano, a não ser que você fosse implacável e determinado. Para um plano funcionar, tinha que ser extraordinariamente preciso. Eles não tinham deixado nada nas mãos da sorte. O conde coçou um ponto acima do olho direito e andou até o espelho. Olhou para o rosto e tentou entender o que havia de errado. Faltava alguma coisa. A ausência era clara, e estava incomodando a condessa. Hermann também olhara para ele de um jeito estranho. O conde observou o reflexo e não conseguiu descobrir o que era. Dois olhos, nariz reto, boca, orelhas, cabelo. Mas alguma coisa estava fora do lugar. Ah, era isso. Em algum ponto do caminho, tinha perdido o sorriso.

E, por mais que tentasse, o sorriso não voltava.

— Por que você ainda está preocupado, meu querido? — A condessa apareceu, passando um braço pelo ombro dele enquanto tragava na piteira. Os olhos dela brilhavam como pedras preciosas. — Temos a *Mona Lisa*! Conseguimos! Pense em como ficaremos podres de ricos.

— Riqueza não é tudo.

Heidi é mesmo uma criatura mesquinha, Carlos se viu pensando.

A condessa recebeu bem o fora. Claro. Que coisa mais burguesa, falar de dinheiro em um momento desses.

— Que realização — murmurou ela. — Ah, eu sei, que realização!

Então deu um tapinha carinhoso no queixo do marido.

Ele afastou a mão dela com delicadeza e se virou para encará-la.

— Realização? — Ele olhou para trás dela, para o céu de Paris. — Você fala em realização porque roubei a *Mona Lisa*?

Ele riu, e alguma coisa naquela risada provocou um arrepio na condessa. Fazia muito tempo que não faziam Heidi se sentir idiota.

— Você consegue imaginar como um homem se sentiria se fosse a causa da construção das pirâmides? Do mapeamento dos céus? Responsável pelo movimento dos planetas? Se criasse a primeira roda! Se revelasse à humanidade o verdadeiro uso do fogo. — O conde olhou para Paris e percebeu que a cidade, afinal, não era nem um pouco importante. — Se tivesse criado uma raça inteira do nada. Para salvar a própria raça.

A condessa estava perplexa. Carlos estava se comportando de um jeito estranho. Estava esperando que ele talvez sentisse certo anticlímax, mas isso era outra coisa. A secura e a calma tinham sumido. Ele tremia de fervor. Heidi sentiu uma emoção repentina. Talvez aquele crime fosse apenas uma forma de abrir uma porta para alguma coisa mais chocante, talvez até mais ousada. Mas também estava intrigada.

— De que você está falando, meu querido? Ninguém pode conquistar tudo!

— Eu não quero tudo.

Carlos não parecia estar ouvindo. O tom do marido soava estranho aos ouvidos dela. Ao mesmo tempo magnânimo e humilde. Como um homem rico barganhando com a morte. Era isso. Eles tinham um quadro disso em algum lugar. Claro que tinham. Vários.

— Só quero uma única vida... a vida do meu povo.

Povo dele? O que era aquilo tudo? Carlos estava tentando contar alguma coisa sobre a verdadeira origem de sua família? Seria possível? A obsessão por riquezas, a recuperação de obras de arte escondidas. Falando absurdos que pareciam o mito do Judeu Errante. Sério? Era isso mesmo que ele estava tentando dizer? Por que se dar ao trabalho de manter uma coisa dessas em segredo? Como se ela fosse se importar. Não podia haver segredos entre eles. Ela adotou um tom bajulador.

— Você está se sentindo bem, meu querido?

— Estou.

O conde estava anos distante. A sala sumia ao redor dele. Pequenos ganchos puxavam os cantos de seu cérebro. Ligações estavam se formando. Aquele corpo estranho, aquele rosto terrível, aquele mundo idiota... era tudo besteira.

Heidi observou Carlos, preocupada. Não era a primeira vez que ele ficava assim. Certa vez, ela o encontrara deitado no chão de um quarto de hotel em Genebra, descartando todas as tentativas de ajuda. O médico do hotel chamara aquilo de *petit mal* e dissera para ela não se preocupar. Ele tinha razão. Passou sem deixar efeitos colaterais. Coisas assim aconteciam a grandes homens. Ela devia ter percebido que aconteceria, a concussão causada por aquele idiota do Duggan era o tipo de coisa que despertava essas reações. Ela devia ter reconhecido os sinais. Essa estranha euforia era a última maré antes da chegada da grande onda. O distanciamento e o tremor, a divagação. Em momentos assim, ele parecia muito pequeno, muito humano. Heidi precisava estar sempre com ele, mas, agora, era como se o conde não estivesse ali.

O conde só conseguia ouvir uma palavra. A palavra que queimava todos os caminhos de seu cérebro.

Scaroth.

Ele se controlou, com dificuldade.

— Não se preocupe. Estou me sentindo bem. Por favor, agora nos deixe a sós.

— Nós quem? — A condessa levou um susto.

— Eu! — gritou ele, desesperado. — Por favor, me deixe sozinho!

Ele sabia que a esposa só estava querendo ajudar, querendo consolá-lo e abraçá-lo. Havia uma bolsa de gelo. Havia champanhe. Havia um divã. A mulher ficaria toda preocupada, como se ele fosse um cachorrinho mimado. Por que não ia embora?

— Me deixe sozinho! — disse, com rispidez, e, então, com uma tentativa horrenda de sorriso, aliviou o tom. — Volto a procurá-la em um minuto.

A última coisa que ela queria fazer era deixá-lo naquele estado. Não naquele momento.

— Tem certeza de que não há nada que eu possa fazer?

— Vá! — gritou ele, balançando as mãos na direção da porta. O conde não se virou nem olhou para a esposa. A voz não passava de um grunhido. — Vá.

Ela tentou não ficar magoada, mas ficou. Era irritante não ter permissão de ser solidária. De mostrar seus sentimentos mais gentis e verdadeiros. Se vivessem em um romance, o marido teria deixado que ela cuidasse dele. Mas não. O conde sempre a mantinha longe. Sempre.

Heidi pegou a taça e saiu da sala, tomando o cuidado de bater a porta ao passar.

Carlos não ouviu. As luzes de Paris já tinham sumido. Tudo tinha sumido, exceto a eternidade. Tudo se unia em uma única palavra linda, que dava sentido a tudo.

Scaroth.

Cinco séculos antes, o capitão Tancredi estava hipnotizado pela mesma palavra, pelo fluxo de pensamentos surgindo em sua mente. A ligação estava se formando, mas, naquele momento, era meio inconveniente. O que antes fora um gotejar de pensamentos agora era uma enxurrada, os fatos disparando pela mente, desde o começo da história até o fim.

Tancredi começava a tremer. Levou a mão ao rosto, sentindo pela primeira vez o quanto era irreal e desnecessário. Ah, que vontade de arrancá-lo e mostrar àqueles tolos o que ele realmente era.

— Você está bem?

Aquele era o Doutor, ainda tagarelando sem parar.

Não podia mostrar sua fraqueza para o Doutor.

Tancredi, oscilando de leve, pigarreou e olhou ao redor, procurando o Doutor. Por um momento, ficou cego, e, quando a visão clareou, não havia sinal dele. Tancredi percebeu que, de alguma forma, tinha se virado e estava olhando para uma medusa pintada. Então tremeu. Havia quanto tempo estava em transe? Segundos, esperava.

Scaroth!

Não. Ele se concentrou no Doutor, ainda sentado ali, sorrindo, balançando o anjinho de tortura em um aceno simpático. Tancredi se aproximou. Sobre o que estavam conversando?

— Continue, Doutor — disse, com a boca seca.

Era uma fala segura. Sim. O Doutor estava especulando sobre como exatamente seus vários fragmentos se comunicavam. E, então, aquilo acontecera. Como se ele pudesse adivinhar. Como era possível? Mesmo para uma raça tão antiga e cruel quanto os Senhores do Tempo?

— Você estava dizendo que as interfaces da sequência do tempo eram instáveis. Eu sei disso! — Tancredi grunhiu com irritação.

O guarda olhava para ele, tenso. O capitão fez um sinal para ele não se preocupar. Não queria ajuda nem ser queimado como um demônio. Não agora. Ele bateu com os punhos na mesa, desesperado.

— Me conte alguma coisa útil, Doutor!

Ele se inclinou para a frente, para apertar os anéis, e aquela voz gritou de novo, fazendo-o saltitar como uma marionete.

Scaroth!

— Espere — pediu a si mesmo. Mais alguns momentos com o Doutor, e teria alguma uma coisa de valor real para compartilhar. Estava interrogando um Senhor do Tempo! — Espere — implorou.

— Tudo bem — disse o Doutor.

— Não você! Continue falando, Doutor.

Scaroth!, chamaram as vozes, de novo.

— Um momento — balbuciou.

O Doutor era um Senhor do Tempo, uma raça tão antiga quanto os Jagaroth. Mas sabia-se muito pouco sobre eles... Eram uma raça de observadores hostis e reservados. Como viajavam pelo tempo? Tudo era um mistério. Um mistério que ele poderia resolver naquele exato momento, com o instrumento de tortura.

Ele cambaleou furioso até a mesa e ficou de pé em frente ao Doutor, tremendo. Umedeceu os lábios, ou tentou. Alguma coisa estava errada. Onde estava sua língua? Nas extremidades da visão embaçada, viu o guarda se encolher. O sujeito tinha visto muita coisa e teria que morrer.

— Ele é sempre assim? — sibilou o Doutor para o guarda.

— Não é meu trabalho reparar — sibilou o guarda em resposta, quase sem esconder a preocupação.

— Ah — disse o Doutor, solidário.

Tancredi se apoiou na mesa e fez sinal para o guarda se aproximar.

— Segure-o!

O guarda, com um leve gesto que indicava um pedido de desculpas, levantou a rapieira.

No passado, por motivos bem complicados, o Doutor tinha sido banido do Playground Aventura no Zoológico de Whipsnade. No entanto, o que aprendera no escorrega de cordas foi útil quando levantou o anjinho de tortura da mesa e o levou até a ponta da espada. Com uma destreza que impressionou o Doutor mais do que a qualquer outra pessoa, ele enfiou o instrumento na rapieira sem perder nenhum dedo. Então, deslizou os anéis de ferro até a base. Enquanto o guarda, intrigado, tentava se afastar, a espada se quebrou com um estalo satisfatório. O Doutor pensou: *Sempre use a força do inimigo contra ele próprio. E pague os centavos a mais pelos confeitos do sorvete Mr. Whippy*. Eram duas boas regras para seguir na vida.

O guarda ficou ali, sacudindo o cabo sem espada, o rosto suíno desabando em uma infelicidade infantil. Então partiu para cima do Doutor, que se abaixou, sorriu e o fez tropeçar com a parte plana da lâmina da espada. O guarda caiu em cima do capitão Tancredi, que nem pareceu notar.

O Doutor se moveu depressa. Encolheu os ombros, deixou a lâmina cair no chão, enquanto abria os anéis de ferro com os dentes e, com o que esperava ser um tombo calculado, rolava contra a porta da TARDIS.

O guarda estava logo atrás, e, em ocasiões assim, a chave da TARDIS era difícil de encontrar. Levantando a mão para fazer o homem parar, o Doutor tateou os bolsos depressa. Bolso da camisa, externo da esquerda do paletó, interno da esquerda do paletó, externo da direita do paletó, interno da direita do paletó, da direita da calça, da esquerda da calça, os dois de trás, ah, caramba...

A porta se abriu.

— Bom garoto, K9 — ofegou o Doutor, caindo dentro da TARDIS e fechando a porta atrás de si.

O guarda bateu na porta da TARDIS com o cabo da espada. E parou. Havia alguma coisa estranhamente tranquilizadora naquela caixa.

— Capitão! — exclamou ele.

Mas Tancredi nem pareceu reparar. O rosto dele estava retorcido de infelicidade e de alguma coisa pior. Estava todo torto.

— Nos deixe a sós!

— Nós quem? — O guarda olhou ao redor, sem entender.

— Eu — respondeu Tancredi, com desprezo, enrugando a testa. — Me deixe sozinho!

O guarda teve a sensação inteligente de que preferia estar em qualquer outro lugar, fez uma saudação, deu meia-volta e só parou quando chegou a Pádua.

Scaroth!

O capitão Tancredi caiu dentro de si. No começo, era uma confusão aleatória de pensamentos pulando de um lado para o outro, uma torrente frenética de rostos e identidades.

No Vaticano, um papa deixou o cálice cair no chão e se virou de costas para os cardeais. Estava falando em línguas de novo.

Um participante das Cruzadas parou no meio da invasão a Jerusalém.

Na Irlanda, uma abominação amarrada no poste gritou, enquanto as chamas subiam ao seu redor.

No Senado de Bizâncio, amigos tiraram rapidamente um senador do aposento.

Em um *palazzo* veneziano, um nobre inglês falava enquanto dormia.

Em uma casa nos arredores de Atenas, escravos ignoraram os gritos do mestre.

No Egito, um grupo de trabalho parou o serviço na Grande Pirâmide de Quéops. A figura horrível do arquiteto estava no alto da pirâmide, gritando para o céu.

Na Babilônia, um astrônomo caiu de cara em seus mapas celestes.

Nas margens do Eufrates, a primeira roda caiu das mãos do inventor.

Em uma caverna, o primeiro a fazer fogo falou com o fogo, e o fogo respondeu. A tribo observou, espantada.

Era como o primeiro dia de sol depois de um inverno sem fim. Todos os pensamentos se amontoavam, dimensões adicionais se torcendo e misturando. Perguntas se respondendo sozinhas. Havia tanta luz.

Os Scaroth tinham um tipo de litania. Era recitada conforme chegavam e entendiam a situação. Alguns dos fragmentos sabiam exatamente quem eram e qual era seu papel no grande propósito. Outros estavam perdidos nas identidades e achavam o processo chocante. Só conseguiam entrar na *gestalt* em sonhos. Mas também trabalhavam pelo propósito. Cuidavam para que fosse completado.

Scaroth. Estamos aqui.
Juntos, somos Scaroth.
Eu sou Scaroth. Muitos unidos em um.
Os Jagaroth viverão em mim.
Juntos, guiamos essa raça medíocre,
esses humanos, demos forma ao destino miserável
para que servisse aos nossos objetivos.
Em pouco tempo, seremos.
Os séculos que me dividem serão desfeitos.
Os séculos que me dividem serão desfeitos.
Os séculos que me dividem serão desfeitos.

Dentro da TARDIS, o Doutor e K9 viram Tancredi falando aquela última frase sem parar, cambaleando pelo ateliê de Da Vinci, jogando cadeiras para o lado, derrubando mesas e quebrando modelos de valor inestimável até virarem gravetos. Obviamente, a interface não era a única coisa instável.

O Doutor sugou o polegar com carinho e acariciou K9. Ele não conseguiu encontrar Leonardo, mas aprendera uma coisa ou duas mesmo assim. E provocara confusão.

— Missão cumprida — disse, rindo.

Sentindo-se satisfeito consigo mesmo, o Doutor ativou o Botão de Retorno Rápido e fez a máquina sair voando na direção da França do século XX. Se tivesse sorte.

Enquanto caía pelo Vórtice Temporal, o Doutor percebeu o que deveria ter feito. Deveria ter saído da TARDIS e argumentado com Tancredi. Dito a ele que os Senhores do Tempo estavam de olho em Scaroth, e que ele precisava abandonar o plano na mesma hora, antes que o atacassem com toda a pompa e circunstância. Principalmente pompa.

Mas o Doutor estava começando a perceber que tinha deixado Scaroth com a impressão de que ele e Romana eram apenas andarilhos amadores. O que podia ser verdade, mas não era nada útil.

Não, devia ter voltado e dito alguma coisa. Naturalmente, os franceses tinham uma expressão para isso. A arte de chegar a uma resposta sentenciosa um pouco tarde demais. *L'esprit d'escalier*. Uma coisa da qual os Daleks não tinham um pingo.

Tancredi estava atordoado, debatendo-se, tentando desemaranhar o emaranhado de pensamentos. Tinha chegado muito perto, muito perto de dar a eles o segredo da viagem no tempo, arrancado de um Senhor do Tempo. E havia falhado.

Foi tirado momentaneamente da *gestalt* por uma caixa azul grande dizendo "Bu!". A caixa gritou para ele e desapareceu. O universo suspirou de alívio. Tancredi ficou boquiaberto e impressionado, mas foi sugado outra vez para o abismo.

Cinco séculos depois, o conde Carlos Scarlioni emergiu da *gestalt* e viu que estava na biblioteca. Sabia muita coisa agora. Parte do conhecimento sumiria, mas desta vez, ah, sim, desta vez havia alguma coisa a que se agarrar.

— O Doutor — murmurou. — Então o Doutor tem o segredo.

O sorriso que deu foi amplo e faminto.

— O Doutor. E a garota.

Capítulo 14

Testemunha material

As exposições na galeria de arte de M. Bertrand passaram uma noite relativamente pacífica. E enquanto o amanhecer chegava a Paris, o mais novo e espalhafatoso item de exposição voltou com um baque feliz.

Depois de espiar pela porta, o Doutor finalmente viu que estava exatamente onde queria estar. Era pior do que ele pensava. Se a TARDIS tinha ido parar exatamente aonde o Doutor pedira que fosse, alguma coisa estava muito errada com o espaço-tempo.

As interfaces entre os doze segmentos de Scaroth estavam formando uma ligação casual pela história do planeta Terra. Isso significava duas coisas. A primeira era que a viagem no tempo seria moleza, desde que o Doutor não se importasse de encontrar um monte de lunáticos tagarelas usando peruca. E a segunda, que os planos de Scaroth estavam se concluindo.

— Os séculos que me dividem serão desfeitos? — murmurou para K9. — Não gosto de como isso soa. Nem um pouco.

Do lado de fora da galeria de M. Bertrand, ele fechou a porta. Ergueu a mão para o alarme acima da porta, viu os fios cortados pela chave de fenda sônica e os consertou, o tempo todo com cara de criança que não fez nada de errado, que não quebrou nada e se comportou muito bem durante toda a tarde.

— Os séculos que me dividem? — murmurou de novo, limpando as digitais da maçaneta.

Ele saiu correndo por Paris, preocupado.

* * *

O Doutor ainda estava preocupado quando passou pela frente da catedral de Notre-Dame. Chegou a um canto, parou diante de um café e inspirou. À esquerda, o Louvre; à direita, o château. Pensou em ir até lá e enfrentar o conde, com os dentes brilhando e tudo, torcendo para que alguma coisa viesse à mente. Ou podia verificar se a *Mona Lisa* não estava mais sorrindo feliz exatamente onde deveria estar. Talvez isso fosse uma boa ideia.

Com um pouco de tristeza, o Doutor decidiu fazer a coisa sensata primeiro. Sentindo que estava esquecendo alguma coisa, saiu andando para longe do café.

Dentro do café, Romana abriu os olhos e viu que alguém colocara uma xícara de café fresco na mesa. Ergueu o rosto com o olhar embaçado, perguntou-se por que o mundo doía tanto e reparou em *le Patron* andando placidamente por entre as mesas, varrendo as pilhas de vidro quebrado. Ela sorriu para o homem idoso. Ele deu de ombros, despreocupado, e continuou varrendo.

Romana tomou café devagar e se perguntou se Paris tinha coisas como sanduíche de bacon. Não havia sinal do Doutor. Por um lado, seria bom saber que não estava presa ali para sempre. Por outro, não sabia se conseguiria sobreviver à voz alta dele.

Olhou para Duggan, espalhado e dormindo profundamente sobre a mesa ao lado. Ele estava roncando. Pela primeira vez, parecia quase em paz. Romana percebeu que sorria com carinho para ele. *Duggan não é um homem ruim*, pensou, *mesmo com esse jeito meio rude. Não. Pare com isso. Você está ficando igual ao Doutor. Daqui a pouco, vai perguntar se podemos ficar com ele.*

Ela andou até o detetive que roncava. Reparou que *le Patron* também colocara uma xícara na mesa dele.

— Acorde — sussurrou. — Seu café vai esfriar.

Não houve resposta.

Ela bateu delicadamente no ombro de Duggan. Ele deu um pulo, puxou a arma do bolso e jogou a xícara de café no chão.

Romana fez uma careta. Tudo estava mais barulhento do que o necessário.

— O quê? — rosnou Duggan, virando-se para assumir uma postura de luta.

Le Patron varreu a xícara de café ao redor dos pés dele.

Romana entregou sua xícara a Duggan.

— Aqui. Tome um pouco de café.

Duggan bebeu um gole grande, limpou a boca com as costas da mão e voltou para a cadeira, abatido como um sabujo.

— Já chega. Estou acabado.

Ele lembrou o que o chefe dissera certa vez, em um tom mordaz: "Duggan, você é o tipo de sujeito que não consegue cair da cadeira sem errar o chão". Duggan sempre achara aquilo meio injusto, mas ali estava ele.

— Fui enviado a Paris para verificar se tinha alguma coisa estranha acontecendo no mundo da arte. E o que acontece? A *Mona Lisa* é roubada debaixo do meu nariz. Estranho é pouco.

Ele tomou outro gole do café de Romana e colocou a xícara na mesa. Ela esticou a mão para pegar, esperançosa. Estava irritantemente vazia.

— Ah — disse ela, secamente. — Quando você tiver terminado o café, é melhor irmos recuperar a *Mona Lisa*, não é?

— Qual delas? — resmungou o detetive, um pouco alto demais para o gosto de Romana. — Já vi sete! — O homem começou a dar batidas ritmadas com o punho na mesa. Ela desejou que ele não fizesse isso. — Sete! *Mona*! *Lisas*! — Ah, pelo visto, ele ia fazer. — O que vamos ver hoje? Vinte Torres Eiffel espalhadas por aí?

— A verdadeira *Mona Lisa* — murmurou Romana, entre dentes. — Vamos procurar a original.

— Mas como você explica as outras? — Duggan estava começando a balbuciar.

Romana fechou os olhos e pensou em se regenerar. Talvez fizesse a dor atrás das pálpebras sumir. Era assim com o Doutor, sempre perseguido e sobrecarregado de perguntas óbvias? E agora? O que faremos agora, Romana? O que significa tudo isso, Romana? Como salvamos o planeta, Romana? Ela contou depressa até dez milhões e respondeu.

— Ah, imagino que Scarlioni localizou os sete compradores, voltou no tempo, teve uma conversinha com Leonardo, fez com que ele pintasse mais seis, escondeu-as no porão de uma sala fechada com tijolos para que envelhecessem adequadamente, roubou a do Louvre e agora vai vender tudo para ter um lucro enorme. Parece razoável?

Ah, claro. Duggan fez uma expressão azeda.

— Eu fazia investigações de divórcio — murmurou, tristonho. — Nunca era assim.

Le Patron se aproximou trazendo uma xícara de café para Romana. O paraíso.

— Pelo que percebi — prosseguiu Romana, pensando em voz alta —, só tem uma falha na minha linha de raciocínio.

— Continue, me surpreenda.

Duggan esticou a mão para pegar o café dela. Romana bateu na mão dele.

— O equipamento de Kerensky não funcionaria de forma efetiva como máquina do tempo.

— Continue me surpreendendo.

— Bem... — Romana pegou dois cubos de açúcar. — Você pode ter duas sequências de tempo adjacentes acontecendo em velocidades diferentes, mas, sem um estabilizador de interface de campo, não dá para atravessar de uma para a outra.

— Um o quê? Não dá?

Ela bateu os cubos de açúcar um no outro. Eles continuaram, como Duggan, obstinadamente sólidos. Mas ela os largou no café e girou a colher até os dois estarem dissolvidos.

— Ou algo do tipo, eu acho. — Ela tomou um gole de café. — Venha, vamos até o château, onde pelo menos você vai poder bater em alguém.

Enquanto Romana e Duggan seguiam para o château, o Doutor atravessava uma rua movimentada do outro lado do Sena. Dois turistas pediram para ele tirar uma foto. Ele tirou e seguiu caminho pela Pont Neuf, apressado.

Apesar de os museus serem decididamente vaidosos em relação às coisas que expunham, eram reticentes a ponto de serem tímidos na hora de falar sobre as coisas que não tinham. O roubo da *Mona Lisa* estava prestes a se tornar a maior notícia do mundo, mas, de fora, o Louvre parecia normal. Talvez houvesse mais carros de polícia mal-estacionados ao redor do que de costume. Lá dentro, a galeria da *Mona Lisa* só tinha uma placa de "*fermé*", sem mais explicações. Alguém colocara um cavalete ali perto, anunciando quadros holandeses lindos de frutas apodrecendo, que os turistas decepcionados poderiam querer olhar. A maioria não queria.

Harrison Mandel estava se sentindo um tanto intimidado por Elena.

Como a maioria dos parisienses, ela não parecia ter emprego, ou, se tinha, parecia envolver ir a um escritório, dar beijinhos nas bochechas de algumas pessoas e sair para tomar café. A mulher tinha uma quantidade infinita de tempo para arrastá-lo para ver arte, na esperança de ele ser arrebatado.

A maioria das obras era bonita, mas Harrison não ligava muito.

Estava com medo do Louvre. Parecia muito grande. Havia tantas coisas sobre as quais Elena diria tantas coisas inteligentes e esperaria que ele dissesse alguma coisa vagamente coerente. Ele se esforçaria, murmuraria, constrangido, e seria arrastado para a peça seguinte. Em algum lugar dentro do Louvre estava o que Elena passou a chamar de "aquele momento perfeito de beleza em Paris que mudaria a vida dele para sempre". E ele tinha a horrível desconfiança de que não parariam até encontrar. *Na verdade*, pensou Harrison, *eu gosto das coisas como estão*.

Quando eles se aproximaram do Louvre, Harrison não pôde deixar de reparar em todos os carros de polícia estacionados.

— Ah, deve ser uma greve da polícia — comentou Elena, como se fosse uma ocorrência comum.

Quando eles se aproximaram, Harrison reparou em várias pessoas preocupadas murmurando do lado de fora.

— Ah, deve ser uma greve da equipe de funcionários do museu — comentou Elena, como se essas coisas fossem corriqueiras.

Quando se aproximaram mais, Harrison viu um repórter com uma equipe de filmagem.

— Ah, deve ser a *Mona Lisa* que foi roubada de novo — comentou Elena, como se fosse uma coisa a menos com que se preocupar.

* * *

Enquanto o Doutor estava correndo, reparou nos carros de polícia do lado de fora. Havia um impasse entre a polícia e um controlador de trânsito. O Doutor passou e ouviu:

— A *Mona Lisa*… roubada.

E saiu correndo para o museu.

Como madame Henrietta contaria depois para seus gatos, não teve muito a fazer naquele dia. Infelizmente, poucas pessoas estavam interessadas no passeio guiado exclusivo, luxuoso e seleto para ver os Tesouros do Louvre (com exceção da *Mona Lisa*). Paciente, ela explicou a seus queridinhos peludos que aquele podia ser o último salmão que eles comeriam por um bom tempo.

— Se a *Mona Lisa* não for encontrada — disse, suspirando —, vamos todos comer sardinha em lata.

Os gatos olharam para ela com uma expressão vaga e continuaram comendo o salmão. Haveria mais salmão. Eles sabiam disso.

Para madame Henrietta, foi um dia horrível e estranho, e mais ainda por causa da reaparição repentina daquele homem horrivelmente estranho de cachecol.

— Ele me deixa apavorada — contou aos gatos. — Vocês não gostariam dele.

Os gatos concordaram. Ele parecia o tipo de pessoa que preferia cachorros.

Madame Henrietta não teve mais nada a fazer além de andar ansiosamente ao redor de alguns detetives, tentando arrancar o mínimo de fofoca. Até o momento, eles tinham ignorado suas tentativas de conversa. Levou um susto quando o Doutor se materializou de repente ao seu lado.

— Com licença! — gritou ele, dirigindo-se a Henrietta no que parecia uma tentativa fracassada de sussurro.

Madame Henrietta soltou um gritinho abafado.

— Você viu duas pessoas tentando impedir o roubo da *Mona Lisa*, ontem à noite?

— *M'sieur?* — Madame Henrietta arfou.

Ela viu um detetive se virar de repente e reparar neles. Isso poderia ser desastroso. Querer saber tudo sobre o roubo do quadro era uma coisa. Outra bem diferente era uma guia autorizada de passeios luxuosos, exclusivos e selecionados ser acusada de envolvimento. Desastroso.

Se aquele excêntrico tinha informações, madame esperava que as passasse para ela com sutileza. Mas o homem parecia estar tentando fazer um avião pousar. Tinha a aparência de um retrato de Toulouse Lautrec que ganhara vida e passara por algumas dificuldades. O homem não tinha ideia de como ser qualquer coisa que não o centro das atenções.

— Eu perguntei — gritou ele, balançando as mãos — se você viu uma garota bonita e tagarela e um jovem que bate nas coisas?

Ele fez uma mímica de bater. Madame Henrietta deu um gritinho. O detetive que os observava cutucou o colega. Os dois começaram a olhar na direção deles, e a destituição de madame Henrietta foi ficando mais próxima.

— Eu sabia que o quadro seria roubado — informou o homem a ela e ao aposento todo. — Assim que soube que o roubo aconteceria, mandei meus amigos para impedi-lo, o que, obviamente, não conseguiram fazer. Não dá para contar com ninguém. — Ele fez uma expressão de dolorosa irritação. — Você viu para onde eles foram?

Madame Henrietta percebeu que os detetives estavam cutucando os colegas. Estavam deixando os cafés de lado e se aproximando.

— Não, *m'sieur* — respondeu, mais do que depressa. — Mas acho que talvez o senhor devesse falar com a polícia. Estão ali, eu acho...

— Ah! — O homem a ignorou e fez um som de descaso que soou maravilhosamente francês. — Não, desculpe, não tenho tempo. — O homem apertou a mão dela, deu um passo atrás e exibiu o sorriso mais bonito que ela já tinha visto de "vai ficar tudo bem". — Eu adoraria parar para conversar, mas tenho que pensar na raça humana... Tchau!

Com um aceno, o estranho saiu.

Vários detetives o viram ir embora. Um bebeu o resto do café que tinha na mão e o seguiu, correndo.

Para seu alívio, madame Henrietta se viu sozinha em uma galeria completamente vazia, vagamente ciente de que uma coisa muito mais emocionante estava acontecendo lá fora. Por um momento, ficou meio triste. Mas já tinha se acostumado com a solidão.

— Aquele homem — disse ela mais tarde, para os gatos. — Ele estava no Louvre ontem, falando sobre o universo, e hoje estava preocupado com a raça humana. — Ela acariciou uma cauda relutante. — Sabe, acho que, secretamente, ele deve ser francês.

O Doutor seguiu pelas ruas labirínticas do Marais sem perceber que estava sendo seguido. Enquanto atravessava a multidão, parando para tirar uma foto ou outra para grupos de turistas, não sabia que sua descrição (um pouco mais exagerada a cada repetição) estava sendo espalhada por rádios de carros de polícia.

Um detetive estava sentado do lado de fora de um café, vendo o mundo passar por cima de um copo de conhaque. Ele viu o terceiro homem mais procurado de Paris caminhando e entrou para usar o telefone.

Tinha um recado para o conde Scarlioni. O Doutor estava chegando.

O Doutor encontrou o café sem grandes dificuldades. O lugar estava cheio de clientes matinais, alguns dando tapinhas nas costas dos outros com um jeito de quem desejava *bonne journée*, alguns fumando em cantos e outros reunidos em torno de uma televisão que, o Doutor não reparou, exibia a história do roubo da *Mona Lisa*, acompanhada de uma foto do quadro e de uma imagem muito granulada do que pareciam Romana e Duggan escalando um muro.

O Doutor foi até o balcão.

— *Patron*! — gritou. — Você viu as duas pessoas com quem vim aqui ontem?

Le Patron encarou o Doutor com uma expressão inescrutável.

— Você lembra — provocou o Doutor. — Fomos capturados e atacados várias vezes e quebramos coisas.

Le Patron deu de ombros, despreocupado. Pegou o gargalo de uma garrafa quebrada na mesa, encarou o Doutor fixamente por um momento e jogou em uma lixeira. Isso foi tudo que comentou sobre o assunto.

— Ah, entendo — insistiu o Doutor. — Você por acaso reparou para que lado eles foram?

Le Patron deu de ombros de novo e, com ar de quem não tinha escutado, andou lenta e pacientemente até um canto, onde remexeu em pedaços de papel enquanto bufava entre dentes. O Doutor foi deixado de lado. Ele não estava acostumado a ser ignorado. Mas Paris estava se saindo muito bem nisso.

— Obrigado — disse o Doutor para o nada. — Muito obrigado.

O Doutor olhou ao redor. É claro que eles voltariam para lá. Romana era sensata. Os dois chegariam a qualquer momento. Deviam estar fazendo compras, só isso.

— Eles não podem ter sido burros a ponto de voltar para o château.

Le Patron andou até ele e deslizou um pedaço amassado de papel em sua direção. O Doutor leu.

— Querido Doutor, voltamos para o chá...

Ele gemeu, enfiou o papel no bolso, acenou em agradecimento e saiu correndo do café.

O conde Carlos Scarlioni olhou para Romana e Duggan, os dois sob a mira de uma arma, por cima de uma enorme mesa de jantar com uma variedade enorme de pães e doces franceses. Tomou um gole de seu chá favorito e os observou com diversão benevolente, enquanto Hermann se vangloriava ao relatar a história da captura deles.

As roupas estavam sujas, e os dois pareciam infelizes. O mordomo os conduzira para dentro da sala, ambos com as mãos erguidas, enquanto o conde esperava os ovos cozidos por três minutos. Mesmo assim, a situação continuou divertida. Ele se serviu de mais um croissant, caprichando na manteiga antes de enfiar na boca.

— ... assim que os alarmes soaram, Vossa Excelência — dizia Hermann. Pela primeira vez, parecia estar se divertindo. — Ele estava com metade do corpo para fora da janela, e ela estava do lado de fora. — Romana e Duggan fizeram uma careta ao lembrarem. — Achei que o senhor podia querer falar com eles, então chamei os cachorros. — Um traço de arrependimento. — Eles não são nem um pouco profissionais, vossa excelência. — Hermann terminou o discurso com um estalo de língua repreensivo.

Romana estimou que o croissant, uma combinação delicada de farinha, ovo, açúcar e gordura, ofereceria um bom estoque de carboidratos complexos e cadeias de proteína. Isso devia impedir sua cabeça de tentar fugir de seu corpo. Romana dirigiu a Duggan um olhar mordaz. Ela encontrara o muro baixo, ela os fizera passar pelas garrafas quebradas presas no alto com cimento, ela os fizera atravessar com segurança o jardim ornamental descuidado, passando pelos pavões, e até encontrara uma pequena janela com uma tranca que se renderia de forma ideal à sua chave de fenda sônica. Estava pegando-a quando Duggan quebrou a janela e tudo deu horrivelmente errado.

Romana olhou para a mesa. Tinha lugar para vinte e quatro pessoas, pelo menos quatrocentos e setenta anos; algumas partes tiveram o verniz reaplicado no último século, uma das pernas fora substituída. Havia dois lugares arrumados. Em uma ponta da mesa, o conde, e, na outra, um prato com os restos de um único croissant cortado em fatias caprichadas. A condessa. Que estava fazendo um trabalho magnífico ao ignorá-los.

O conde partiu outro croissant, passou geleia e enfiou na boca. Estava com um humor excelente. Lambeu restos de geleia nos dedos e batucou alegremente no tampo da mesa. Quando falou, dirigiu-se a Romana com a doçura do mel.

— Minha querida, não era necessário vocês entrarem na minha casa com, bem, não podemos chamar exatamente de furtividade. Era só bater na porta. — O sorriso projetava setenta e três por cento afabilidade, misturada com um leve toque de reprovação social. — Eu estava ansioso para renovar nosso contato. Estava mesmo prestes a organizar grupos de busca.

— Escute, Scarlioni — interrompeu Duggan.

O conde tirou migalhas do roupão de veludo.

— Eu estava falando com a jovem.

Ele sorriu perigosamente. Levantou-se com cortesia e fez sinal para Romana se sentar ao lado dele.

A condessa, com frieza distante, virou a página do jornal e ignorou a sala toda.

Romana se sentou, com as mãos ainda erguidas.

— Já chega — disse o conde, gesticulando que ela podia baixar as mãos. Afinal, eram amigos.

Romana baixou as mãos, agradecida.

Duggan fez o mesmo, mas um cutucão cruel de Hermann o convenceu de que ele não estava incluído. Irritado, levantou as mãos de novo.

O conde ofereceu um prato a Romana e indicou a mesa com um gesto. Ela decidiu se servir do doce mais ridículo que conseguiu encontrar. Com tantas opções, acabou escolhendo o que parecia ser um barco de massa com carga de creme e tripulação de frutas brilhantes. Era irritantemente maravilhoso.

O conde se inclinou para a frente. A condessa fingiu não se importar, uma atuação magnífica.

— Minha querida — ronronou o conde, em um tom confidencial —, acho que você pode ser muito útil para mim.

Prossiga, pensou Romana. Podia estar presa no tempo vivendo uma aventura sozinha, mas não havia dúvida que seus vilões eram melhores do que os do Doutor. Davros por acaso servira um prato de frutas? Não mesmo.

— É melhor você não tocar nela — rosnou Duggan, perto da parede. Foi mais para dizer alguma coisa, Romana supôs. O coitado.

— Fique quieto — murmurou o conde, da mesma forma que falaria com um cachorro maltreinado.

— Obrigada — disse Romana para Duggan. — Mas eu cuido de mim mesma. Me sinto mais segura assim.

O homem pareceu magoado, mas Romana não percebeu. Acabara de descobrir uma fatia de kiwi. Deliciosa.

O conde estava observando Romana com um olhar atento e um sorriso simpático.

— E então, minha querida?

— Então o quê? — perguntou ela, de boca cheia.

— Acredito que você tenha um conhecimento altamente especializado que vai ser de imensa utilidade para mim.

— Quem, eu? — Romana parecia a própria imagem da inocência.

O conde se inclinou ainda mais para a frente, cativante e hipnótico. O sorriso era uma mistura perfeita de respeito e tristeza por ela não confiar nele.

— Estou falando de engenharia temporal. Acredito que você seja uma autoridade considerável em viagem no tempo.

— O que eu disse sobre isso foi só uma piada! — comentou Duggan, desesperado. — Ela não sabe de nada.

— Duggan está certo. Pela primeira vez, sei tão pouco quanto ele. — Romana largou o doce, relutante, e afastou o prato com firmeza. Quando falou, sua voz estava fria como sorvete. — E não sei mesmo de onde você tirou essa ideia.

— Não, não, não, isso não está bom — repreendeu-a o conde, com um sorriso. Ele fez uma pausa, com o leve constrangimento de alguém prestes a contar um segredo de outra pessoa. — Seu amigo Doutor deixou escapar.

— O Doutor! — Ele estava vivo. Mas... — Mas ele está... — Ah, ele podia estar em qualquer lugar.

— Na Florença do século XVI? — disse o conde, concluindo a frase dela com arrogância. — Sim. Foi onde eu... — ele tossiu — nós o conhecemos.

A condessa fez questão de não afastar os olhos do jornal. Se estava surpresa com a virada dos acontecimentos, não demonstrou de forma alguma.

O conde e Romana se encaravam. Apesar de os olhos dela não estarem com o brilho habitual, ele percebeu que Romana estava raciocinando freneticamente, encaixando coisas e se dando conta de outras. Como com a caixa-segredo chinesa, mais cedo. "Leve o tempo que precisar, minha querida", dizia o sorriso dele. "Temos muito trabalho para fazer juntos, e eu gostaria que começássemos nos entendendo perfeitamente."

Duggan limpou a garganta.

— Qualquer pessoa pode participar da conversa ou é preciso ter certificado?

O conde fez uma careta, como se tivesse ouvido um violino desafinado em uma orquestra.

— Hermann, se o inglês interromper mais uma vez, mate-o.

O mordomo assentiu com alegria. Duggan calou a boca.

O conde se levantou e, com cortesia elaborada, deu a volta e puxou a cadeira de Romana. A condessa observou aquilo tudo sem tecer um comentário.

— Agora, minha querida, talvez você queira descer comigo para examinar o equipamento com mais atenção.

Romana se levantou graciosamente.

— E se eu me recusar?

O conde escondeu um bocejo.

— Ah, eu vou ter mesmo que fazer ameaças vulgares? Vamos só dizer que vou destruir Paris, se isso ajudar você a decidir.

— E devo acreditar que você é capaz disso?

— Bom — retrucou o conde, sorrindo de forma provocativa. — Você só vai saber depois que der uma olhada no meu equipamento, não é? — Ele levou Romana até a porta e indicou Duggan. — Hermann, traga-o.

Deixada sozinha, a condessa observou os restos do croissant e prendeu um cigarro na piteira, mas não o acendeu.

Para o professor Nikolai Kerensky, foi a gota d'água. Poucos meses antes, havia fila de espera para seus seminários. Agora, ele era obrigado a ficar nos fundos do próprio laboratório enquanto uma estudante avaliava seu trabalho.

O conde entrou com os dois estranhos. O homem estava maltrapilho e emburrado, como se estivesse em um dia ruim com a primeira teoria da relatividade. A garota parecia entediada, como se estivesse dando uma volta para dar uma olhada educada em um divã que tinha sido reestofado.

Kerensky estava prestes a interromper, mas o conde deu seu sorriso mais perigoso, e Nikolai se lembrou da arma que Hermann estava apontando para o sujeito que mais parecia um homem das cavernas.

Quando o conde entrou, Kerensky se armou com tudo que tinha para entregar: conhecimento. Tinha motivos para não ter começado a trabalhar no Acelerador Kerensky. Não desculpas, mas motivos. Tinha perguntas válidas, preocupações, questões e coisas que precisavam ser discutidas. Ele não passou do "mas". O conde mal deixou o professor começar a falar. *Isso não importa, não agora. Essa jovem vai dar uma olhada no seu trabalho e me dizer o que acha.*

Era uma humilhação imensa. Desanimado, Kerensky se sentou em um banco.

— Ele é capaz? — sibilou o símio amarrotado.

— De quê? — perguntou a estudante, cutucando um compressor.

— De destruir Paris.

— Com isso? — Ela fez um ruído debochado.

— É.

— Sem derramar um pingo de suor. — Ela recuou, o nariz franzido de nojo.

Destruir Paris? Que baboseira. Kerensky tinha que fazer alguma coisa. Ele se levantou, mas o sorriso do conde o fez voltar para seu lugar na mesma hora. O Processo Kerensky, de acordo com uma crença válida do professor, era a chave da salvação da humanidade. O Experimento da Galinha nº 1 provava isso. Graças ao conde, as coisas tinham dado uma guinada preocupante, era verdade, mas destruir Paris? Que acusação horrível. Como se ele, Nikolai Kerensky, fosse permitir uma coisa dessas. A garota precisava ser denunciada. O conde tinha que perceber o absurdo das palavras dela.

Mas ela continuou falando, com certo ar de descaso.

— Se ele quisesse, poderia explodir a cidade toda usando um campo de tempo instável.

Ah, sim, nisso Kerensky concordava com ela. Mas seria preciso muito esforço. Tinha que dar uma resposta.

O grandalhão riu da garota com deboche.

— Você não acredita de verdade nessa besteirada de viagem no tempo, acredita?

— Você acredita que a madeira vem das árvores? — perguntou a garota.

— O que você quer dizer?

— É só um fato da vida que se conhece desde a infância — explicou ela, suspirando.

Apesar da raiva que sentia, Kerensky gostou da resposta. Talvez, apenas talvez, quando tivesse refutado completamente as alegações dela, permitisse que a garota se juntasse à sua equipe de pesquisa.

O conde interrompeu todos eles.

— Agora você acredita no que eu disse, não acredita, querida?

A garota se virou para ele.

— Que você pode destruir Paris? Sim.

Era o suficiente. Kerensky precisava, ou melhor, fazia questão de uma explicação.

— Que conversa é essa de destruição? O que vocês estão fazendo com meu trabalho?

O conde tossiu, como se para encobrir um leve constrangimento social provocado por uma criança, e deu seu sorriso mais convidativo para Kerensky.

— Quer saber, professor? Vou mostrar. Talvez você queira examinar o gerador de campo?

O conde usara exatamente o mesmo tom no primeiro encontro deles, quando o convidara a examinar a carta de vinhos de sobremesa. Parecia que já havia se passado tanto tempo.

O professor saiu do banco onde estava e andou a passos rígidos até o gerador de campo, usando toda a dignidade que conseguiu reunir. Embora seu trabalho tivesse sido questionado, ele estava realmente intrigado. Apesar do ar tenso de ameaça no cômodo, talvez, só talvez, a garota e o conde tivessem descoberto alguma coisa, alguma fraqueza possivelmente danosa no gerador de campo. Afinal, era possível que ele, Nikolai Kerensky, tivesse deixado passar alguma coisa. As horas infinitas de trabalho, a privação de sono... Bem, se houvesse alguma falha, teria que aceitar a culpa. Em parte.

Mas não. Não havia nada errado. Como imaginara.

De pé no coração do dispositivo, ele cutucou uma das três pontas acima de sua cabeça, só para ter certeza de que havia estabilidade. Sim. O Acelerador Kerensky estava funcionando perfeitamente.

Ele se empertigou, satisfeito ao ver o conde sorrindo para ele.

Então Scarlioni disse uma coisa que assombraria Kerensky pelo resto da vida.

— Agora você vai ver como eu lido com tolos.

E o conde mexeu em um interruptor.

— Não! — gritou Kerensky, desesperado. — Não esse interr...

Coça.

Por um momento, nada aconteceu. E então, por muitos anos, nada aconteceu.

Nikolai Kerensky demorou o resto da vida para morrer.

De pé no coração da máquina, olhando para aqueles quatro rostos que o observavam. Todos congelados, todos imóveis. Observando-o.

Uma vez por ano, um deles piscava. Faziam isso um de cada vez, como a mudança das estações. O homem burro, a garota inteligente e Hermann. O conde nunca piscava. Kerensky demorou aquele tempo todo para perceber que o conde nunca piscava.

Era um idiota por não ter reparado. Mas agora tinha tempo suficiente para repensar nos erros que cometera. Seu maior erro fora não construir um estabilizador de interface de campo. O conde pedira isso várias vezes, e ele sempre assentira, dizendo que estava na lista de coisas a fazer. Na verdade, era uma coisa complicada, e havia muitas outras coisas a fazer! *Afinal*, argumentou consigo mesmo, *por que seria preciso atravessar dois campos de tempo com o dispositivo funcionando?*

Mas ali estava ele, preso dentro do Acelerador em funcionamento e totalmente incapaz de sair. Do lado de fora da bolha, sua vida passava em um piscar de olhos. Ele tentou imaginar como devia ser para quem estava observando, suas feições borradas, os membros sacudindo, o cabelo ficando comprido, e a pele, frouxa.

Mas, dentro da bolha, a vida seguiu no mesmo ritmo de sempre.

Nada acontecia.

Nunca.

Ele teve muito tempo para repensar seus erros. As coisas que entendera errado. O que poderia ter feito melhor. O que poderia ter dito. A ironia era que finalmente tinha tempo bastante para construir um estabilizador de interface de campo, mas não tinha como fazê-lo. Revirou os bolsos naquele primeiro dia. Dois lápis. Um pedaço de papel. Passou uma eternidade elaborando uma mensagem, uma fórmula para escrever naquele pedaço de papel, alguma coisa que pudesse dizer a eles como construir um estabilizador de interface e então salvá-lo. Mostrou a eles. Mas sabia, mesmo enquanto tentava mostrar, que, apesar de ter conseguido elaborar um avanço incrível na teoria temporal em um pedacinho de papel, não tinha sentido. O tempo que eles levariam para ler o papel e reagir, o tempo que levariam para falar sobre ele, até mesmo para encontrar uma chave de fenda... Até lá, ele já estaria morto.

O tempo dele passava muito depressa para os outros. Mas, para Kerensky, bem lentamente.

Ele estava muito entediado. Memorizou tudo que havia no laboratório. Passou dias só olhando a *Mona Lisa* apoiada casualmente na parede. Ninguém na história jamais olhou para aquele quadro do mesmo jeito que Kerensky, apertando os olhos para observar todos os elementos da cidade mística de domos e vales ao fundo. Que mundo era aquele? Que pedras fantásticas.

Kerensky jamais saberia, mas visitou aquele mundo na mente. Andou pelos confins da bolha, refazendo caminhadas de infância pelas ruas de Budapeste. Tentou relembrar músicas, pensou em livros. Implorou para que a fome o matasse. Ou a sede.

Mas nada o matou.

Por uma eternidade. O som de suas últimas sílabas ecoou pelo ar. "Coça." A famosa última palavra.

Às vezes, ele se sentava na plataforma. Às vezes, dormia. Mas, depois, se levantava. Lamentando. Começando um novo dia. Um dia infinito.

Durante alguns anos, viu a garota esticar a mão, tentando alcançá-lo através da bolha. A cada dia, a mão chegava mais perto. Era uma coisa e tanto de se olhar. Ele sabia qual seria o resultado, claro. A mão dela demorou muito para chegar tão longe. E então, em determinado mês, parou.

Não havia estabilizador de interface de campo, disse a ela. Sabia a semana exata, o dia preciso em que pararia, então preparara um discurso. Sua mão estava lá, os dedos esticados para tocar nos dela. Só para o caso de o impossível acontecer e ela conseguir atravessar.

Então viu os anos se passarem enquanto a mão se afastava lentamente. Era o fim. A conclusão. Ela estava se recolhendo. Deixando-o lá. Sozinho para sempre.

Kerensky olhou para a própria mão, já mais velha. A pele frágil como pergaminho. Os ossos doíam. Mas não o bastante. Ainda havia muito tempo à frente.

Ele se lembrou do conselho dos médicos. *Nikolai, você precisa comer menos disso, precisa beber menos daquilo. Você não vai querer morrer jovem.* Ele se arrependeu amargamente de ter ouvido qualquer um deles. No fim das contas, não fez muita diferença.

Estava demorando demais.

Olhou para os rostos. Fazia muito isso. Para o rosto de Hermann, impassível e curioso. Nunca soube no que exatamente o mordomo estava pensando.

O homem, cujo nome nunca soube ficou olhando para ele, perplexo, durante algumas décadas.

A garota jovem, a que esticara a mão para ele, o encarou bem lentamente, com horror apavorado e compreensão terrível.

E o conde sorria largamente para a sala toda, como se a morte horrível do professor Nikolai Kerensky fosse uma piada maravilhosa. "Agora você vai ver como eu lido com tolos."

Um tolo? Às vezes, ele declarava o quanto o veredito era injusto, às vezes, aceitava amargamente que talvez tivesse sido mesmo um tolo. Ele gritou e disse desvarios para o conde. Compôs poemas épicos, escreveu do outro lado do pedaço de papel com a Equação Final de Kerensky. No fim, só gritou.

A única reação do conde foi surpreendente. O homem nunca piscava, já havia reparado. Mas, só uma vez, deu uma piscadela.

No fim, o professor Nikolai Kerensky morreu de tédio.

A última coisa que viu foi o rosto do conde Scarlioni. E aquele sorriso. Aquele sorriso horrível e interminável.

Parte Quatro

Edmond: *J'veux changer d'air. Ma vie n'est pas une existence.*
Raymonde: *Ah ben si tu crois que mon existence c'est une vie.*
(Edmond: *Eu gostaria de uma mudança de ares.*
Minha vida não é uma existência.
Raymonde: *E você acha que minha existência é uma vida?*)

HÔTEL DU NORD

Capítulo 15

O charme discreto da burguesia

Romana estava estarrecida. Tinha visto o professor ficar embaçado e murchar até virar um esqueleto em apenas um segundo. Então virou-se com fúria para o conde.

Ele a cumprimentou com uma pequena reverência sarcástica.

— Aí está. Os efeitos infelizes de um campo de tempo instável. — Ele deu de ombros como que dizendo "O que se pode fazer?" antes de inserir dezessete por cento de ameaça no sorriso. — E vou fazer a mesma coisa com esta cidade toda, a não ser que você revele o segredo para conseguir um campo de tempo estável.

A dor de cabeça tinha voltado, e Romana precisou de um momento para pensar. Um momento que não obteve, pois Duggan gritou:

— Você está louco! Insano! Você é desumano!

— Ah, eu concordo. — O conde assentiu, reconhecendo o comentário. — Quando comparo minha raça à sua, humano, entendo a palavra "desumano" como um grande elogio.

Duggan ferveu de fúria. O conde arriscou uma rápida olhada em Hermann, só para ver como ele estava encarando a situação.

O conde e o mordomo tinham um acordo baseado em não tocar em assuntos que podiam deixar de lado.

É claro que Hermann tinha uma ideia de que as origens de seu empregador eram um tanto incomuns, mas nunca pareceu deixar que isso o incomodasse. Mas aquela foi a primeira vez que o conde tocou no assunto na frente dele.

Scarlioni ficou satisfeito de ver que a arma de Hermann não vacilou nem deixou de apontar na direção de Duggan. Nem um pouco. Isso era bom. Uma coisa a menos com que se preocupar. Era basicamente o lema do mordomo. Ah, sentiria falta dele.

Duggan ficou furioso de novo, e, claro, estava usando palavras para ser cansativo.

— Você não poderia...

— Ah, cale a boca — disse o conde, irritado por ter ensinado a humanidade a falar. Ele acrescentou um leve toque de ameaça ao sorriso entediado.

Romana percebeu o toque de ameaça. Encostou-se no computador e assumiu um ar cuidadosamente garboso. Aprendera com o Doutor, e parecia um jeito bem prático de demonstrar uma eterna despreocupação. *Pode balançar os tentáculos para mim o quanto quiser. Sou uma Senhora do Tempo de Gallifrey.*

— Conde, você deve ter percebido que não sou deste planeta, assim como você. Por que devo me preocupar se você quer destruir Paris?

— O quê? — Duggan ficou boquiaberto, como um peixinho dourado. — Do que você está falando?

Ah, chega, pensou o conde, enfiando as mãos nos bolsos, irritado.

— Herman, acho que é melhor você matá-lo.

— Não! — gritou Romana, sem pensar, e desejou não ter dito nada.

— Ah, acho que você respondeu sua própria pergunta, minha querida. — O conde a premiou com seu melhor sorriso de vitória. *Tsc, tsc.* — Não foi um blefe muito inteligente.

Romana se virou para Duggan, chateada.

— Fique quieto agora, por favor — murmurou, com delicadeza. *Os adultos têm coisas para conversar.* Ela sorriu para o conde. — Tudo bem. O que você está tentando fazer?

— Então você concorda em cooperar? — O conde alargou o sorriso de vitória para o aposento inteiro.

— Primeiro me conte o que você está tentando fazer, aí veremos.

— Excelente. — *Tudo bem*, pensou o conde, *ela que tenha uma pequena ilusão de independência.* Que mal poderia fazer? Ele assentiu para Hermann, indiferente. — Leve o inglês e tranque-o. Vou guardá-lo como garantia, já que infelizmente não dá para matá-lo duas vezes.

Duggan olhou com raiva para o conde, enquanto Hermann o empurrava até o depósito, trancava a porta e se ocupava entre as estantes de vinho.

Hermann, claro, sendo quem era, levou para eles um delicioso *amontillado* e alguns *biscotti* antes de subir. Que atencioso da parte dele. Afinal, seria uma pena desperdiçar o xerez. O conde ofereceu um pouco a Romana, mas ela declinou o vinho da forma mais educada possível, contentando-se em mordiscar um biscoito enquanto esperava que ele falasse. De repente, o porão pareceu bem menos amontoado. Só havia o conde, a Senhora do Tempo e o dispositivo que o libertaria.

O conde contou seu problema. Foi curiosamente parecido com fazer um discurso em uma festinha. Colocado em termos tão diretos, parecia ridículo. Um leve constrangimento entre amigos.

— Meu problema é bem simples. Quatrocentos milhões de anos atrás, a espaçonave que eu estava pilotando explodiu enquanto tentava decolar da superfície deste planeta.

— Ah. Que descuido da sua parte.

— Foi um risco calculado — explicou o conde. Àquela altura, parecia não haver muito sentido em ficar irritado. — A espaçonave ficou muito danificada. Eu estava na cabine de dobra espacial e, quando a explosão aconteceu, fui jogado pelo vórtice temporal e — uma tosse leve — me parti em doze partes, que agora têm... sempre tiveram vidas independentes, mas interligadas, em épocas diferentes da história deste planeta. — Ele soltou um muxoxo decepcionado, como se alguém tivesse servido vinho branco com um prato de carne. — Não é um modo muito satisfatório de existência, tenho certeza de que você concorda.

— Então você só quer se unir com suas partes, certo? — *Parece justo*, pensou Romana. *O Doutor que fique com os que bradam "o universo vai ser meu"*.

— Bem, eu gostaria de fazer um pouco mais do que isso — explicou o conde, bebericando o xerez. Ele tinha o ar casual de alguém perguntando se a salada *niçoise* podia vir com um ovo de pato adicional. — Quero voltar para onde minha nave está... estava... e impedir que meu eu original aperte o botão que provocou a explosão. Quero salvar todo mundo a bordo. Os últimos Jagaroth.

Praticamente uma tarefa de misericórdia, pensou Romana; bastava ignorar o esqueleto no canto. E o amontoado patético de equipamento em que ele estava.

— Você está querendo fazer isso com esse troço? — Ela soou insegura.

De vez em quando, o conde se encontrava com o mecânico que cuidava de seu Rolls-Royce. A julgar pelo tom que ela usara, o mecânico e Romana se dariam muito bem. Mas não importava. Ela que fizesse pouco do trabalho de sua vida. Ela vinha de uma raça antiga de sensitivos temporais privilegiados. O conde tivera certa desvantagem no começo daquilo tudo.

— Não subestime o problema que encarei. Meus doze eus estão trabalhando por toda a história para ajudar essa raça primitiva e infeliz a se desenvolver para que até mesmo esse... — ele indicou o computador, os equipamentos, e, sim, o pobre Kerensky — ... até mesmo esse nível baixo de tecnologia pudesse estar disponível para mim agora.

— Mas não daria certo — disse Romana, descartando tudo com um som debochado. — Se você se enfiar naquela bolha do tempo, vai regressar até voltar a ser um bebê ou vai se adiantar até uma idade avançada.

— Eu consegui... — O conde fez uma pausa triste. — Eu consegui encontrar um jeito. Um jeito muito difícil. Que acho que demoraria muito. Mas agora, com sua ajuda, vai ser mais fácil voltar.

Ele limpou as mãos. Talvez estivesse tirando migalhas de biscoito. Talvez estivesse avaliando um plano complicado, elaborado durante milhões de anos e que envolvia seus doze fragmentos e sete *Mona Lisas*. Não importava. Isso o distraiu.

— Agora... — Ele fez um sinal para Romana. — Construa um estabilizador de interface de campo para mim.

Romana hesitou e olhou ao redor. *Será que daria?*, perguntou-se o conde. Nada mais de remendos, nada mais de experimentos infinitos e recibos tediosos. A garota seria capaz de olhar ao redor e conjurar uma máquina do tempo? Parecia fácil demais. Romana o encarou, em dúvida.

— Faça. — Ele deu um sorriso encorajador.

Houve uma longa pausa. Talvez não fosse possível.

— "As maiores portas se abrem com as menores chaves: 'Não, obrigada' e 'por favor'" — entoou Romana.

— Ah, claro. — O conde uniu os dedos em um pedido de desculpas. — Construa uma máquina do tempo para mim, *por favor*.

Romana sorriu para ele.

— Tudo bem. Eu ajudo você.

As máscaras foram a parte difícil. As coisas tinham sido mais fáceis para os primeiros fragmentos de Scaroth. Até aquele que ficou preso no meio dos egípcios foi recebido de braços abertos. Aparentemente, alienígenas com cabeça estranha alegando serem deuses apareciam a toda hora, então Scaroth não destoou. De um modo geral, os egípcios eram um povo talentoso. Muita coisa podia ser feita com eles. Já tinham sido governados por um grupo incrível de alienígenas que abandonara boa parte de uma tecnologia muito útil, um tanto malcuidada, mas que ajudou bastante. Ele procurou nos artefatos, na esperança de achar uma coisa simples como um corredor temporal, mas seu período de vida entre os humanos foi irritantemente curto. Deixou de existir sabendo que, em algum lugar do deserto, estava o que ele precisava. Provavelmente.

Mas descobriu que alienígenas visitavam aquele planeta, de tempos em tempos, e construiu um armazém com as sobras que deixaram. Era o começo de seu hábito de colecionar. Infelizmente, não encontrou uma raça alienígena que pudesse construir uma máquina do tempo para ele, mas encontrou muita coisa com que trabalhar.

As máscaras, por exemplo. Na época dos gregos, eram úteis, e, na dos romanos, vitais. Teve a ideia enquanto assistia a uma peça em um anfiteatro grego. Todos os atores atuavam com máscaras e se tornavam os personagens. De alguma forma, para uma cultura tão primitiva, aquilo lhe causava certo orgulho. Conforme as pessoas foram ficando mais hesitantes quanto a sua aparência alarmante, ele começou a se esconder por trás de uma simples máscara de teatro e manoplas, alegando ferimentos de batalha. Isso o fez conquistar respeito. Era surpreendente como os humanos, apesar de estarem conseguindo coisas muito úteis em termos de filosofia e matemática, ficavam impressionadíssimos se você dissesse que tinha sido horrivelmente ferido em batalha. *Isso é tão Jagaroth*, pensou.

Começou a trabalhar em uma máscara avançada. Primeiro, tentou fazer alguma coisa a partir de lona com uma moldura de madeira, mas os resultados foram repugnantes e primitivos. Procurou um artista. A arte da escultura estava em pleno desenvolvimento, e ele deu dinheiro para os melhores e mais inteligentes, até encontrar um que fosse realmente promissor.

Avaliou o que as outras raças tinham abandonado. Uma raça capaz de controlar todos os tipos de plástico tinha acabado de chegar, mas percebeu que não havia nada para controlar naquele planeta e fora embora com a promessa de voltar em alguns milhares de anos. Deixara um protoplasma panpolimérico que parecia muito bom. E ele o apresentou para o escultor duvidoso.

— O que você gostaria que eu fizesse? — perguntou o escultor.

— Ah… — Ele gostou de aprender a dar de ombros. Era útil com os humanos, bem mais do que enfiar facas neles. — Você tem um belo rosto. Faça isso.

Fídias fez, e ficou incrível. Precisaram de algumas tentativas, mas eles acabaram conseguindo um molde promissor e um protótipo de boa qualidade.

— Mas para que isso, meu senhor? — perguntou o escultor.

Quando Fídias o encontrou usando a máscara, alguns dias depois, na ágora, começou a gritar de horror. E isso marcou o final abrupto e sangrento da primeira experiência de Scaroth como patrono das artes.

Mas ele achou a experiência útil. Artistas eram adeptos de criar coisas que sobreviviam à sua vida de borboleta. Seu trabalho permanecia mesmo depois de sua morte. No futuro distante, divertia-se visitando galerias e tocando em objetos que vira serem entalhados. Talvez tivessem perdido um pouco aqui e ali, mas acabaram durando. Sentia um orgulho estranho daquilo.

O Império Romano se mostrou uma boa base. Os sistemas de transporte eram excelentes. O único problema com um lugar ermo como o Egito era ser longe de qualquer coisa. Mas Roma se espalhou com eficiência e rapidez por toda a Europa e além. Isso foi útil para garantir que os fragmentos de Scaroth pudessem colocar as mãos em sua herança sem demora.

O Primeiro Fragmento sabia onde todos estavam. As manifestações de *gestalt* originais lhe permitiam controlar e ajudar a todos. Ele sabia onde e quando cada um estava e podia garantir que os que tinham uma autopercepção deficiente, pouco mais do que gritos na noite, fossem logo equipados com pelo menos uma máscara.

Sua solução funcionou bem. Infelizmente, ele não conseguiu salvar um fragmento. De vez em quando, ecos dele chegavam gritando à *gestalt*. Os humanos o queimaram.

Ele cuidou para que isso não voltasse a acontecer. Certa vez, foi um cônsul romano, depois Sacro Imperador Romano. Como papa, podia emitir éditos e controlar uma rede maravilhosamente não questionadora de espiões e assassinos. Os pedaços confusos de si mesmo podiam ser apreendidos, protegidos e dotados de identidades.

Outros se saíram muito bem sozinhos, demonstrando capacidade quase natural para ganhar a vida, encontrar a máscara que ele deixara e se mesclar à sociedade. Conforme a distância entre ele e os fragmentos aumentava, essa capacidade evoluía.

O fragmento final era o mais impressionante nesse quesito. Durante a maior parte do tempo, trabalhava alegremente em busca do grande propósito, ainda que tivesse pouca percepção de qual era. Só entrava no manifesto quando estava sonhando e executava os objetivos de forma subconsciente. De certa forma, isso era preocupante. De outra, era tranquilizador. Ele era uma pessoa sem o peso da história.

O destino dos Jagaroth estava nas mãos do conde Carlos Scarlioni. E ele era um homem que sabia que tinha sido colocado no planeta para alcançar objetivos.

Uma empregada varria os degraus da frente do château.

O Doutor andou até ela e deu um tapinha em seu ombro.

— Bom dia. Eu gostaria de marcar uma reunião com o conde Scarlioni o mais rápido possível.

A mulher o encarou, atônita.

As mãos do Doutor estavam erguidas acima da cabeça.

Ele ficou naquela posição, insistiu nisso, enquanto ela o guiava pela varanda, por um corredor e até um hall ainda maior na base de uma escadaria de pedra. Lá, encontraram uma pessoa para apontar uma arma para ele.

Era Hermann. O mordomo fez uma reverência e também a gentileza de apontar uma arma para o Doutor.

— Ah, que bom, uma autoridade — disse o Doutor, sorrindo. Ele dispensou a empregada, que se afastou com alívio. — Você pode fazer o favor de informar ao conde que estou esperando?

Hermann observou o Doutor. Estava refletindo se seria aceitável atirar nele agora. Mas não disse uma palavra.

— Ah, o tipo forte e silencioso, não é? Já conheci um jovem como você. Nunca falava. "Bem", eu disse a ele, "não faz sentido falar se você não tem nada a dizer." Mas ele se saiu bem no final. Chamava-se Shakespeare. Isso mostra como todos podemos avaliar mal as pessoas.

Hermann não reagiu. Mas o Doutor não estava mais atuando para uma plateia de uma pessoa só. A condessa descera a escadaria de pedra e parara no patamar. Heidi ficou se perguntando se o último comentário do Doutor fora dirigido a ela. O Doutor acenou alegremente com uma das mãos erguidas.

— Bom dia! Você já leu Shakespeare, condessa?

— Ah, alguma coisa. — Ela sorriu. Por que não se exibir um pouco?

A condessa desceu tranquila, devagar, fazendo sua grande entrada. E dispensou Hermann.

— Não tenho dúvidas — disse a ele — de que o conde gostaria de saber sobre o visitante. Eu vou ficar bem.

Queria falar com o Doutor sozinha. Queria a oportunidade de saber um pouco mais sobre essa tal de Romana. A forma mais fácil de fazer isso era impressionando-o, e a condessa sempre soubera ser impressionante. Ela o guiou para a biblioteca, passando por um corredor de tesouros.

O Doutor foi parando em frente às obras de arte. Um Botticelli condenado à fogueira das vaidades de Savonarola. O Hércules de bronze de Lísipo, visto pela última vez na queda de Constantinopla. Um extravagante Bellini, considerado perdido em um incêndio no Palácio Ducal. Pelo que ele sabia, ninguém ouvia falar dessas obras havia séculos. E jamais voltariam a ouvir falar delas.

Tudo estava indo bem até o momento. Rebolando, a condessa o levou para a biblioteca. A sala era grande, arrumada e exalava conhecimento. O sol da manhã entrava pelas janelas. Ela foi até a maior das estantes. Ao toque de uma alavanca, o móvel deslizou e revelou outra estante atrás. O cigarro aceso e os dedos sem luvas dançando sobre as lombadas provocariam uma careta em um livreiro. Ela tirou um livro fino da prateleira, soprou a poeira e o passou para o Doutor.

— *Hamlet* — anunciou.

Ela queria que o Doutor ficasse impressionado. Ele folheou e assentiu enquanto olhava. O livro era antigo, o papel, barato, mas cheio de uma caligrafia elaborada que fluía até encher a página.

— Primeiro rascunho — acrescentou, querendo provocar mais impacto.

— Isto está perdido há séculos — comentou o Doutor, maravilhado.

Ele parou de folhear o exemplar e olhou para ela. O livro era absurdamente valioso, maravilhosamente raro e tinha sido preservado com amor e cuidado. O conde não era apenas colecionador, era conhecedor. O Doutor quase desejava, ao menos uma vez, poder deixar de lado toda a história imbecil de reverter a polaridade do raio da morte e se sentar para tomar chá e conversar comendo *macarons*. Não fosse o fato de o conde ser um maníaco homicida, os dois se dariam muito bem. Que pena.

— Eu garanto que é genuíno — acrescentou a condessa. Ela estava gostando de seu momento sob os holofotes.

— Deu para perceber — respondeu o Doutor, assentindo e passando o polegar pela beirada da página. — Reconheci a caligrafia.

— De Shakespeare — disse ela, também assentindo.

— Não, a minha — retrucou o Doutor, de repente. — Ele tinha torcido o pulso jogando croqué.

A condessa olhou com irritação para o Doutor. Ele não levava nada a sério? Alheio, o palhaço continuou falando, passando o dedo por uma página.

— Aqui estamos nós. Tsc, tsc. "... tomar armas contra as vagas de aflições". Eu falei que era uma metáfora ruim, mas ele insistiu. — O Doutor fez um beicinho chateado. Não dava mais para consertar.

Apesar de tudo, a condessa riu. Havia alguma coisa naquele homem. Ele não a deixava apreciar um único momento sendo impressionante. Não conseguia parar de falar.

— Doutor, está claro para mim que você é perfeitamente louco.

— Ah, de médico e louco todo mundo tem um pouco. — O sorriso do Doutor, caloroso como uma lareira no inverno, morreu de repente. — Se você acha que sou louco porque digo que conheci Shakespeare, onde acha que seu precioso conde conseguiu isto, hein? — Ele balançou o livro com um vigor perigoso.

— Ele é um colecionador. — Era óbvio. — Tem dinheiro e contatos.

— Contatos pessoais? — O Doutor fez aquilo parecer um insulto. — O quanto você sabe sobre ele? Bem menos do que imagina, na minha opinião.

Considerando-se todos os percalços, a máquina do tempo até que estava indo bem. O Doutor já tinha mostrado a Romana um programa de televisão chamado *Blue Peter*. Como acontecia com a maior parte das coisas de que o Doutor gostava, Romana não conseguia entender o motivo. Mostrava basicamente escoteiros reunindo tampas de garrafa de leite e pessoas que deviam estar fazendo outras coisas montando brinquedos a partir de limpadores de cachimbo, papelão e qualquer outro objeto que tivessem à mão. Quando o resultado parecia uma pilha de lixo, o apresentador chegava para o lado e pegava uma obra mais completa, que obviamente tinha sido montada por um especialista. "Eis o que montei mais cedo", dizia ele, mentindo sem qualquer pudor.

Romana estava ao lado das ruínas nada promissoras do Acelerador Kerensky usando a chave de fenda sônica para conjurar um gatilho de brecha de vórtice a partir de algumas válvulas e um saca-rolhas. Ela aumentou consideravelmente a memória do computador, até quase um megabyte, e os dois estavam se dando maravilhosamente bem. Era bastante interativo e oferecia resposta imediata em sete linguagens computacionais e cinco protocolos. Ela o acelerou até ser o computador mais eficiente do planeta. *Eficiente e inteligente*, pensou. Não fosse sua dor de cabeça e o fato de ter que ficar pulando o esqueleto do pobre professor, teria dito que as coisas estavam incríveis.

Duggan também não estava ajudando. Sempre que ela passava pela cela, o homem rosnava "traidora", o que ela via como ingratidão. Se ele estava tentando atrapalhar sua concentração, não adiantaria. Se ela conseguia aguentar o Doutor, era capaz de aguentar qualquer coisa. Na verdade, era ótimo ter seu próprio projeto.

Hermann desceu correndo para o porão, com expressão quase de pânico.

O conde estava sentado, comendo queijo e observando Romana com um sorriso de aprovação. Ao ver a expressão de Hermann, ele caiu na gargalhada.

— O Doutor! — exclamou, em júbilo. — Aqui!

Hermann franziu a testa.

— Foi o que acabei de descobrir.

— Eu sabia! — O conde bateu palmas de alegria.

Romana não pôde deixar de sentir certa mágoa, como uma atriz substituta que achou que finalmente participaria da peça, mas deu de cara com a estrela ganhando os holofotes de novo. Mesmo assim, seria bom ter uma segunda opinião, e possivelmente arrancar algum elogio ressentido para sua solução.

Ao ver que ela parara de trabalhar, o conde balançou o dedo e pegou um pedacinho perdido de gorgonzola.

— Continue seu trabalho, minha querida. — Ele sorriu. — Você está indo muito bem. — Ele se virou para o mordomo. — Então estamos com casa cheia, é? Excelente, Hermann, excelente. Peça a ele para descer aqui, por favor.

O conde se virou para Romana com um sorriso ao mesmo tempo generoso e triunfante.

Sim, pensou Romana, *ele vai ficar muito satisfeito com tudo que fizemos.* Ela fez uma pausa, insegura. *Não vai?*

O Doutor se esparramava em uma cadeira. Estava à vontade na biblioteca como estaria em um bazar mais íntimo. Já se sentia em casa, ocupando todo o espaço com o cachecol, em meio a pilhas de livros deixados de lado e com as botas apoiadas em uma mesa feita para coisas melhores. Só estava na biblioteca havia dez minutos. *Imagine o caos se passasse um dia aqui*, pensou a condessa.

Ela o convidara para ir até lá na esperança de descobrir alguma coisa sobre Romana, mas o Doutor parecia determinado a se desviar de todas as perguntas sobre a garota. De vez em quando, batia os dedos no braço da cadeira com impaciência, depois lançava um olhar triunfal para a condessa. *Ele está esperando alguma coisa,* pensou ela, *mas o quê?* Não podia estar achando que sairia dali vivo. O que aquele lunático tinha escondido nas mangas? Chantagem? Uma arma? Informações? Ele estava tentando ganhar tempo.

Heidi avaliou as opções, mas não chegou a qualquer conclusão. O que o Doutor tinha? Nada. Mas eles tinham a *Mona Lisa*. Não havia nada impossível para Carlos e ela.

— Me diga... — O Doutor pareceu ser acometido repentinamente por um pensamento. — Há quanto tempo você está casada com o conde?

Que pergunta!

— Há bastante tempo — respondeu ela, recusando-se a ficar ofendida.

— "Bastante tempo"? Ah, gostei disso, discrição e charme. — O Doutor sorriu pelo gracejo dela. — Muito civilizado. Muito terrivelmente inútil.

— Discrição e charme. — Ele elaborava as coisas perfeitamente. — Eu não conseguiria sobreviver sem essas duas coisas. Ainda mais nos assuntos relacionados ao conde. — Sentia que tinha criado o nível certo de mistério sobre o marido. Mas também, uma preocupação: ela o teria entregado, de alguma forma?

— Você pode escolher ser discreta. — O Doutor entrelaçou os dedos e apoiou o queixo neles, pensativo. — Mas também pode escolher ser cega.

— Cega! — Ela deu uma gargalhada. — Eu o ajudei a roubar a *Mona Lisa*, o crime do século...

— A *Mona Lisa*? — murmurou o Doutor. Por algum motivo intrigante, ele enfatizou o "a". Por quê, havia outra?

— Exatamente! E você me chama de cega?

— Chamo! — Ele se endireitou na cadeira, uma cascata trovejante de movimento. — Você o vê como um grande mestre do crime, um colecionador de arte, um homem incrivelmente rico. E está bom para você se ver como a consorte dele. Mas me diga o seguinte... — Ele fez uma pausa letal. — O que ele está fazendo no porão?

A pergunta a deixou sem ação. Ela hesitou.

O porão já era uma questão entre os dois havia tempos. "Vou mostrar quando estiver pronto, minha querida" ou "Amanhã, quem sabe? Hoje, não" e "Hermann diz que seria má ideia perturbar o professor agora". Isso só servia para salientar que o mordomo era um visitante frequente, conhecedor de um projeto do qual ela ficara de fora. O que sempre a irritara. Mas como o Doutor poderia saber disso? Ela se mexeu na cadeira. De repente, parecia desconfortável. Talvez fosse hora de mandar trocar o estofamento.

— Ah, ele está criando coisas, só isso. — Ela descartou a pergunta do Doutor. — Todo homem precisa de um hobby.

— Homem? — O Doutor estava mortalmente sério. — Você tem certeza disso?

— O quê? — A condessa tentou rir, mas sua boca estava seca. — Eu...

O Doutor ficou de pé, caminhando pela biblioteca. Aonde quer que fosse, pequenos montinhos de livros caíam.

— Um homem, sim — repetiu ele, com deboche. — Mas com pele verde e um olho só? — Ele fez uma mímica absurda.

A condessa tentou rir de novo. Nada aconteceu.

O Doutor estava a toda.

— Pilhando os tesouros da história para pagar pela máquina do tempo que espera que vá reuni-lo com seu povo, os Jagaroth?

Finalmente, a gargalhada veio. Ela descartou completamente aqueles comentários.

Mas o Doutor não pareceu notar. Seu tom era de escárnio.

— E você nunca reparou em nada? Que discreto. Que charmoso.

Isso devia tê-la incomodado, e realmente a fez parar para pensar, mas aquele homem era demais. Muito hilário e engraçado.

Hermann entrou e tossiu educadamente.

— Com licença, minha senhora, mas o conde está ansioso para ver o Doutor no porão.

Que bom, pensou ela. Seria a última vez que ouviria falar dele.

O Doutor se despediu dela com um aceno.

— Pense bem, condessa. — Ele apontou para um ponto imaginário no meio da testa. — Pense bem.

Ele fez uma reverência e pareceu triste.

Sozinha, a condessa continuou rindo. Tudo aquilo, o château, a riqueza, a vista, a conquista, tudo conjurado por uma coisa que daria para fritar com alho? Que mundo maravilhoso, com muitos malucos.

Mas a condessa fechou a cortina, parou de rir e virou-se de costas, mordendo a ponta da piteira. Tentou acender um cigarro, mas a mão estava tremendo.

Apesar de o Doutor ter saído, de alguma forma a sala ainda parecia cheia dele.

Ela foi até a lareira, onde uma pequena chama estalava. Reparou que as flores na prateleira em cima dela tinham morrido. Que triste. Estavam bem lindas no dia anterior. Arrancou as rosas dos cabos e as jogou no fogo, uma a uma. Queimaram surpreendentemente bem, espalhando baforadas de fumaça pela chaminé.

Assaltada por um pensamento, a condessa avançou por entre os livros espalhados e esticou a mão para fazer deslizar um painel cuja existência Carlos achava que ela não conhecia. Mas claro que sabia. Ela sabia de tudo.

Atrás do painel havia outro livro antigo. Só que não era um livro. Era uma imitação hermeticamente fechada. Dentro, havia um saco plástico selado. Dentro, havia um pacote antigo, embrulhado em pano impermeável. Dentro do pano havia pedaços de pergaminho.

Um pergaminho não parecia muito impressionante. Ao menos até quem lia perceber que era o desenho original da Grande Pirâmide de Quéops. De alguma forma, tinha sobrevivido à pilhagem da biblioteca de Alexandria. Em cima dele, havia um badulaque de turista dado por Champollion para o imperador Napoleão. Envelhecido para parecer antigo, mas era pouco mais do que um pedaço de friso do templo. Mostrava Hórus, Ísis, Rá e, na ponta do friso, a figura que parecera estranha quando ela a vira pela primeira vez, tão estranha que ela sentira a pulseira formigar. Era uma imagem que, por um motivo desconhecido, seu subconsciente nunca a deixara esquecer.

Era a imagem de um deus egípcio com pele verde e um olho só.

A condessa afundou em uma cadeira e cobriu o rosto com as mãos.

Capítulo 16

Adeus, não *au revoir*

O Doutor entrou no porão como um galeão navegando a toda. A arma de Hermann era um mero detalhe, e o esqueleto no canto não o incomodou nem um pouco. Ele parou na metade da escada, esperou até ter a atenção de todos os presentes e entrou no laboratório, acenando.

— Conde, olá! Eu gostaria de saber se você poderia me dar um minuto do seu tempo. Romana! Oi! Como está? Vejo que o conde convocou você como assistente de laboratório, hein! O que é isso? O que está fazendo para ele?

O Doutor deu uma pausa no espetáculo e sorriu para ela. Esperando uma resposta.

Romana, segurando uma bela solda em miniatura, mordeu o lábio e se sentiu estranhamente culpada.

— Hã... — Foi tudo o que conseguiu dizer.

— Seria um trem de brinquedo? — perguntou o Doutor. — Um timer de ovo gallifreiano? Espero que você não esteja fazendo uma máquina do tempo, pois vou ficar muito zangado, se estiver.

A confiança de Romana foi por água abaixo. Ela ficou preocupada e começou a emitir ruídos vagos e tranquilizadores.

Mas o conde interrompeu, incorporando o anfitrião genial.

— Doutor! Que maravilha ver você de novo. Ah, parece que apenas 460 anos se passaram desde que nos encontramos pela última vez.

— Quatrocentos e setenta e quatro — corrigiu o Doutor, em um tom de voz bem sociável. — É verdade. Sempre acho o clima muito mais agradável no começo do século XVI, não acha? Onde está Duggan?

— O inglês? — O conde riu com deboche e indicou o depósito com o polegar. — Ali.

O rosto de Duggan apareceu na grade da porta. Ele parecia tão desolado quanto um cachorro em uma cela.

— Oi, Duggan! — O Doutor o cumprimentou como a um velho amigo.

— Doutor, me tire daqui.

— Espero que você esteja se comportando. Que bom, que bom. — O Doutor tirou os pensamentos sobre Duggan da mente. Precisava do espaço. — Agora, conde, o que vim dizer é que, se você por acaso estiver tentando voltar no tempo, é melhor esquecer.

— Hã? Por que diz isso? — perguntou o conde, dando um sorriso agradável, como se tivesse acabado de ouvir que talvez fosse chover.

— Porque vou impedir você — respondeu o Doutor, sério.

— Pelo contrário. — O conde descartou o que o outro disse com jovialidade, como se alguém tivesse dito que era melhor parar de beber. — Você vai me ajudar.

— Vou?

— Ah, vai, sim, Doutor. — O conde ofereceu seu sorriso mais largo e comemorativo. — E, se não ajudar, vai ser péssimo para você, para essa jovem e para as milhares de pessoas que eu poderia citar se tivesse uma lista telefônica de Paris na minha frente.

Romana pareceu alarmada, mas o Doutor já tinha percorrido aquela estrada tantas vezes que sabia quais paradas deveria evitar.

— Sabe, esse tipo de chantagem não funciona comigo, conde, porque sei quais seriam as consequências se você conseguisse o que quer. Não posso deixar você brincar com o tempo.

— E o que você faz é o quê? — O conde pareceu magoado.

— Ah, bem, sim — começou o Doutor —, mas eu sou um profissional. Sei o que estou fazendo. — Ele pensou em dar uma pausa para causar mais efeito, mas viu que Romana estava prestes a dizer uma coisa que não ajudaria. — Também sei o que *você* está fazendo, conde. Romana, largue esse equipamento.

— Doutor — repreendeu-o Romana —, está tudo bem. Ele só quer voltar para a espaçonave e reunir as partes dele.

— LARGUE O EQUIPAMENTO!

Romana fez uma careta. O Doutor nunca tinha gritado com ela. Mais irritada com ele do que dava para imaginar, ela bateu com o equipamento na mesa.

O conde pegou tudo na mesma hora e examinou como se fosse uma joia rara. Seu rosto brilhava de puro deleite.

— Doutor, por mais divertido que isso seja, acho que podemos dispensar tanto sua ajuda quanto sua interferência. Sua amiga fez o trabalho muito bem.

Romana não conseguiu conter um sorriso. Até ver a expressão do Doutor. Ele estava irritado. Uma raiva de fim do mundo. O Doutor fez uma tentativa desajeitada de derrubar o aparato das mãos do conde, mas Hermann fez uma tentativa brutalmente eficiente de derrubar o Doutor.

O conde soltou um muxoxo decepcionado para o Doutor e balançou o aparato de Romana na direção dele.

— Conde. — O Doutor começou a se levantar. — Não percebe o que vai acontecer caso você se retire da história da humanidade? — A voz dele estava muito séria.

— Percebo. — Pela primeira vez, o conde não tratou o que ele disse como piada. Ele olhou ao redor, e podia muito bem estar observando toda a eternidade. — Percebo, sim. E não dou a mínima. — Ele sorriu, mas desta vez não havia humor no sorriso. — Hermann — disse, guardando o objeto no bolso —, prenda os dois. Eles vão ficar aqui o suficiente para ver minha partida. Depois disso...

Hermann fez uma breve reverência e se virou para o Doutor com um brilho nos olhos.

— ... Mate-os da forma que quiser — anunciou o conde. Ele subiu a escada sentindo um cansaço repentino. — Preciso me despedir da condessa.

Com um aceno de mão, o conde foi embora.

Seria injusto dizer que o conde tinha uma lista. Mas ele fez um caminho longo para voltar à biblioteca e foi se despedindo de algumas obras de arte favoritas. Obras que talvez não tivessem conseguido fãs, mas que eram, de seu jeito particular, muito queridas para ele. O conde passara o dia anterior comendo algumas de suas comidas favoritas. Bebera vinhos verdadeiramente deliciosos, fizera uma incursão significativa pelos champanhes vintage e aproveitara ao máximo suas últimas horas na Terra. Depois de perceber que eram as últimas.

Só precisava se despedir da esposa e tomar uma última taça daquele conhaque que bebera pela última vez com Napoleão. Por sorte, tanto o conhaque quanto a condessa estariam no mesmo lugar. Ele alegremente jogou o aparato de Romana para o alto e entrou na biblioteca dando o sorriso mais exuberante que tinha.

A condessa estava apontando uma arma para ele, e dava para perceber que tinha chorado.

Alors. Que irritante.

— Minha querida? — chamou ele, erguendo uma sobrancelha.

— Feche a porta.

A voz e a mão na arma estavam trêmulas. O conde observou as duas coisas com certo alarme. A arma era uma de suas melhores invenções. Ironicamente, considerando a posição em que estava, ele a inventara como um jeito eficiente de fazer aquelas criaturas calarem a boca e impedir que o incomodassem. Ah, bem, o que foi que aquele homem disse certa vez? "O tiro saiu pela culatra." Sim. Bem isso.

Armas entravam e saíam de moda. A lança, a flecha, a maça e até mesmo o petardo já tinham perdido um pouco a importância. Mas o revólver acabara se tornando o pretinho básico dos armamentos. Ao longo dos anos, não mudara muito. Tornara-se apenas mais rápido e eficiente.

Ele poderia ter feito as armas progredirem mais um pouco. Mas parara no revólver, porque se deu conta de que inventara uma coisa que poderia matá-lo sem problemas. Tinha aprendido uma coisa sobre a humanidade: ela podia ser terrivelmente ingrata.

Claro que já tinham apontado revólveres para o conde. Mas sempre correra tudo bem. Ele encarara a situação com *sang froid,* porque achava que era imortal, acreditava que era a pessoa mais importante do planeta, que estava trabalhando para mudar o mundo para sempre. Descobrira recentemente que tudo isso era verdade, mas que também era meio complicado.

Seus outros fragmentos eram imortais, por assim dizer. Ele, não. Ele era o fragmento final do último dos Jagaroth. Agora, sabia que era impossivelmente precioso e, pela primeira vez, sentia-se vulnerável.

Ainda mais ao ser confrontado pela esposa com uma arma. Se fosse um bandido, um valentão ou um gângster, tudo poderia ser contornado. Estaria sob ameaça porque queriam alguns papéis ou algo cintilante. Mas não. A condessa apontava uma arma para ele porque estava com raiva. E pessoas com raiva faziam coisas tolas, lamentáveis e insensatas.

O conde nunca sentira raiva na vida. As pessoas ficavam com raiva porque não conseguiam o que queriam. O conde nunca tivera esse problema. Se houvesse pessoas no caminho, simplesmente as removia. Da forma que fosse preciso.

E, naquele momento, estava na porta, olhando alarmado para a esposa. Percebeu que umedeceu os lábios, nervoso. (*Como faço isso?*, perguntou-se. *Não, agora não.*)

— Feche a porta — repetiu ela.

Ele obedeceu. Pela primeira vez, precisou forçar um sorriso. Eram só os dois na biblioteca. Isso podia não terminar bem.

— O que você é? — perguntou ela, com rispidez, a voz rouca.

— Como?

No que dizia respeito a respostas rápidas, aquela tinha sido bem fraca, mas ele argumentou que, na ocasião, podia se permitir falhar um pouco.

Heidi se aproximou, avançando passo a passo pelo tapete. Agora, estava quase à queima-roupa. Isso não era bom.

— Com o que é que vivi todos esses anos? — gritou ela.

A voz estava rouca e seca. Terrível. Era muita emoção. O conde esperava mais dela. Ainda mais porque um dos muitos usos da pulseira que lhe dera era suprimir essas preocupações chatas. Achara-a muito útil ao longo dos anos. Seus outros fragmentos tinham descoberto que, a não ser que você fosse o Papa, não ser casado despertava mais perguntas do que o necessário. E, assim, a pulseira entrara na jogada. Seu campo hipnótico de baixo nível induzia suscetibilidade e devoção, mas, depois de alguns ajustes, não deixava as pobrezinhas dóceis como gado. Gostava que elas tivessem independência e personalidade. Heidi se saíra bem nas duas coisas.

Um pouco bem demais. Que reviravolta alarmante. Desconfiava que havia a mão do Doutor nisso.

Heidi estava fazendo mais perguntas.

— De onde você é? O que quer?

— Se você me permite responder fora de ordem, o que quero é uma bebida. Você quer uma?

Ele foi até o armário de bebidas com passos leves e pacientes, na intenção de satisfazer a vontade de beber aquele conhaque excelente. Seria uma pena perder isso.

Escolheu sua taça favorita, bem redonda e com a boca apertada, para incrementar... bem, tudo no conhaque. Estava correndo um risco, claro que sim, mas, se mostrasse o quanto ela o deixara abalado, estaria perdido.

— Fique longe! — gritou a condessa.

A pobrezinha estava morrendo de medo dele. Que interessante. Poderia fazer uso disso.

O conde não prestou atenção nela, pegou a garrafa de conhaque e passou o polegar pela poeira adquirida ao longo de muito tempo, enquanto girava a tampa.

— Solte isso!

A pulseira e a arma tremiam. Aquela coisa poderia disparar a qualquer segundo. E muito perto do objetivo final.

Lentamente, o conde colocou a garrafa no lugar e se virou para olhar para ela, com o sorriso mais charmoso e vazio que conseguia dar.

— Quem é você?

Heidi o encarou como se o visse pela primeira vez.

Não fazia sentido tentar contornar a situação. Mas estava com dificuldade de dizer a ela.

— Eu... — começou, então parou. Sua boca estava seca. Aquele conhaque teria caído muito bem. — Eu sou Scaroth.

— Scaroth?

— O último dos Jagaroth. — Ele sorriu, ciente do pouco que isso significava para a esposa, mas era tudo para ele. — Não foi difícil guardar segredo de você, minha querida — ronronou, ajeitando os punhos da camisa em um movimento casual. Ele sabia que estava prestes a ser deliberada e maliciosamente cruel. Talvez não fosse a melhor tática, mas, por algum motivo, não conseguia se impedir. — Alguns casacos de pele, alguns presentes, um pouco de emoção...

Ele sorriu. Quase nada por uma alma.

Se ele a magoou, Heidi não demonstrou. Ainda havia um pouco daquela frieza admirável nela.

— O que são os Jagaroth?

— Os Jagaroth? — Por mais absurdo que parecesse, o conde estava gostando de ser sincero com a esposa. — Uma raça infinitamente antiga. E infinitamente superior.

Ela absorveu a informação. A ausência de reação e de gritos indicava que sim, ele tinha mesmo feito uma excelente escolha ao desposá-la. Que pena seria terminar assim. Talvez não fosse tarde demais. Mas não. Quem está na chuva...

— Me permita, minha querida, mostrar o que você quer saber.

O conde deu seu sorriso para ela uma última vez. Em seguida, começando acima do olho direito, rasgou o rosto em tiras lentas e firmes, a pele formando montinhos no chão.

Ele a ouviu arfar, mas a arma não foi disparada. O que foi um alívio. Ela devia ter entrado em choque. Podia acontecer.

Pela primeira vez no casamento deles, o conde e a condessa ficaram cara a cara.

Heidi entrou em parafuso. Dava para perceber. Tinha alguma coisa nos olhos dela. Sabia que ela não dispararia a arma. Ele era o mais forte dos dois.

— Eu sou Scaroth — disse a ela. — Através das minhas ações, meu povo vai voltar a viver.

Ela ficou parada. Tremendo como aqueles macacos, muito tempo antes.

O que aconteceria em seguida? Scarlioni não sabia.

Era melhor seguir em frente. Para o caso de ela de repente se lembrar do dedo no gatilho.

Ele tossiu baixinho.

— Estou feliz de ver que ainda está usando a pulseira que fiz para você, minha querida. Como falei, é um aparato útil.

A condessa largou a arma e levou a mão à pulseira, que começou a emitir um ruído agudo. Os dedos lutavam contra o fecho estranho e complicado. Talvez ela conseguisse abrir a tempo. Talvez não. Que interessante.

O conde acariciou o anel com a insígnia, e a condessa começou a gritar de dor, enquanto a pulseira descarregava sua energia nela.

Heidi demorou um tempo perturbadoramente longo para morrer.

Tempo suficiente para ele apreciar aquele conhaque.

Ele refletiu que a última coisa que o tornava o conde Scarlioni não existia mais. Não havia mais necessidade de se dar ao trabalho de recolocar a máscara. Agora, ele era Scaroth.

Olhou para o corpo de Heidi, fumegando no tapete. Devia se sentir liberto. Mas sentia-se estranhamente triste.

— Adeus, minha querida — disse a ela. — Lamento por você ter morrido. Mas, em pouco tempo, você jamais terá existido.

Scaroth colocou o copo vazio em uma mesa, ajeitou os punhos da camisa outra vez, deu as costas para o corpo e saiu da biblioteca.

Ali estavam eles, presos com as seis *Mona Lisas*. Para quem gostava desse tipo de coisa, seria uma ótima experiência, mas era o último lugar onde Romana queria estar. Primeiro, porque estava perto demais do Doutor, que fervia de raiva dela. Chamara-a de ingênua, fraca e tonta, e fizera questão de falar bem alto. Pior, não a parabenizara uma única vez pela construção de uma máquina do tempo a partir de pouco mais do que papel-alumínio e plástico grudento.

— A destruição de toda Paris? — trovejou ele. A dor de cabeça dela voltou em pontadas. — Do que você está falando, Romana? Foi com isso que ele ameaçou você?

— Por quê? Era mentira? — Romana fez uma careta de incerteza.

— Essa não é a questão. Paris! — O Doutor descartou a cidade com um revirar desdenhoso dos olhos. — Estou decidido a levar você de volta para a Academia do Tempo para fazer com que seja expulsa. Você vai ser programadora de computadores pelo resto da vida.

— Mas ele disse...

— Disse, disse, disse! Todos dizem coisas assim. — O Doutor aliviou um pouco. — Você precisa ignorar isso. Pense bem. Ele tinha duas alternativas, e ele mesmo teria destruído as duas, se agisse em escala local. Ou era a bolha do tempo...

— Mas ele não podia entrar naquilo. — Duggan queria provar que estava prestando atenção. — Nós vimos o que aconteceu com o professor e com a galinha.

— Sim. — Romana percebeu que concordava com Duggan. Isso era novidade. — A bolha não viaja no tempo, só adianta ou recua o próprio ciclo de tempo. Se ele entrasse, teria se tornado bebê de novo. Fim da ameaça.

— *Se* ele entrasse! — trovejou o Doutor.

Esse era o problema com estudantes da academia, mesmo os tão brilhantes quanto Romana. Só porque nunca pensavam fora da caixinha, acabavam supondo que mais ninguém fazia isso. O Doutor nunca pensara dentro da caixinha em toda a vida. Ah, ele se lembrava daquelas palestras tediosas e horríveis sobre Tempo Sideral e sei lá mais o quê. A Academia de Gallifrey ensinava a partir do nobre princípio de "quanto menos se diz, menos problemas". O argumento seguia aproximadamente a ideia de que "Nós, os Senhores do Tempo de Gallifrey, estamos tão acima das outras formas de vida que já dominamos a viagem no tempo. Mais ninguém conseguiu, e vamos cuidar para que mais ninguém consiga. Porque é complicado. Assim, só precisamos garantir que todos os gallifreianos entendam por quê, mesmo tendo o brinquedo mais divertido do universo, não devemos brincar com ele. Porque, não podemos esquecer, é complicado".

Os Senhores do Tempo não conseguiam entender por que mais alguém poderia querer experimentar a viagem no tempo, por diversão, amizade, entre outras coisas. Eles lembravam o Doutor do monge francês que descobrira o champanhe. O sujeito ficara perplexo com o que encontrara. Tentara desesperadamente encontrar jeitos de tirar as bolhas do vinho. Principalmente porque as garrafas não paravam de explodir. E ficara ainda mais horrorizado de ver que as pessoas amavam beber aquele negócio. Não se importavam se as garrafas às vezes explodiam na cara delas. Pior, até inventaram garrafas que não explodiam. Relutante, Dom Pérignon experimentara um gole. O resto era história.

Falando em bolhas e história, Romana ainda não via o óbvio.

— A bolha é inútil. É isso que estou tentando dizer — argumentou ela.

— Vamos supor — tentou outra vez o Doutor, escolhendo as palavras — que ele ficasse fora da bolha?

Lady Romanadvoratrelundar, estudante da Academia de Senhores do Tempo (primeira da turma em três cursos), herdeira preferencial da nobre Casa de Heartshaven e terror da sociedade de debate transtemporal, encarou o Doutor e disse:

— Hã?

— Vamos supor — repetiu o Doutor, devagar — que ele ficasse fora da bolha e colocasse tudo lá dentro?

— Tudo o quê?

— O mundo todo! — O Doutor ergueu os braços. — O que ele queria mesmo fazer era enfiar o mundo todo na bolha. Fazer o mundo voltar para o começo do ciclo. Como os pequenos pulos no tempo, quando chegamos.

Romana pensou um pouco nisso.

— Ah.

— As rachaduras no tempo. Ele voltou o mundo no tempo em dois segundos. Mas o que queria saber, na verdade, era como fazer voltar tudo no tempo. Quatrocentos milhões de anos.

— Mas, sem um estabilizador, não poderia estar lá para salvar a nave. — Romana sentiu alívio. — Além do mais, como teria conseguido energia?

O Doutor apontou para as seis *Mona Lisas* na câmara secreta.

Duggan tossiu.

— O que você acha que estávamos caçando, esse tempo todo?

As *Mona Lisas*! A audácia e a estupidez do plano inteiro deixavam Romana tonta. Trabalhar por toda a história, em parte para pagar uma conta de energia que jamais seria enviada, já que nem o departamento de contabilidade da Électricité de France existiria depois. *Algumas pessoas*, Romana suspirou, *não entendem a viagem no tempo.* Bem, era complicado.

O Doutor ficou animado e fez um gesto quase carinhoso para as *Mona Lisas*.

— Ele nunca teria conseguido vendê-las.

— Por quê?

— Ah... — O Doutor enfiou as mãos nos bolsos e se esforçou desesperadamente para parecer casual. Acabou sendo tão bem-sucedido quanto uma produção de *Macbeth* só com elefantes. — Antes de Leonardo pintá-las, eu escrevi "Esta é uma cópia" nos quadros em branco. Com caneta hidrográfica. Apareceria em qualquer raio X.

Ele olhou ao redor, triunfante. Talvez tenha assobiado. Só um pouco.

O queixo de Duggan sugeria que ele estava tentando engolir uma bola de tênis.

— Problema resolvido — anunciou o Doutor, com firmeza. E parou de sorrir. — Ou estaria, se não houvesse uma segunda alternativa, que uma pessoa nesta sala deu a ele.

O Doutor olhou fixamente para Romana, até ela ter vontade de se mudar para a Bélgica.

— Você! — Apontou para ela. — Você deu ao conde o componente vital de que ele precisava para voltar pelo tempo até a nave.

— Mas eu tinha que fazer isso!

— Em contravenção direta às Leis do Tempo.

— As o quê? — Ao ouvir falar de leis, Duggan ficou alerta.

— As Leis do Tempo.

— São válidas na França?

— São válidas em qualquer lugar! — respondeu o Doutor.

Romana estava ficando cansada. Aquilo já era um pouco demais.

— Doutor, você nunca foi muito de respeitar as leis.

— Ah, mas...

— Não, me deixe terminar. — Romana não se permitiria ouvir sermão de uma pessoa que só se lembrava das Leis do Tempo, da Física, da Gravidade e da Conversa Educada quando lhe eram convenientes. — Se você tivesse me perguntado antes de disparar seu ataque verbal...

— Eu disparei um ataque verbal? — O Doutor apelou para Duggan.

Duggan olhou fixo para uma das *Mona Lisas*.

— Sim — disse, por fim.

— Então sinto muito — falou o Doutor, não parecendo sentir nada.

— Fique fora disso. — Romana sorriu para Duggan, agradecida. Virou-se para o Doutor e usou seu trunfo. Já tinha pensado em tudo. E isso era bem mais do que ele fazia. — Doutor, quando fiz aquele componente, preparei de forma que ele só pudesse ficar no passado por três minutos. Depois disso, Scaroth seria catapultado de volta a 1979. Ele não poderia causar mal algum nesse tempo.

— Ah, poderia, sim.

Pensando como gallifreiano, uma visita de três minutos mal dava tempo para recitar os primeiros Protocolos Observacionais, além de ser impossível anotar todas as respostas. Para qualquer outra espécie do universo, três minutos era tempo suficiente para fazer o mal.

— Ah, qual é o argumento da vez? — inquiriu Romana.

— Um único minuto seria tempo suficiente para ele fazer contato com a nave e impedir que decolasse. O que quereria dizer que não seria mais fragmentado pelo tempo.

— Isso mesmo — concordou Romana.

— E tudo que ele fez na história de repente não teria acontecido. A história da raça humana ficaria completamente modificada, talvez fosse até abolida. — O Doutor fez uma pausa. Alguma coisa em sua cabeça o incomodava. Uma coisa terrível, que ele não conseguia responder. Então, fez uma pergunta. — O que você pensa em fazer sobre isso, então?

Arrasada, Romana olhou para a porta.

— É melhor sairmos daqui bem rápido.

— Concordo — disse o Doutor. Eram amigos outra vez. — Como?

— Hã... — foi a resposta da capitã da Equipe de Debate do Capítulo Arcaliano.

— Tenho uma ideia! — O Doutor sorriu.

— O quê?

— Vamos perguntar a Duggan.

— Achei que você queria que eu ficasse de fora. — Duggan soou magoado.

— Ah, sim, mas isso foi antes — respondeu o Doutor.

— Duggan, por favor — pediu Romana, com doçura.

Com a maior demonstração de força bruta de sua parte até o momento, Duggan deu um pulo e se jogou com os pés na porta. Era um golpe que tinha visto em um filme de Bruce Lee e sempre tivera vontade de experimentar. Bruce Lee caíra como um ninja. Duggan caiu como um bule quebrado. Mas a porta se abriu, derrubando Hermann no caminho, um benefício a mais.

— Estão vendo? — O Doutor sorriu para o resultado com aprovação e ajudou Duggan a se levantar. — Eu sempre tenho as melhores ideias, não tenho? — Ele deu um tapinha em Romana. — Me desculpe por ter gritado. O dia está sendo bem ruim.

— Você não teve que dormir em um café ontem à noite — resmungou Romana.

Eles saíram para a liberdade.

Duggan tinha visto muita coisa nos últimos dias. Galinhas. Maníacos. *Mona Lisas.*

Agora, estava sob a mira de uma arma segurada por uma lula vestida com muita elegância.

— Que diabo é isso? — gritou ele.

— O Jagaroth — sibilou Romana.

Scaroth descia a escada, apontando friamente uma arma que até pouco tempo pertencera à esposa. Ex-esposa.

— Agora vocês me veem como sou de verdade — disse Scaroth.

— Muito bonito, provavelmente — disse o Doutor.

— E vão testemunhar o ápice do trabalho das minhas vidas.

— Que incrível satisfação para você.

O Doutor sentia falta do conde Scarlioni. Ele era bem mais divertido do que Scaroth, que parecia, bem, ter menos chance de se virar para o mordomo e pedir coquetéis.

— Durante milhares e milhares de anos, meus vários eus fragmentados trabalharam para chegar a este exato momento. — Havia um traço de sorriso surgindo naqueles tentáculos, enquanto Scaroth andava pelo porão? — E, agora, com ajuda deste dispositivo, gentilmente oferecido pela jovem… — ele o pegou e adotou por um momento o ar de um mágico —, posso fazer esse equipamento funcionar como uma máquina do tempo totalmente operacional.

— Bem… — disse Romana, arrogante. O Doutor pisou no pé dela. Ela nunca aprendera quando não se gabar.

— Estou perfeitamente ciente das limitações que você acrescentou ao aparato, minha querida. — Scaroth descartou aquilo como um problemi-nha de chantilly que derretera na sobremesa.

O Doutor mudou sua avaliação. Obviamente, o conde Scarlioni ainda estava bem vivo dentro de Scaroth. Ele se perguntou se deveria apelar para o lado bom dele. Talvez uma conversa entre amigos? Mas Scaroth continuou falando, o tom comedido, firme e preciso.

— Acredite, sua limitação não vai afetar nem um pouco o resultado. Voltarei para o momento logo antes de minha nave explodir e me impedirei de apertar o botão.

Com um floreio, ele ligou o aparato de Romana na máquina. O porão inteiro começou a zumbir com energia, jorrando em pulsações do gerador da bolha do tempo. O disco de memória do computador começou a girar como uma máquina de lavar roupa muito animada.

Scaroth olhou para tudo e se permitiu um último momento de orgulho. Tudo aquilo, ele provocara tudo aquilo.

Ofereceu uma confidência final.

— Vocês não vão conseguir ler as configurações desses mostradores, a propósito. Eles vão explodir assim que forem ativados. Adeus, Doutor.

Ele apertou um botão e entrou no coração da máquina, fazendo uma pausa apenas para empurrar o esqueleto do professor Kerensky para o lado.

A bolha se formou ao redor de Scaroth, o último dos Jagaroth, e o levou com um aceno alegre.

O aparato de Romana explodiu, e a bolha desmoronou.

O porão ficou em silêncio.

Capítulo 17

Nós nunca teremos Paris

Era o último dia do planeta Terra. Suas horas finais. E, no porão da casa mais antiga de Paris, um homem tomou uma decisão muito importante.

— Bem — Duggan limpou as mãos e sorriu —, isso nos livrou daquela coisa. Não sei vocês, mas eu preciso de uma bebida.

O Doutor e Romana balançaram a cabeça ao mesmo tempo.

— Não. — O Doutor ergueu o rosto, depois de tentar ler os mostradores derretidos da máquina. — Temos uma viagem a fazer.

— Para onde?

Romana apertou os olhos para as ruínas queimadas e saiu correndo.

— Para quatrocentos milhões de anos atrás! — gritou, enquanto subia a escada correndo com o Doutor.

Por hábito, Duggan os seguiu.

— Para *onde*?

— Não pergunte! — gritou o Doutor.

Eles correram pelas salas do château, que parecia muito vazio e triste sem o dono. Um pensamento horrível surgiu na mente de Romana.

— Mas não temos as coordenadas da data e nem do local, Doutor. Quatrocentos milhões de anos atrás e a Terra inteira para escolher. É como procurar uma agulha nas pradarias de milho.

Romana parou e se apoiou em uma escultura de Michelangelo.

— Vocês dois — bufou Duggan. Os pés estavam doendo de tanto correr e chutar. — Vocês dois não podem ser reais.

— A história toda é que não vai ser real, se não chegarmos à minha nave.

O Doutor tinha um tom soturno. Já estava com uma leve sensação de náusea.

— Mas vamos precisar das coordenadas! — protestou Romana.

O Doutor abriu as portas do château, e eles saíram na rua, com o Senhor do Tempo falando e correndo de um jeito que deixou Duggan boquiaberto de exaustão, irritação e admiração.

— Scaroth vai deixar uma trilha leve pelo tempo. Temos chances de segui-la se chegarmos à TARDIS em minutos.

— Você parou por aqui? — Romana achava que isso seria ótimo. Só torcia para que a TARDIS não estivesse de novo naquela galeria de arte do outro lado da cidade.

— Está de novo naquela galeria de arte do outro lado da cidade — admitiu o Doutor, começando a andar em meio ao tráfego.

— Ah, que maravilha.

Romana e o Doutor se viram presos em uma pequena faixa alta de concreto entre duas vias de carros.

Eles estão loucos, pensou Duggan, suspirando, *completamente loucos*.

Há uma lei universal que diz que, quanto mais você precisa de um táxi, menores são as chances de conseguir um. Isso se aplicava a Paris com precisão. As regras que governavam os táxis de Paris eram bem simples: se você tivesse sorte e os taxistas não estivessem de greve, estariam dirigindo muito, muito rápido. Era o único jeito de se dirigir em Paris, e isso não permitia a desaceleração e a parada irritantes mas necessárias para pegar passageiros.

Suas chances de ser notado diminuíam ainda mais se o taxista estivesse em um dia ruim e sem vontade de parar para turistas. Os turistas em Paris costumavam achar que a melhor maneira de obter instruções de deslocamento era chamando um taxista e perguntando. Eles achavam que era um serviço gratuito, algo que os taxistas ofereciam com alegria. Mas não havia base alguma para isso. Guias já tinham sido revirados com exasperação por taxistas, mas o conselho não aparecia em nenhum deles. O que tornava tudo pior era que os turistas perguntavam as coisas mais bizarras. O ponto de táxi da Torre Eiffel ecoava com gemidos de desespero quando os turistas chegavam para perguntar onde ficava a Torre Eiffel. Era uma situação ao mesmo tempo infeliz e insustentavelmente improvável.

Quando as pessoas diziam que sabiam tudo sobre probabilidade insustentável de colapso de função de onda, ou elas compreendiam esse tipo de coisa instintivamente, ou tinham ido à biblioteca, pesquisado e desejado ter comprado um cérebro maior. As pessoas que entendiam essas coisas por instinto eram do tipo que ia a bares, se divertia, sempre conseguia uma mesa, raramente derrubava a bebida e nunca perdia o ônibus no qual decidia voltar para casa.

Um dos motivos de terem uma vida tão encantadora era por terem avaliado (com quadros-negros) o que aconteceria com a noite delas se, em algum momento, falassem sobre teoria da probabilidade, mecânica quântica, redução de função de onda ou vetorização. O simples motivo era que, se o fizessem, sem a menor dúvida pegariam o ônibus para casa sozinhas.

Uma dessas pessoas, caso fosse encurralada em um bar, e caso esse bar fosse em Paris, ouvindo dizer que a história toda de Paris estava prestes a entrar em uma interação termodinamicamente irreversível com ambiente clássico, pegaria o chapéu e sairia correndo. Nem se daria ao trabalho de tentar pegar um ônibus.

O Doutor estava em um ponto de ônibus. Tinha desistido de tentar pegar um táxi. Duggan achava o comportamento dele frustrante. Se o universo estava acabando, por que não havia sinais? Além do mais, havia ônibus em Paris? Ele achava que aquilo provava que o Doutor e Romana eram ingleses, afinal. Só os ingleses fariam fila em uma hora daquelas.

Aparentemente, o mundo estava acabando. O Doutor e Romana não conseguiam falar de outra coisa enquanto esperavam um ônibus, pacientemente, no que Duggan tinha quase certeza de que era apenas um poste de luz.

Do nada, um táxi apareceu.

O Doutor sorriu de prazer e foi efusivo nos elogios aos taxistas parisienses.

Um homenzinho idoso surgiu do nada, empurrou o Doutor e anunciou brevemente:

— Isso, *m'sieur*, é para mim.

Em seguida, entrou no carro, e o táxi foi embora.

O Doutor disse algumas palavras. Não eram em francês.

Continuaram parados no ponto de ônibus. Começou a chover.

— Quer saber, Romana? — anunciou o Doutor, depois de um tempo. — Acho que não há ônibus em Paris.

E saíram correndo de novo.

Duggan não teve coragem de dizer a eles que, alguns segundos depois que saíram correndo, um ônibus passou. Só disparou atrás dos dois.

A distância do Arco do Triunfo até a Champs-Élysées era de exatamente um quilômetro. Duggan sabia disso, porque um professor da escola tinha contado. Dissera que era um fato útil. O professor tinha sido comandante de tanque na liberação de Paris. Estava defendendo o Arco do Triunfo quando um tanque alemão se aproximara do outro lado do Champs-Élysées. Agir com rapidez foi fundamental. Seria demorado apontar, mirar e fazer foco de forma adequada com a arma do tanque. Mas o professor de matemática de Duggan lembrara que a distância do Arco do Triunfo até o fim da Champs-Élysées era de exatamente um quilômetro, então, antes que o inimigo tivesse chance de disparar, o tanque fora reduzido a detritos de metal. Era um fato útil de saber.

Se bem que Romana teria observado, um pouco sem fôlego, que a distância real do Arco do Triunfo ao outro lado da Champs-Élysées era de 1,3 quilômetro. Era uma distância agonizantemente lenta de percorrer correndo, se você estivesse seguindo entre o trânsito, provavelmente estirando um tendão ao chutar uma porta, ou se estivesse com medo de que o mundo pudesse acabar a qualquer momento.

Enfim, chegaram a uma parte da rua na qual um homem com menos pressa de salvar a história teria parado por um momento para recuperar o fôlego e observar a beleza do local. Mas Duggan não parou. Só continuou correndo e virou a esquina.

E deu de cara com o Doutor e Romana encostados em um quiosque, recuperando o fôlego e observando a beleza excêntrica e desordenada de Paris, antes de tudo ser destruído.

— É muito bonito mesmo. — Romana ofegou.

O Doutor assentiu.

O dia estava lindo. O sol brilhava como se não houvesse amanhã. E não havia mesmo.

Um táxi seguiu pela rua de pedras. O Doutor fez sinal, desesperado. O taxista deu de ombros e foi embora.

O Doutor olhou ao redor, sem esperanças.

— Qual é o problema? — reclamou. — Ninguém mais está interessado na história?

Só o Doutor tentaria salvar o planeta levando-os a uma galeria de arte. Disso Duggan tinha certeza. Finalmente chegaram no tipo certo de rua. Estava cheia de turistas, todos segurando sacolas de compras e ramos de flores, todos com expressões que diziam "estamos aproveitando para passear sem pressa e não vamos aceitar empurrões. De ninguém. Já passamos muito por isso na nossa cidade. Viemos a Paris para passear".

Consequentemente, o progresso do Doutor, de Romana e de Duggan por aquela rua não foi muito rápido. Mas, a julgar por como o Doutor apontava freneticamente, estavam quase chegando onde queriam.

Mas uma coisinha irritante preocupava Duggan. O que era uma TARDIS, afinal?

Na correria louca, o Doutor, Romana e Duggan não repararam no artista de rua.

Em geral, o que Bourget ganhava desenhando turistas era só o suficiente para fazer com que o senhorio parasse de gritar com ele. Era um trabalho aviltante, mas o senhorio sabia gritar bem alto.

Na sua frente estava uma família de americanos. Todos com sorrisos largos, falando sobre como se tornariam uma genuína obra de arte.

— Vai ser uma obra-prima — disse o pai — como um quadro de Renault. — Ele já estava pensando no quanto gastaria com a moldura, o que era de se surpreender, depois de ter negociado o preço com tanta habilidade. Talvez tivesse reparado que as mãos de Bourget estavam tremendo.

Bourget tentou não olhar para o papel, e cada traço rápido gerava suspiros enquanto desenhava a família com habilidade, um pouco mais magra, um pouco mais alta e com menos sacolas de compras. Evitou os rostos. *Não pode acontecer de novo*, pensou ele, *não pode*. Começou a trabalhar em uma sombra da Torre Eiffel ao fundo. Os suspiros absortos foram ficando silenciosos.

— Não se preocupem, crianças — disse o pai. — Ele vai fazer os rostos daqui a pouco. Faz parte da técnica. Você vai fazer os rostos daqui a pouco, não vai?

Bourget terminou a Torre Eiffel e ficou se perguntando se devia desenhar uma segunda. Não, não fazia sentido. Tinha que começar os rostos. E sabia o que aconteceria. Começou pela cabeça do pai. Desta vez, tinha que sair certo. Depois de alguns traços, relaxou. Não estava aparecendo um mostrador de relógio. Sim, só havia a cabeça de um homem. Ele franziu a testa. Alguma coisa estava errada nela. O maxilar estava um pouco pesado, a sobrancelha, meio peluda. O efeito geral era bastante primitivo. Com aspecto símio. Ele partiu depressa para o desenho dos filhos. Os rostos surgiram, todos normais, traço após traço, dando a eles olhos e bocas, transformando o vazio em algo que tinha cada vez mais personalidade. E então, entre uma linha e a seguinte, as sombras viraram mostradores e ponteiros de relógio surgiram nos narizes. Foi aí que os gritos começaram.

Elena estava olhando para Harrison, esperando uma reação dele. Achava que estava chegando ao limite. Mostrara a ele todas as belezas que Paris tinha a oferecer e sabia que, por algum motivo, a magia não o afetara. Além do mais, os sapatinhos lindos que comprara estavam incomodando muito. Ela decidiu fazer uma última tentativa antes de descartar aquilo tudo como um nobre esforço para a política da boa vizinhança. Ninguém podia dizer que ela não tinha tentado. Devia haver alguma coisa naquela galeria de arte que chamasse a atenção dele.

Elena o levou até a última exposição e esperou uma reação.

O silêncio se arrastou, mas só um pouco.

— Ah, para mim — começou Harrison, incerto —, uma das coisas mais curiosas sobre esta peça é o maravilhoso…

Ele deu uma tossidela e parou. Ficou admirando outra vez a obra de arte. Achou-a estranhamente tranquilizadora. De repente, soube exatamente o que queria dizer.

— Seu maravilhoso afuncionalismo.

— Ah, entendo o que quer dizer. — Perplexa, Elena o recompensou com um aceno encorajador. — Distanciada da função e vista puramente como obra de arte, a estrutura de linha e cor contrastando de maneira curiosa com os vestígios redundantes da função.

Exatamente. Fazia Harrison pensar em seu país. E, ao mesmo tempo, deixava-o ainda mais feliz de estar ali. Havia alguma coisa tremendamente animadora na pura incongruência. Ele sorriu, e as palavras jorraram.

— Como não tem motivo para estar aqui, a arte se resume ao fato de *estar* aqui!

Elena o levara para a galeria do sr. Bertrand. No começo, ele ficara distante, murmurando, mas alguma coisa na exposição final fizera com que parasse e pensasse. Imagine só, abalado por uma caixa azul! Logo uma cabine de polícia.

Enquanto a admiravam, três pessoas passaram correndo e entraram na cabine. Que, com um ruído, desapareceu.

— Extraordinário, absolutamente extraordinário!

Elena ofegou de leve e bateu palmas.

Harrison assentiu. Enfim encontrara alguma coisa de fato bela em Paris.

Duggan entrou correndo na TARDIS, antes mesmo de ter tempo de concluir o que a caixa não era. Quando entrou, ficou um pouco ciente de que não era exatamente da forma e tamanho que esperava que fosse, mas uma parte grande de seu cérebro simplesmente parara de se preocupar.

Ao que parecia, a *Mona Lisa* tinha sido roubada por uma lula que no momento estava viajando pelo tempo para acabar com a raça humana, e eles a estavam perseguindo em uma cabine telefônica. Ah. Certo. Tudo bem.

E tinha acabado de descobrir que o Doutor tinha um cachorro robô, a coisa mais maravilhosa que ele já tinha visto.

O Doutor e Romana se ocuparam gritando um com o outro e com um grande computador. Duggan os deixou trabalhar e fez amizade com o cachorro robô do Doutor.

— Oi, amiguinho, qual é seu nome, hein?

— K9.

— K9, é? Brilhante.

— Brilhante, mas duvidoso — respondeu o cachorro robô, parecendo estranhamente satisfeito, como se tivesse acabado de comprar um chapéu novo.

— Que truques você faz, cachorrinho? Sabe pedir?

— Negativo.

— Sabe pegar coisas?

Duggan pegou um livro e jogou longe. O cachorro robô nem se mexeu.

— Doutor, acho que seu cachorro robô parou de funcionar.

O Doutor ergueu o rosto do meio de um emaranhado de cabos.

— Não, não, ele só fica entediado fácil — respondeu, e se deitou no chão para procurar alguns parafusos.

— Ah.

Romana deu um pequeno sorriso para Duggan. Estava tentando configurar depressa as coordenadas da TARDIS com um sinal flutuante de energia da movimentação de Scaroth. Era como tentar encontrar onde uma pedra fora jogada em um lago bem depois de toda a movimentação da água parar e o lago estar seco. O que piorava tudo era o fato de o Doutor estar ajudando. Como as tentativas dele em geral envolviam programar o percurso para a supernova mais próxima, era um tanto complicado. Ela olhou para K9, que a encarou com toda a solidariedade que um cachorro robô era capaz de demonstrar.

A TARDIS viajou pelo tempo, deixando as seis mil ruas de Paris desmoronando. Prédios brilhantes de escritórios caíram, o metrô saiu do chão, as águas românticas do Sena ferveram e a Torre Eiffel tombou. O presente caía em um estado de incerteza que teria deixado físicos quânticos empolgados, se ainda existisse a física quântica.

Todas as conquistas, exceto uma, ficaram em pausa. A TARDIS voltou pelo tempo, a causalidade desfazendo-se como um trabalho de tricô não terminado, fileira após fileira da história desmoronando, os eventos sumindo como o pavio de uma bomba de desenho animado, seguindo na direção do começo de tudo, a única realização que Scaroth ainda não tinha desfeito.

Isso tornou a navegação pela história surpreendentemente fácil, pelo mero fato de que não havia outro lugar para ir.

Pela primeira vez, a TARDIS ficou em silêncio.

Capítulo 18

À la recherche du temps perdu (Em busca do tempo perdido)

Não havia vegetação na superfície do mundo, só uma camada de lama ao lado de um mar denso e lúgubre. Era mais uma gosma do que um mar. Recusava-se até a refletir o céu, porque isso seria empolgante demais. Preferia brilhar com um verde-cinzento profundo e chato. O lodo era a única coisa sem graça no mundo. Acima, o céu ardia, magnífico, com nuvens ameaçadoras de fogo. Era uma terça-feira.

De um modo geral, aquela paisagem era única. Uma paisagem que jamais seria vista até que, de alguma forma, escapasse dos sonhos de Leonardo da Vinci e entrasse sorrateiramente no fundo de seu quadro mais famoso. Relâmpagos iluminavam montanhas e mergulhavam em vales desolados, jogando resquícios de pomes no ar quente.

Era um espetáculo maravilhoso, uma pena não haver ninguém lá para ver.

Só que, de repente, havia.

Um homem (bem, quase um homem) estava ali, comicamente bem-vestido, com um terno branco que logo ficou manchado de cinzas.

Scaroth olhou ao redor, satisfeito. Ainda tinha uma distância a percorrer, mas finalmente estava de volta ao seu lugar.

Ele saiu andando pelas pedras.

Alguns minutos mais cedo, a TARDIS se acomodou em um ângulo levemente inclinado na beirada do único pedaço certo de história da Terra que restava.

Duggan ainda não tinha certeza do que acontecera. Mas tudo parecia meio injusto. Se você vai entrar em uma caixa, por mais estranha que seja por dentro, as coisas do lado de fora têm a obrigação de estarem iguais quando você sai dela.

Não conseguiu elaborar qualquer teoria que explicasse onde Paris tinha ido parar.

— O que aconteceu? — Como a pergunta não obteve resposta, tentou de novo. — Que lugar é este?

O Doutor e Romana trocaram sorrisos. Obviamente, haveria muitas perguntas.

Distraído, Duggan pegou uma pedra e jogou pelo platô. O Doutor já tinha reparado que, quando um ser humano precisava encarar uma visão que não entendia, tinha o hábito de jogar alguma coisa nela.

O Doutor estendeu os braços, indicando o horizonte escuro e cintilante e a planície ampla.

— Isso é, ou vai ser, mais ou menos o meio do oceano Atlântico.

— Mas... — Houve uma pausa bem longa. — Estamos em terra.

Romana percebeu que, de todas as formas possíveis, Duggan estava completamente perdido.

— Duggan... — O Doutor usou um tom de voz bem razoável. — Juro que estamos onde eu disse que estaríamos. Quatrocentos milhões de anos no passado da Terra.

— Ah — respondeu o detetive, testando o chão debaixo dos pés, receoso.

— Dá para entender por que os Jagaroth queriam ir embora. — Romana não estava encantada. — Onde está Scaroth?

— Ah, ele vai chegar logo — murmurou o Doutor. — Afinal, ali está a nave Jagaroth.

Ele apontou. Quase escondida na sombra de uma montanha na beirada do platô estava uma nave com a aparência de um inseto metálico. Mal podia ser percebida porque a montanha era muito grande e alta. Mas, depois de vê-la, não dava para tirar os olhos. Não tinha como aquela espaçonave fingir ser uma coisa boa.

Eles andaram depressa pela planície, seguindo por um terreno que parecia dividido entre ser pedra ou lama.

— Aquela nave é a última dos Jagaroth, uma raça cruel, insensível e beligerante. O universo vai ficar melhor sem eles. — Mas o Doutor não disse que o universo não sentiria falta deles. Aquilo parecia um pouco demais.

No momento, sentia-se dolorosamente ciente de que o tempo estava ocupado decidindo se podia ficar sem a raça humana e concluindo que seria uma pena, mas que provavelmente ficaria tudo bem. Cada inovação que Scaroth dera à humanidade seria exterminada. Eles teriam que começar com uma tábula rasa. Conseguiriam se sair tão bem por conta própria? Ser ou não ser? Essa era a questão.

Enquanto seguiam até a nave por um terreno que se alternava entre ser seco e úmido, Romana não se mostrou nem um pouco impressionada.

— Dá para ver por que explodiu. — Ela apontou. — Os motores de propulsão atmosférica estão desarmados. Os idiotas devem estar prestes a tentar decolar em uma dobra espacial.

— É — concordou o Doutor. Se estivesse no lugar deles, provavelmente teria tentado o mesmo. Mas... — Tente fazer isso em uma atmosfera e...

O Doutor parou de falar e fez uma expressão muito preocupada.

Eles seguiram mais um pouco, em um silêncio soturno. Depois de um tempo, Duggan percebeu uma coisa.

— Aquilo é uma espaçonave!

— Silêncio — sussurrou o Doutor, dando um tapinha no ombro dele.

Ele se agachou, passou a mão pela lama e pegou um punhado, que pingou pelos dedos até chão.

— Isso aqui, Duggan, é o líquido amniótico do qual toda a vida da Terra deve nascer. — A gosma nojenta escorreu lentamente por seus dedos. — É aqui que os aminoácidos se fundem e se juntam lentamente para criar células primitivas, as células que vão acabar evoluindo e virando vida vegetal, animal e humana. Você, Duggan.

O Doutor virou o líquido na mão do agente com reverência e limpou depressa a própria mão na capa de chuva do sujeito.

— Eu venho disso? Dessa gosma? — Duggan jogou a gosma sem hesitar.

— Ah, não exatamente dessa gosma. Ela é inerte. Ainda não tem vida nela. Está esperando que uma dose enorme de radiação dê início à vida.

A cadeia de pensamento que começara no ateliê de Leonardo foi interrompida de repente. O Doutor parou de limpar a mão e olhou ao redor, horrorizado. Finalmente, tinha entendido. Romana também, a julgar pela forma como estava olhando com assombro para a nave dos Jagaroth. O primeiro presente de Scaroth para a raça humana.

— A nave dos Jagaroth! É pior do que pensávamos. A explosão que fez Scarlioni ser dividido pelo tempo também criou a vida na Terra. E isso está prestes a acontecer. O nascimento da vida em si.

— Aqui? — Duggan pareceu vagamente revoltado. — Com a gente olhando?

— Ah, não — admitiu o Doutor. — Se ainda estivermos olhando, estaremos metidos em um problema mortal. Temos que impedir Scaroth. Se não garantirmos que ele continue sendo o último dos Jagaroth, a raça humana vai subitamente deixar de existir.

Romana foi a primeira a notar a pessoa que vinha andando pela planície na direção deles. Considerando que era um cefalópode monocular de terno, parecia bem elegante. Sem contar a arma que apontava para eles.

Quando se aproximou deles, na base da *Sephiroth*, Scaroth assentiu. Era um cumprimento educado, do tipo que se fazia para convidados e indicava que você ia falar com eles depois, embora tivesse a intenção de não fazê-lo. Com isso, desviou a atenção para a nave. Vários milhões de anos de planejamento, e ele não se lembrara de levar um megafone.

Gritou e balançou as mãos no ar.

— Parem, parem, meus irmãos! Em nome da vida de todos nós! Parem!

Nada aconteceu.

O barulho do motor da nave aumentou de leve.

Scaroth disparou uma bala no ar. Considerando o ar inflamável da atmosfera da Terra, o barulho e o brilho foram impressionantes.

— Temos que detê-lo — disse o Doutor, e saiu correndo.

Scaroth parou de apontar a arma para o alto e mirou no Senhor do Tempo. Estava mais irritado do que surpreso.

— Que droga, Doutor. Agora não. Preciso parar a nave.

Quando o Doutor respondeu, foi sem traços do aventureiro diletante e do viajante descolado. Foi com a seriedade cansada de milhões de anos.

— Não.

— Eu estou naquela nave! — A mão com a arma tremia um pouco. — Estou na cabine de controle de dobra espacial. Tenho que me impedir de apertar aquele botão.

Scaroth disparou de novo, e a bala bateu na carcaça dura de metal da nave.

O Doutor se posicionou com firmeza entre Scaroth e o alçapão que ficava em uma das pernas da nave. E balançou a cabeça, com a mesma firmeza.

— Não, Scaroth. Você já fez isso. Já lançou os dados uma vez. Não pode lançar de novo.

Scaroth sabia que não tinha tempo para discutir.

— Mas então serei fragmentado pelo tempo de novo. Meu povo vai morrer.

— Foi um risco que você correu. É o risco que você está correndo, agora mesmo, lá dentro.

Scaroth acenou freneticamente. Conseguia ver um rosto distante em uma janelinha imunda, olhando para telas infinitas. *Eu. Tão perto. Olhe para baixo, seu tolo. Olhe para baixo e me veja.*

— Eu posso me salvar. Posso salvar todos eles — gritou, dando um pulo.

— Não — repetiu o Doutor, estendendo as mãos, suplicante. — A explosão que você vai disparar está destinada a gerar a raça humana. Assim que sua raça se matar, outra vai nascer. Isso já aconteceu. Vai acontecer.

O Doutor e Scaroth se olharam.

— Que importância tem a raça humana para mim? — indagou Scaroth, com desprezo e certa insegurança.

Tinham feito tantas coisas juntos. Tantas realizações maravilhosas. Ele se imaginou tentando explicar qualquer uma daquelas realizações para os outros Jagaroth. O que eles achariam de tudo aquilo? A pintura. A confeitaria. As pirâmides. Percebeu que os outros partiriam para cima dele, exigindo que os tirasse daquele planeta morto e fosse procurar outro para invadir.

— A humanidade? — Ele suspirou com tristeza. — Não passa de uma escória primitiva. Foi só uma ferramenta da minha salvação.

— O produto da sua destruição.

Aquele homem maldito tinha razão. Mas Scaroth estava correndo contra o relógio. Ele empurrou o Doutor, que caiu no chão, e apontou a arma para a cabeça dele.

— Não, Scaroth — implorou o Doutor. Não estava lutando. Só caído, ali. Olhando para ele. E estava com a razão. — A história não deve mudar. Não pode mudar.

Scaroth encarou o Doutor, balançou a cabeça e apertou o gatilho.

Duggan já tinha batido em muita coisa. Cabeças. Muros. Cachorros. Um carro.

Mas dar um soco em um alienígena com aquela cara estranha de lula foi uma experiência nova. O punho afundou. A pele não era tão gosmenta e horrenda quanto esperava que fosse. Mas também não era sólida. Foi como dar um soco em um travesseiro cheio de facas. Sentiu algumas partes deslizarem sobre as outras, com um ruído, e viu Scaroth, o último dos Jagaroth, cair no Doutor, enquanto a bala atingia a fuselagem com um sibilar perigoso.

Romana se aproximou, correndo, e puxou o corpo de Scaroth de cima do Doutor.

O Doutor se levantou, atordoado e ensurdecido pelo gemido crescente dos motores.

— Duggan! — gritou ele. Balançou a cabeça, tentando clarear os pensamentos. — Duggan — repetiu, em um sussurro.

Poupe-me do sermão, pensou o detetive, e decidiu, só por diversão, bater no Doutor.

A mão do Doutor segurou a dele com força surpreendente. Sorriu para ele com todos os dentes à mostra.

— Duggan, você sabia que eu acho que esse talvez tenha sido o soco mais importante da história?

Romana cutucou o corpo de Scaroth. Acima deles, os motores da nave estavam ficando perigosamente mais barulhentos, sacudindo o ar. O sibilar causado pela bala de Scaroth virou um gemido quando a linha de combustível foi partida.

— O que fazemos agora? — perguntou Romana.

O Doutor deu de ombros.

Na mesma hora, o corpo de Scaroth, o último dos Jagaroth, sumiu. Um problema a menos.

— O tempo de Scaroth acabou — disse o Doutor. — Ele voltou para o château.

Sem mais nada para olhar, observaram a nave. Estava uivando, sacudindo a atmosfera em um furacão de cinzas de lava e lama. Apenas um pouco visível em um dos lados, uma figura pequena trabalhava na cápsula de controle de dobra espacial. A figura não olhou para eles. Tinha outros problemas com que se preocupar.

O Doutor fez uma saudação para o sujeito alheio a eles, virou-se e saiu andando por cima das pedras.

— Aquela nave está prestes a decolar — disse Romana.

— Prestes a explodir. — O Doutor não olhou para trás. — Vamos sair daqui.

Eles voltaram correndo para a TARDIS e, pela primeira vez, deixaram a história seguir seu curso sozinha.

Com força total, a *Sephiroth*, majestosa, deslizou da superfície do planeta desolado. Conforme a esfera foi subindo, as pernas com garras se encolheram para dentro da nave. As perspectivas eram boas. Uma leve flutuação provocada por um vazamento de combustível pareceu se ajeitar sozinha. Por um momento, a esfera ficou pairando, brilhando com energia, magnífica, cheia de expectativa.

Então, explodiu.

O campo de dobra espacial desabou. Os fragmentos da nave, presos no lugar por forças impossíveis, enfim tiveram liberdade de se lançar no esplendor ardente, espalhando-se por toda a superfície do planeta morto.

Desta vez, nada de surpreendente aconteceu.

Não houve explosão. Apesar de tudo, as coisas funcionaram maravilhosamente. Scaroth abriu o olho.

Tinha se preparado para aquele final com muita nobreza. Para despertar na desolação infinita. Talvez com tempo suficiente para dar adeus aos colegas. Talvez com tempo de compartilhar um único olhar significativo consigo mesmo. De se olhar no olho, só por um segundo. Ou talvez de se ver completamente só, até desaparecer.

Não fazia diferença, a ausência de explosão dizia tudo que ele precisava saber. Que, apesar de tudo, apesar daquele Doutor e daquele Duggan, tudo acabara dando certo, no fim das contas.

E era merecido. Afinal, ele tinha passado milhões de anos planejando aquilo. O Doutor improvisara um curso de ação. Scaroth merecia sucesso.

Scaroth abriu o olho e se viu na escuridão total. Era isso. O triunfo era dele. Enquanto olhava, a escuridão cintilou. Pontinhos apareceram na eternidade, primeiro uma pequena chama, depois uma pirâmide, estátuas, carros e bombas. Fantasmas da história ganharam vida conforme ele passava voando. Tinha falhado. Estava caindo pelo vórtice temporal. Percebeu, naquele momento, que a limitação de três minutos disparara. Estava indo para casa. Para uma casa que desejava nunca ter existido. Enquanto avançava pelos séculos, seus fragmentos olharam para ele com vergonha e fúria.

Não conseguiam entender como todo o trabalho árduo não tinha servido de nada. Como ele pôde ter falhado? Como os Jagaroth puderam ter falhado?

Antes, Scaroth tinha botado a culpa do fracasso no fato de não ter tempo suficiente. Desta vez, tivera todo o tempo do mundo, mas falhara mesmo assim.

Os outros fragmentos dos Jagaroth olharam para ele com raiva.

— Não, não, não! — gritou. — Não foi assim.

Mas não era o fim. Sabia que não era. Tinha uma máquina do tempo. Era só acioná-la de novo e voltar. Voltar várias vezes, até que a planície inteira estivesse lotada de Scaroths, todos acenando para a espaçonave, todos gritando para que parasse. Isso era melhor do que o plano original. Esse plano daria certo. Tinha que dar.

Tinha que dar certo, porque agora ele sabia para que voltaria. Para o nada. Para o château, cheio de objetos valiosos, mas sem Kerensky para perturbar, mandando que fizesse melhorias e, claro, sem Heidi. Sem conversas borbulhantes com vinho. Sem amizade. Só a devoção sólida, séria e cruel de Hermann. Só Hermann. Hermann entenderia, claro. Hermann ajudaria.

* * *

O mordomo estava deitado no chão do laboratório. A cabeça doía. Ele fez uma lista. A lista continha a ordem na qual o Doutor, Duggan e a garota morreriam e a forma precisa como cada um faleceria. Faria Duggan morrer por último, claro. Depois de ver o que faria com os outros. Ou talvez a garota? *Isso acabaria com aquele sorriso dela*, pensou Hermann.

Ele cambaleou pelo laboratório, tentando afastar a dor da cabeça. Preparando-se para a briga.

Primeiro, o porão pareceu silencioso demais, mas logo um zumbido começou a soar e, aos poucos, se espalhou pelo aposento. O equipamento do professor estava sendo ativado.

Hermann espiou. A bolha do tempo estava se formando.

— *Scaroth! Scaroth! Scaroth!*

Eram seus outros eus, cantarolando o nome dele com deboche e fúria.

Isso não era bom. Não era justo. Sabia que tentaria de novo. E, desta vez, teria sucesso.

Conseguia ver o fim do vórtice temporal, uma bolha abrindo-se em Paris. Desta vez, ele a consertaria.

Os séculos que me dividem serão desfeitos.

Scaroth entrou na bolha do tempo e se preparou para sair no mundo real e recomeçar.

Hermann olhou, horrorizado, para a forma grotesca no centro do porão. E teve uma reação instintivamente humana. Pegou a primeira coisa que encontrou por perto e jogou na criatura.

— Não, Hermann! Não, sou eu! — gritou a coisa.

Hermann achou estranho a coisa dizer isso. Naquele momento, o lampião à base de óleo de peixe que ele jogou bateu na lateral da máquina, botando fogo nos dois na mesma hora, em uma explosão que subiu do château, saindo do porão até alcançar os salões de baile e as galerias negligenciadas.

A bola de fogo resultante pôde ser vista do alto da Torre Eiffel e fez muitas aparições em fotos, atrás de turistas assustados.

* * *

Scaroth não conseguiu sair da bolha do tempo. Só teve um vislumbre da *Mona Lisa* dando um sorrisinho para ele, do banco em frente. Em um piscar de olhos, tudo foi arrancado dele. Scaroth não pisou outra vez no mundo que transformara em lar. Tinha encantado toda Paris com seus gracejos críticos, seu humor cruel, seus *bon mots*. Mas "não, sou eu" não foram mesmo boas últimas palavras.

Por outro lado, não foi o fim de Scaroth, o último dos Jagaroth. Com a saída do corredor do tempo fechada, não havia lugar para onde ir além do vazio. Ele se virou para pedir ajuda aos outros fragmentos, mas todos tinham dado as costas para ele. Assim, com um gemido, seguiu andando, por uma escuridão que não tinha fim.

Capítulo 19

Francês sem rasgos no tecido do espaço-tempo

— A mais perto da parede?

Harrison ouviu a voz furiosa e pensou: *Ah, não, hoje não.* Tinha convencido Elena a subir a Torre Eiffel com ele. Agora que tinha visto a beleza de Paris, tudo era bem mais fácil. Talvez nunca fosse capaz de falar sobre aquilo de forma tão inteligente quanto Elena, mas não importava. Podia assentir. Podia sorrir. E estava fazendo as duas coisas.

Harrison Mandel não deu muita atenção ao homem de cachecol e nem à garota de uniforme escolar. Se eram maravilhosamente familiares, aquilo era apenas parte da magia. Ele farejou o ar e achou mesmo que Paris era o lugar mais bonito da Terra. Apertou a mão de Elena e, alegria das alegrias, ela apertou a sua também.

E, assim, os dois seguiram com a vida.

Sentado no ateliê, infeliz, o artista Bourget fez as pazes com sua maldição. Ele a enfrentaria em seu próprio jogo. Em vez de tentar desenhar pessoas, desenharia um relógio. Se era isso que suas mãos o estavam mandando fazer, era isso que faria. *Chacun a son goût,* cada um com seu gosto. Ignorando os gritos do senhorio que se aproximava, Bourget começou a desenhar o melhor relógio que podia. Trabalhou com diligência, fazendo apenas algumas pausas para cigarros e conhaque. Na verdade, foi um dos desenhos de relógio mais sinistros que o mundo já viu. Cada traço e linha dizia: este é um instrumento que regula o tempo com firmeza. Aliviado, voltou a atenção para o mostrador e o sombreou.

Perplexo, largou o pedaço de carvão. Nem sequer o ouviu se estilhaçando no chão.

Olhando para ele, no desenho do relógio, estava o rosto sorridente da *Mona Lisa.*

Com toda Paris espalhada abaixo, Duggan gritava a plenos pulmões.

Romana o ignorava. Era uma tarde gloriosa. Paris estava com o cheiro de sempre. Um buquê alegre que vinha dos bulevares organizados, das grandes galerias e das linhas alegremente estáticas do tráfego. Era maravilhoso. Ainda assim, Duggan estava gritando.

— A mais perto da parede?

Duggan segurava uma cópia da *Mona Lisa.* Era uma cópia excelente da *Mona Lisa.* E só estava um pouco suja de fuligem.

— Hummm. — O Doutor deu de ombros, como quem pede desculpas. Tudo era meio complicado. Torcia para que Duggan ficasse satisfeito. Obviamente, não ficou. Talvez aquele não fosse o melhor lugar para um encontro. — Ah, é a única que não foi estragada pelo fogo.

Romana olhou da plataforma com tristeza. Na extremidade do Marais, onde dois dos mais imponentes bulevares de Haussmann se encontravam, havia um buraco muito grande. O Doutor explodira uma casa majestosa, afinal.

— Mas! Mas! — Duggan ainda gritava, balançando a tela. — É falsa! Não dá para pendurar uma *Mona Lisa* falsa no Louvre!

Romana ainda não compreendia a pintura à mão. Os humanos pareciam obcecados por isso.

— Como pode ser falsa, se foi Leonardo que pintou?

— Com "Esta é uma cópia" escrito na tela? De caneta hidrográfica! — Duggan berrava, espumando um pouco.

Romana ainda não estava entendendo.

— Isso não afeta a aparência — disse ela.

O Doutor assentiu, muito sério.

— Não importa a aparência! — berrou Duggan, sacudindo o quadro para eles.

— Não? — refletiu o Doutor. — Algumas pessoas diriam que é a motivação para pintar.

— Mas vão passar no raio X! — Duggan fechou a cara. — Vão descobrir.

— E vai ser bem feito. — O Doutor sorriu. — Se precisam de um raio X para dizer se um quadro é bom ou não, bem, é melhor mandar fazer logo as pinturas por computador.

— Como é lá em casa — comentou Romana, orgulhosa. Era bem mais simples. Bem menos complicado.

— Humm — concordou o Doutor.

Aquela era uma complicação que passaram para Duggan. Talvez ele conseguisse convencê-los de que, na verdade, era uma mensagem cifrada deixada por Leonardo. *Era só dar um nome complicado que todo mundo passaria a tentar resolver*, pensou o Doutor. Mas como poderia se chamar um código secreto deixado por Leonardo da Vinci? Tinha certeza de que alguém pensaria em alguma coisa que faria sentido.

O olhar de Duggan virou uma expressão canina.

— Casa — resmungou. — É. De onde vocês dois são?

Romana e o Doutor se entreolharam, como se aquela fosse a piada mais engraçada do mundo.

— De onde? Bem... — O Doutor abriu o braço, indicando a vista da plataforma, o trabalho em ferro da torre, o belo contorno de Paris e as nuvens distantes. — A melhor forma de descobrir o lugar de origem de alguém é descobrindo para onde essa pessoa vai e fazer o caminho de volta.

Romana assentiu, séria. Não o ajudou a entender nada, só deu uma leve piscadela.

— Então para onde vocês vão? — perguntou Duggan, receoso.

— Não sei — respondeu o Doutor, tristonho.

— Nem eu. — Romana sorriu.

— Adeus — anunciou o Doutor, de repente, e saiu andando e rindo.

Duggan ficou sozinho, segurando um quadro da *Mona Lisa*. Se tinha acontecido alguma coisa engraçada, ela era a única que estava sorrindo.

Com dificuldade, Duggan parou de se preocupar com o que o chefe pensaria daquilo. Olhou de cima da Torre Eiffel para a cidade cintilando abaixo. No gramado na frente da torre estavam o Doutor e Romana, ao lado da cabine azul. Acenando para Duggan.

Ele acenou em resposta.

— Tchau, Duggan! — gritaram os dois, e entraram rindo na cabine.

A TARDIS sumiu, deixando uma gargalhada final pairando no ar.

Rugindo para a eternidade, a caixa pequena, azul, grande e branca saiu em busca de novas aventuras…

FIM

Posfácio

Sobre a abundância semiótica do texto encenado

Ou

Enquanto Shakespeare joga croqué, Romana manda pular

Cidade da morte deve ser a história mais autoral e menos autoritária ao longo de toda a existência de *Doctor Who*. Assim como este livro não deveria ter sido escrito por mim, o roteiro original não deveria ter sido escrito por Douglas Adams.

Elaborada originalmente por David Fisher, *Uma jogada com o tempo* contava uma história animada sobre um conde e uma condessa muito elegantes que trapaceavam em mesas de cassino para conseguir fundos para experimentos com viagem no tempo. A história acontecia nos anos 1920 e 1970 e fazia uso muito limitado de locações em Paris.

Apesar do estado delicado das finanças da Inglaterra e de *Doctor Who* no final dos anos 1970, o produtor, Graham Williams, e o produtor do episódio, John Nathan-Turner, conseguiram esticar o orçamento de tal forma que tivessem mais tempo para as filmagens externas do que o roteiro de Fisher permitia. E isso queria dizer que tinham que pedir a ele para escrever um novo roteiro, e depressa. Como David Fisher estava no meio de um divórcio muito interessante, não estava em posição de fazer isso.

E assim, de repente, Douglas Adams, na época, editor de roteiros de *Doctor Who*, foi até a casa de Graham Williams em uma quinta-feira, sentou-se diante de uma máquina de escrever, e os dois tagarelaram sem parar enquanto Douglas datilografava. Às vezes, o diretor Michael Hayes aparecia lá para fazer café, ler o que já tinha sido escrito e se tranquilizar de que haveria um roteiro com o qual trabalhar na segunda-feira.

Houve mesmo, e que roteiro. Deve haver três pessoas no mundo que não gostam de *Cidade da morte*, e todas estão na lista de procurados. Graças à greve da ITV durante a transmissão, *Cidade da morte* provavelmente continua sendo a história mais vista de *Doctor Who* de todos os tempos. Com as reprises, quase mais nada se passou na TV em 1979, então é uma bênção que seja uma das melhores histórias de *Doctor Who* que já existiram. Eu tinha quatro anos na época, pelo que consigo lembrar. Não fazia ideia do que estava vendo, mas aquilo me manteve fascinado entre episódios de *O show de Basil* e *The Generation Game*.

A questão é que o que todo mundo estava vendo (repetidas vezes) era o programa final, concluído. Este livro é baseado nos roteiros. Os roteiros foram escritos por Douglas Adams, com sugestões de Graham Williams e a partir de uma ideia de David Fisher. O que foi transmitido era um pouco diferente. Algumas cenas foram cortadas na edição, ou a ênfase mudou um pouco. Os atores Tom Baker, Lalla Ward e Julian Glover se divertiram muito com as falas e apuraram cada uma ao extremo. As diferenças resultantes são surpreendentes.

Por exemplo, trabalhos acadêmicos inteiros foram escritos sobre a abordagem do Doutor à sexualidade, baseada na fala "Você deve ser uma bela mulher." A fala original foi escrita assim: "Você é uma mulher bonita. Ele provavelmente estava tentando reunir coragem para convidar você para jantar".

Outro exemplo famoso foi que, em vez do "Vamos pegar o elevador ou pular?" da Torre Eiffel, que havia no roteiro, na televisão Romana sugere: "Vamos pegar o elevador ou sair voando?", uma noção mais poética, curiosamente mais explorada em *A vida, o universo e tudo mais* e *Até mais, e obrigado pelos peixes*, de Douglas Adams.

Há muitos outros exemplos desse refinamento glorioso (originalmente, o Doutor e Romana saem em busca de um prato de macarrão com queijo). Muitos foram mantidos e, em outros pontos, segui o original, só porque era interessante. Afinal, a ideia de Shakespeare jogando croqué é maravilhosa.

A versão televisiva de *Cidade da morte* mostra muita coisa de Paris, principalmente na Parte Quatro. Como o próprio Adams admitiu, àquela altura do longo fim de semana, ele já estava bem cansado. O roteiro da

Parte Quatro é bem mais curto, e as instruções volta e meia sugerem que várias cenas de correria ajudariam a preencher o tempo.

Assim, este texto tem base ampla nos roteiros, com empréstimos da produção final televisada nas partes em que ela é de alguma ajuda. Você vai ficar triste de saber que o roteiro não contém um subenredo. Mas contém várias cenas cortadas ou bastante editadas. É claro que incluí todas. As instruções maravilhosamente engraçadas de Douglas Adams foram mantidas onde possível. ("Romana pega um vaso e bate com ele na cabeça da condessa. A condessa cai como um saco de nabos." "Deve ficar claro que Tancredi é doido de pedra." "*Le Patron* dá de ombros sem preocupação. Pega o gargalo de uma garrafa quebrada na mesa, olha-o de forma significativa por um momento e o joga em uma lixeira.") O roteiro original também inclui uma quantidade muito mais satisfatória de brigas, com espadas, socos, pés e muitas armas. Obviamente, isso tudo está de volta. Dei uma arma um pouco maior para a condessa em determinado ponto, mas essa é a única mudança. A não ser que eu esteja mentindo.

Junto com tudo isso, vem qualquer quantidade adicional de detalhes que o roteiro oferecesse. Por exemplo, Douglas Adams manteve o nome da condessa como Heidi, tirado de *Uma jogada com o tempo*. Isso é uma mina de ouro, claro. No meu primeiro dia de trabalho, mandei um e-mail para um amigo, dizendo: "A condessa tem nome! E esse nome explica tudo." Bom, explica mais ou menos.

O roteiro ofereceu duas surpresas. Uma no fim da Parte Um. Nunca questionei por que o conde arranca o rosto. Parecia o tipo de coisa que os monstros de *Doctor Who* faziam no fim da Parte Um. Mas, ao começar a trabalhar nisso, fiquei preocupado. Por que ele faria isso? E, claro, as indicações cênicas contam uma história diferente e mais curiosa. Está escrito: "Ele avalia o rosto com cuidado. Parece coçar acima do olho direito. Faz uma pausa. Toca no mesmo local de novo, com cautela".

Eu li aquilo e me perguntei: seria possível que o conde não soubesse, até aquele momento, que o rosto era uma máscara com alguma coisa terrível por baixo? Isso explicaria muita coisa. Eu pensei um pouco e cheguei à Parte Três, em que o roteiro deixa bem claro que só então o conde percebia quem realmente era, questionando-se se "talvez não fosse um sonho". Isso é extraordinário. Também é um pouco inconsistente, mas, como se diz por aí, a interface é instável. Alguns fragmentos de Scaroth parecem mais cientes do que outros. Isso explica o enigma do casamento do conde (se bem que segui o conselho de Barbara Cartland e parei do lado de fora do quarto). Isso também dá uma nova luz à cena mais engraçada da história de *Doctor Who*. A Parte Dois começa com o interrogatório do Doutor pelo conde e a condessa. E se isso acontecesse logo depois de o conde descobrir que não é humano? Sem dúvida dá uma nova luz às coisas.

O roteiro e a história original também resolvem o que parece ser um estranho beco sem saída no enredo. O conde dá uma grande ênfase ao fato de precisar de sete *Mona Lisas* para efetuar o experimento, mas o leilão não chega a acontecer. Ao que parece, depois de milhões de anos planejando, o conde volta no tempo, de qualquer modo. A história original de David Fisher deixa isso bem claro. O conde conhece Romana, percebe que ela pode construir uma máquina do tempo para ele e manda que ela o faça. Parte disso sobrevive na versão televisionada, mas o roteiro inclui uma longa discussão entre o Doutor e Romana, no porão. Em resumo, o conde conhece Romana e joga os planos pela janela. Ora, qual de nós não faria o mesmo?

Uma jogada com o tempo também nos dá o nome do desafortunado artista, Bourget. O próprio John Cleese sugeriu que os críticos de arte deviam se chamar Kim Bread e Helena Swanetsky (não consegui honrar isso). Fiz mais algumas mudanças e elaborações, mas espero que só em coisas menores. Sim, é claro que não consegui resistir à tentação de preencher o período da longa noite de Duggan e Romana. Ela só tem uma noite em Paris, e parece uma pena passá-la toda dormindo em uma cadeira. K9 também ganha um pouco mais de espaço, mas, infelizmente, não muito. Afinal, Paris é famosa pelas ruas de pedra e pelos presentes deixados para trás por cachorros não tão bem-treinados.

Em termos de pesquisa, tenho uma dívida com o trabalho do antropólogo francófilo Stephen Clarke (principalmente em *Paris Revealed* e *1,000 Years of Annoying the French*, onde há muita informação sobre o barão Haussmann, Dom Pérignon e a peculiar obsessão inglesa com a água da torneira de Paris), com a pesquisa de Tilar J. Mazzeo sobre roubo de arte, em *The Hotel on Place Vendôme*, com as cartas da amante do major Gaston Palewski, Nancy Mitford (que morou em Paris durante a era do conde Scarlioni e vivia dando gritinhos) e, finalmente, com Paddy Freeland, que me levou para passear pela cidade. Mas não muito alto na Torre Eiffel, pois tenho medo de altura.

Finalmente, este livro é dedicado a Douglas Adams, David Fisher e Garoth, dos Jagaroth, que concluiu que seus soneds eram muito necessários em outro lugar.

James Goss, 2015

ESTA OBRA FOI COMPOSTA PELA ABREU'S SYSTEM EM ADOBE GARAMOND
E IMPRESSA EM OFSETE PELA LIS GRÁFICA SOBRE PAPEL PÓLEN SOFT DA SUZANO
PAPEL E CELULOSE PARA A EDITORA OBJETIVA EM NOVEMBRO DE 2015